中公文庫

富士日記（上）

新版

武田百合子

中央公論新社

目次　上巻

富士日記（上）

―不二小大居百花庵日記―

　これは山の日記です。

　聖書ぐらいの大きさの布張り表紙をあけると見返しに「不二小大居百花庵日記　武田泰淳」と武田がペンで書いていたのを、今度書き写すためにひろげてみるまで気づかなかった。家をつくったり、造作に凝ったりすることを好まなかった武田なのに、山小屋を建てたとき、やはり嬉しかったらしく、山小屋の名前を一人であれこれと思案した。「文章千古の事、得失、寸心知る」という詩句が好きで「寸心亭《すんしんてい》」といったり「百合花《ゆりいか》亭《てい》」とつけてみたりした。

　娘が生れたとき「花」と武田は名づけてくれて「中国では乞食のこと」と、うふふ、笑いながら説明した。憮然としている私に「百合子と花で、ユリーカとよむからな」と、そのあと、いいわけするようにいった。

　山小屋の名前は、寸心亭、寸心庵、百合花亭、百花荘などと、そのときどきで自分たちだけで勝手によんでいて、表札や管理所の名札は武田山荘としていた。三十八年の暮近く、山小屋が建った。待ちかねるようにして、クリスマスから正月を、はじめて山で過した。山岳地方の気候の変化も知らず、暖房設備も東京並みにしかととのっていなかったので、天井の高い室内は、ふきんをしぼって食卓をふくと、そのまま凍りつき、鼻水を出しても凍りつき、という寒さで、毎晩顔や耳が冷たくて眠れないので、家中の者が二枚重ねのタオルを泥棒のように頰かぶりして床に入った。あまりの寒さに、ただただ竦《すく》んだようになって松の内を過し、東京へ戻った。

翌三十九年の晩春あたりから、東京と山を往復する暮しをはじめ、足りない家具や身のまわりのものを、運んだり、買ったりして、山小屋の中をととのえながら、下の村や、湖や、富士山にも出かけて行くようになった。そして「おれと代るがわるメモしよう。それならつけるか？」などといわれて、日記がはじまった。第一冊目のこのあたりだけ、武田の記した日がところどころあって、それと、小学生だった娘が真似して代りにつけた日もある。そのまま書き写した。

地元の人たち（山に上ってきて工事をしたりする）は、武田を好いた。「先生は甘《あめ》えところがあるなあ。奥さんはきついなあ」といった。

私は軍国女学生上りのうえに、食料不足の貧村に疎開して暮したので、平然とみみずもつかむという風だが、東京生れで東京育ちの武田は、短い滞在や旅行者として田舎に行ったことはあっても、家を建てて、地元の人たちとつき合ったり交渉したりしながら生活するのは、はじめてのことだったせいもある。山暮しのまわりで起る、朝夕の自然の変化や、地元の人たちとの会話やつき合いなどを、武田は初々しい怖れと好奇心をもって視つめ、楽しんだ。

文中、★印の部分は泰淳、☆印の部分は花の記述です。また、この日記を書き写していて、説明の必要と思われたところには〔　〕でもって、つけ加えました。

昭和三十九年

七月四日（土）

★ぼくだけが夏一ぱい帰らずにとじこもるつもりで、5日（日）に百合子と花は帰京する。ひとりだけで（たとえ二週間でも十日でも）山小屋ぐらしできるか否か、こころもとない。4日は朝から曇っていたが、猿橋の手前から降りはじめ、河口湖駅をすぎてから、ことにすさまじい雨となる。例によって大月駅で、おべんとうを買う。不機嫌だったハナも、おべんとうが気に入り元気よくなる。実は赤坂を出発のさい、自動車の鍵をあずかったハナが、ポコ〔犬〕をトランクに入れてから、しめ忘れて、百合子に叱られたのだ。百合子が山小屋のカギを忘れてアパートにひきかえしたので、トランクがあいていたのを発見した。

　手塚富雄「ゲオルゲとリルケの研究」「聖書」東洋文庫、「ミリンダ王の問い（上下）」「鸚鵡《おうむ》七十話」「捜神記」「浄土三部経（上）」（文庫本）「原色花卉《かき》図鑑（上）」「未完の旅路（大塚有章）三冊」などを持ってきた。

—泰淳記す—

七月七日　くもり

★くもり日の笠雲。ペンキの一刷けのような雪が二個所。富士は笠雲をいただいている。笠雲はすっぽり山頂にかぶさって、富士が低く見えるほどであるが、かなりの速度で、たえず左手へ向って移動している。移動してはいるが、カサの形はそのままかわらない。つまり雲の一部が絶えず山からはなれて消えて行くのに、また別の雲が追加されて、一定量をたもっているわけだ。風のないくもり日のせいか、よほどよく注視していないと、一定不変のまま動かないように見える。ただし、笠雲の下の方が白髪の一束がパラリと垂れたように降下すると、富士は奇怪な白髪の老人のような顔になる。笠雲の白と、背後の空の白はほとんど同色で、いずれもうす墨をぼかした色が、ほんの少しまじっている。そのため、笠雲のはじが消えて行くときにもたしかめにくいわけだ。どうして、このクモが吸いついたように山頂をはなれないのだろうか。雲がかかっているというのなら、よくみうけるけれども、ほんとうに、わざわざかぶっているように見える。ひるねしてから午後三時ごろ登ってみると、もうカサグモではなくて、カミグモになっていた。少ない白髪が風に吹きはらわれ、ひたいがむき出した感じだった。そのかわり、富士はいつもどおり富士山らしくなっていた。

――泰淳記す――

七月十八日（土）
朝六時、東京を出て九時少し過ぎに着く。大月でお弁当三個。管理所に新聞と牛乳を申し込む。
夕方、熔岩拾い。
夜、風と雨。夜中にうぐいすが鳴いている。大雨で風が吹いているのに鳴いていた。

七月十九日（日）

朝、十時ごろまで風雨。

ひる　ホットケーキ。

午後、河口湖まで買出し。馬肉（ポコ用）、豚肉、トマト、ナス。

河口湖の通りは大へんな人出と車の排気ガスで、東京と同じにおいがしている。湖上はボートと遊覧船とモーターボート。湖畔は、紙クズと食べ残しのゴミの山と観光バスと車で、歩くところが少ない。

夜はトンカツ。

くれ方に散歩に出たら、富士山の頂上に帽子のように白い雲がまきついて、ゆっくりまわって動いている。左の方に麓から七合目までぐらい、灯りの列がちらちら、ちらちら続いている。登山の灯だろうか。花子に見せてやろうと家まで降りてきて連れて出ると、もう富士山は全部雲におおわれて、富士山がどこにあるのかも分らない。灯りも見えない。本当に、あっというまに、雲がおりてきたのだ。

七月二十日（月）　くもり

午後、花子と河口へ買出し。月曜日は湖畔の商店は一斉休業日だったので、うまく買物ができない。

湖畔に車を停めたら、モーターボート屋が二人、ぴったり車にくっついて、千五百円のを千円にまけるから乗れといった。しゃがれた声の陽にやけた男で、もう一人の男は兎唇だった。二人とも船乗りのかぶる白い陽覆《ひおお》いのついた帽子をかぶっている。あとからきた車の男の人が断わったら「お前は花柳病で病院から昨日退院してきたのだろう。気が狂ってるな」と悪態ついていた。

富士ラマパークに行って、本当の富士山の百分の一（？）に作ってある小さな富士山に登って、富士山の内部の熔岩や、大昔の富士山のパノラマを見て帰る。へんなところだねえ。明治スカットが一本七十円もする。

帰り、石がはねて車の後尾灯がわれたのを直す。四百円。

ガソリン満タン、千三百円。ガソリンスタンドで水蜜桃を二つ貰う。

帰ったらハイヤーがとまっていて、読売の松田さんが応募原稿を持ってみえていた。

夜中、寝呆けてドアにぶつけた唇がはれてきて鼻のところまで痛くなって、眼が覚めたら眠れない。夜中でもキツツキがいつまでもいつまでも働いていた。電信柱をつついているのだろうか。うちの門柱だろうか。信号のように遠くまでこだましてゆく。

あけ方、やっと眠ったら、聖歌隊の尼さんになって灰色の布を頭からかぶって歌を歌っている夢をみた。椎名〔麟三〕さんも布をかぶって歌っていた。上野駅で歌っていた。

七月二十二日　快晴
おにぎりを持って、三人とも精進《しょうじ》湖と氷穴へ行く。精進湖では対岸の熔岩めざして、女の人がたった一人クロールで泳いで行くのをみた。藻が多いらしく黒緑色の暗い湖だ。
氷穴の中は零下三度で、氷屋で売っている三貫目位の氷柱のようなのがぎっしり並べて積んであって寒い。外ではみそおでんを売っていた。身延山帰りのじいさんばあさんが多い。あの氷穴の中の氷は、並べて積んだのではなくて、自然に凍ってできていたのかな。
夕方、大輪の月見草を植える。

七月二十三日

主人、草刈り。

花子と西湖《さいこ》へ行く。風があって波がある。誰も泳いでいない。今年は空梅雨《からつゆ》で、二十メートルもひいてしまって急に深いので危ないからだそうだ。藻が少なく水の澄んでいるところを探して、五分ほど花子は泳ぐ。寒いのですぐ上ってくる。熔岩の上で男が二人ギターを弾いているが、あまり広いので何を弾いているのか聞えない。肥ったおじさんがたぷたぷしたサルマタ姿で泳ぎに入ったが、冷めてええ、といってすぐ上ってきた。キャンプの道具を背負った若い衆が三人「つまらねえなあ。女ッ気がなくて。河口か山中へ行きゃよかったなあ」といいながら、水ぎわをうつむいて歩いて行った。

五湖の中では西湖が一番静かだといっていた(河口のガソリンスタンドの話)。帰り、鳴沢村のガソリンスタンドのおじさんの話では、泳ぐには本栖《もとす》がいい。ほかは危ない。西湖が一番危ない。必ず夏は人死にがある、ということだったので、五分ぐらいで上ってきてよかったと思う。

河口で肉屋のいいのをみつけた。

七月二十四日

朝四時半、東京行き。富士はバラ色で、人が登って行くのだろうか、灯が動いてゆく。相模湖大垂水《おおだるみ》峠でパンク。上りだったのでハンドルをとられただけだったが、下りだったら谷底へ落ちていたかもしれない曲り角だった。死んでもこれは仕方のないことだな。まじめに運転していてパンクしたんだから。

東京は水不足でうだるような暑さのまっさいちゅう。

信販の人をよんで、山の家の登記書類の揃えたのを持ってゆかせる。

山へ持って行く雑誌たて、コップを買う。食料品、鉄の椅子、籐椅子、ストーブまえ、鍋など車に積みこむ。主人だけ山にのこっている。

七月二十五日

前八時、赤坂出発。途中、河口の町で花子の浮き輪を買う。山へ着くと冷たい風が吹いていて、水を飲むと冷たい。何ていいところだろう。私が煖炉の上に積んで飾って置いた赤い熔岩がなくなっていて、それは仕事部屋の窓の下に散らばされてあった。主人がしたらしい。

七月二十六日
河口湖へ買出し。ガソリンを入れる。水まきホース、和菓子（大福）、水蜜、スイカなど。花子、氷レモンを飲む。河口湖通りは人と車で一杯。駅も登山のゆきかえりの列で一杯。店やも、ラーメン、氷水、弁当を食べる人、休む人で一杯。
管理所で米を買う。高いみたい。

七月二十七日
新聞に、山中湖で一人、河口湖で一人、田貫《たぬき》湖で一人、昨日死んだと出ている。富士山の八合目のこぼれ落ちそうな登山の人たちの写真も出ている。ラッシュアワーのような人の列は、ずっと頂上まで続いている。
夕方、焚火でやきいもを作る。
管理所でビールを買ったら、その高いこと、二度と買うな。

七月三十日
朝三時半起床。四時東京へ出発。富士山はうす暗くやたらと大きく、五合目あたりの灯だけ見える。主人、門の前の道まで上ってきて、車が走り出すと「いってらっしゃい」といって手など振る。大月から藤野の間で身の毛がよだつトラックとトラックの衝突事故を見て、眠気が一ぺんに醒める。

東京に七時着。午後、花子プールに行く。ＩＢＭ原稿料きている。角川書店に印税をもらいに行く。銀行に入れる。

紀ノ国屋で、パン、チーズ、枝豆、大根、のり、茶、菓子を買う。枝豆も大根もそのほかの野菜も東京の方が新しくていいのを売っている。値だんだって同じなのだ。文春の青木さんへ電話。

東京は夜になってもむし暑い。なまあたたかい水道の水を何度も飲む。

七月三十一日

朝、暗いうちにタイルばりのテーブル、鉄の椅子、鏡をつみこむ。テーブルは車の屋根の荷台へ。

一時、山に着く。途中の河口湖は大へんな人出。小学生の林間学校が始まったらしい。河口湖で一休みして氷を飲む。この氷レモン、化粧水の味がしてまずい。

八月一日　快晴

快晴。快晴。南アルプスだか、中央アルプスだか、日本アルプスだか、アルプスみたいな山なみがパノラマのように全部見える。朝から夕方まで、冷たい風が少しずつ吹いていて、空は真青で、動かないまっ白な雲がある。夏休みのお天気だ。静かだから、遠くの遠くの人の声がはっきり聞える。コーヒーの罐をあけたら、いい匂いがした。コーヒーをつづけて三杯飲む。

八月七日

便所の臭気ひどくなる。五、六日前から、臭い臭い、と主人はいっていた。昨日あたりは、庭からも臭気がやってくるので、仕事部屋の雨戸は閉め切りにして、一日中電気をつけていたが、家の中の便所からも、臭気は廊下を曲り、階段を上ってやってくるので同じこと。昼も夜も臭い。うんこそのものの臭いというのではなく、少し粉っぽいような、ドブの臭いのまじったような、化学変化が起ったあとのうんこの臭い。「この臭いが頭の中に入って、頭がわるくなりそうだ」というから、今日は管理所に行く。しゃがんで便器のそばに顔をつけて臭いをかぐと、便器のまわりも臭う。

「頭がわるくなってくる臭いがする。うちの商売、頭がわるくなると困る商売だから、すぐ直してくれ」といって管理所から工事店に電話してもらう。電話の向うの工事店の人が聞きまちがったらしく「電気がわるいのではねえだ。便器だ。電気がわるくて臭くはねえずら。頭めぐらして考えてみれや」と、管理所の人に怒られている。怒るといっても悠長な静かな声でいっている。ついでに、ほかのわるいところ、西側の雨漏りなど直すようにいう。

八月八日

本栖湖へ花子と泳ぎに行く。留守の間に浄化槽の工事職人が来て見て行った。パイプのつぎ目のコンクリートから汚物が漏れて土の中にしみこんでいって、それが臭っていたらしい。三人で調べに来た。その中の一番大男で色黒の金仏《かなぶつ》様のような人が、二人が原因が分らないで諦めてタバコなどふかして世間話などしはじめたあとも、一人で黙々と土を掘っては手で探って臭いをかいで、ついに原因を発見したらしい。「あの男は偉い男だぞ」と、主人しきりという。

八月九日

浄化槽直る。臭気抜きの煙突を長くする。煙突の先の風車は、いままで二階の窓の高さにあったので、屋根の上まで伸ばす。

関井さん〔管理所の人〕が来たので、浄化槽のまわりから庭にかけて家をとり囲むような石垣を造る見積りをしてもらう。石屋の小父さん来る。六万七千をもう少しまけないかというと、うしろ向きになって鉛筆をなめなめ、手帳に何か書きつけては「ううう、ううう」と息のような、声のようなものを洩らしながら、しばらく思案してから、こちらを向いて「六万五千にする」という。六万五千にしてもらう。下の村ではお盆に続いて祭りがあるので、その前に完成させるという。

八月十日

石屋の小父さん、午後より女衆三人と男の人を連れて来る。すぐ土を掘りとって、庭の西側へ運び棄てはじめる。

K開発〔山小屋を建てた会社〕の人と大工さん来る。私の不満だった硝子戸《ガラス》のたてつけを直す。それから、その次に不満だった西側の羽目板を、二重張りであったのを三重張りにさせることにする。

雷雨。三時のおやつは、石垣工事の人や大工さんたち全員で食堂で食べて笑い騒ぐ。

八月十一日

岩波の海老原さん来る。石垣工事の人たちや羽目板はりの大工さん二人が、仕事をしている最中に、ひょっこり現われる。〈ここの地元の人たちのなかには海老原さんそっくりの声の人がいるなあ。話し方もそっくり〉と感心して、ふり向いたら、海老原さんがキョトンとして大工さんや石垣人夫の中に佇っていた。

海老原さんは東京のクッキーを持ってきて下さり、まわりでわんわんと女衆や大工が仕事している中で、ビールを飲む。私もビールを飲んで「車を持っている人が真《しん》のお友だちねえ。車運転しない人は、一方通行の逆方向からでも、平気で『そこを入ってくれえ』だの、帰りの方角が分らなくなるところまで運転させて『さよならあ』などいって降りてしまって、こっちはどこがどこやら分らなくなるものねえ。車運転してる人だけが真《しん》のお友だちねえ」などと、酔払ってしゃべった。海老原さんは車を持っている人なのである。

くれ方に、大工の羽目板直し、硝子戸のすきまにパテをかう仕事終る。

海老原さんを送って富士ビューホテルへ。夜の湖畔を通って帰る。

八月十二日

文春の青木さんと竹内実さん、前十時ごろ来る。竹内さんが写真機を持ってこられたので、石屋の小父さんや女衆たちと私たち全員並んで記念撮影してもらう。竹内さんは石屋さんたちに実に物静かにていねいに挨拶なさるので、石屋の女衆たちは、ぼーっとしていた。

お二人を送って精進湖湖畔の宿へ。そのあと本栖湖へまわって泳ぐ。帰り、ものすごい雷雨で、車をとばしていても先がまるで見えない。水の中をもぐって走っているみたいだ。樹海に転落すると車も頭もデコボコにきっとなる。助手席の花子に左側の道路の端を視つづけさせて走る。〈もやもやとしたところが草の生えているところで、そこが道の端だから、そっちの方に車が行きそうになったら私の膝を叩け〉と教えて。鳴沢村のガソリンスタンドの手前までくると、嘘のようにからっと晴れわたっていて道が乾いている。

竹内実さんと青木さんの宿は、精進湖の湖岸の草も木もない平らなところに建っているピンク色の宿屋だった。宿の前までお送りすると、変な宿屋でしょう、というように、お二人は仕方なさそうな羞かしそうな笑い方をしていた。

今日は毛沢東の詩についての本を出す相談にこられて、ビールを一杯皆で飲んだ。毛沢東の話はあまりしないで、戦争のころの話などした。

私「今度戦争がはじまったら闇を一杯するんだ。この前のときはまだ女学生だったでしょ。自分では何もできなかったけど、闇のやり方は見ていたから今度はできる。政府のいってることと反対のことをやるようにする。敗戦後は闇商売やったけど、それでもあまりうまくなかった。今度はうまくやるから」

主人「ウフフ。水爆があるってこと知らないのかなあ」

竹内さん「ぼくは中国生れでしょ。中国育ちで、この前の戦争のときは物資不足とか食料難とか買出しとか、内地の経験がないでしょ。闇の買出しなんかできるかなあ。とてもできそうもないですねえ。心配だなあ。そうなったらやり方が分らないし、大へんだなあ」と、おだやかなゆっくりした口調でいう。竹内さんは上品だなあ。

八月十三日
石垣、ほとんど完成。石段も二段出来上る。明日午前中で完成の予定。
工事の人たちにスイカを買って食後に出す。工事の人たちは、十時に一回、昼食後に一回、三時に一回、きちんと必ず休憩する。休憩するときは、大きな松の木の根元や軒下に新聞紙を敷いて、真直ぐに仰向けになり、顔に手拭をかけて死体のようになって全員眠りこける。そして二十分ぐらい経つと急に起きて、いきなり働きだす。
仕事部屋の窓の下に、台所の横の軒下に、女衆が石を運んだり、土を掘ったりする激しい息づかいが、休憩どきのほかは一日している。「圧倒されるなあ」とタバコをふかしながら、主人はつぶやく。

工事の人たちは、何が好きかというと、水気のあるもの——スイカ、果物のかんづめ、ゼリーなどが好き。工事の人たちの持ってくる弁当箱には、ごはんがびっしりお餅になってしまったように詰っていて、もう一つの同じ位大きい弁当箱には、ほうれん草か小松菜らしいおひたしが、これもびっしり詰っていて、袋の中から日水のソーセージなどを出してかじりながら、実においしそうに食べる。そして女衆たちは大きな声でワイ談したり、村の近所の人のわる口をいったりして、ときどき空の方に向って大笑いしている。男の人たちは静かに小声でしゃべっている。

今日、一人の女の人は石と石の間に人さし指を挾んでつぶす怪我をしたが、庭にある草の中から何か探しだしてきて、その葉をもんで巻いて軍手をはめると、またすたすたと仕事をはじめた。昨日、男衆の一人、石切りをする年とった方のおじさんは、前の晩飲みすぎたとかで、仕事しているときに血を少し吐いたが、主人のあげた胃の薬をのむと「治った」と言って、また石を叩いて削りはじめた。「胃潰瘍ずら」と言っていた。

八月十四日　暑い　快晴

今日はいつもより一時間早く来て、石垣工事がはじまる。今日は、あまり冗談をいわないし、ものもしゃべらないし、足取りも速い。吐く息も激しい。午後四時まで休みなしでかかって完成。

地元のぶどう酒、ドーナツ、揚げせんべい、果物の罐詰で、完成祝。女衆たちは、明日というより、ここから帰ったら今晩からお盆休みに入って、ひたすら休むという。

三人の女衆は、下のN村の人たちで、一人は床屋、二人は農家の主婦だという。女衆は一升瓶のぶどう酒を傾けてコップになみなみとつぎ「ああ、うめえ」と言う。社長〔石屋の小父さんのこと〕に盆の仕着せに紅梅のゆかたを一反ずつもらっただ、と言う。社長はチーズの銀紙を太い丸い指先でくるくるむいて食べながら、ビールをちゅっちゅっと音をさせて少しずつ飲んで満足そうだ。酒場に行って女給たちにおごって、とり囲まれて嬉しそうにしている小父さんのよう。もしかすると、女衆の方を多くつかっているのだから、仕事中もそんな気分かもしれない。

お盆だから、すぐ六万五千円を支払ってしまう。

夜、女衆たちに教わったので、湖畔の船津小学校の庭の盆踊りを見に行く。盆踊りのことを盆ダンスなどといって、拡声器の声は、盛り上げようとしきりだが、かえって踊りの輪は、暗く、のろのろとして、侘しい。花子、つまらないという。

八月十五日　快晴

本栖湖へ泳ぎに行く。お盆に泳ぐと溺れ死にするというが、あまりの快晴なので、うっとりとして泳ぎに出かける。泳いでいる人は私と花子だけだ。

八月十七日　晴

朝三時半起床。主人、そっときて頭を叩く。それからお世辞のように体をさすってくれるが、私は眠くて不機嫌だ。四時半東京へ出発。明日戻ってくるので、ポコをおいて行く。七時半着。東京は水が出ない。午前中銀行へ。花子はプールへ。后四時中央公論迎えの車。主人座談会へ。

夜十時、ガソリン入れ、車点検。

今朝、佐田啓二が蓼科《たでしな》の別荘からの帰り、韮崎《にらさき》で交通事故死。六本木のスタンドの人は「相模湖へ車ごと落ちて、一人死亡二人重傷」と言っていた。

八月十八日

前四時半東京出発。六時半大月駅で駅弁を買う。桂川のほとりで車をとめて食べる。八時前山へ着く。

十時、管理所から信販へ電話。登記書類をそのまま金庫へ入れ放して忘れていたことが分り、怒る。管理所の人たちは私があまり怒っているので、しいんとなって室の中に入ってしまい、電話の声に聞き耳たてていたらしい。

夜九時ごろ、メロンを持って、東京から信販の社員二人来る。

明朝、登記書類を持って富士吉田の法務局へ行くという。登記のこと、浄化槽のこと、風呂場のガス管ひき込み口のやり直し、台所下水のことなど、新築工事のずさんさについて話しているうちに、また私は怒りだす。

河口湖の町は今日お祭り。

八月十九日　晴

前十時、今度は管理事務所本社の人二人、登記のことで来る。また、昨夜と同じ話をはじめからする。連絡がわるいらしくきょとんとしている。責任者をはっきりさせて連絡を密にするように、と話しているうちに、今日は主人が急に怒りだし、怒りだしたら声まで震えてめちゃめちゃに怒りだしたので、本社の人は蒼ざめてしまう。私は今日はにこにこしていた。

快晴。管理所に読んでしまった週刊誌や雑誌をあげる。晩ごはんのとき富士登山を思いつき、今夜から登って、朝御来光を頂上で拝もうと、私と花子八時半に床に入る。十一時に起きたら、もやが高原一帯にかかって星は一つも見えず、雨が降りそうなので、やめて、また眠る。

八月二十日　くもり
今日は何にもなかった。ぼんやりして暮した。

八月二十三日　くもりのち雨
午後二時頃より、河口湖へ釣りに行ったが、雨が降りだしたのでやめて、富士吉田まで買出しに行く。雨がだんだん強くなってきたので、そのまま忍野《おしの》温泉入口まで車を走らせてから戻る。赤松の大きな林があって、軽井沢のようなハイカラな気分がする。吉田でしらすと生ま鮭を買う。河口湖で、おばあちゃん〔武田の母〕に甲州印伝の財布、名物の菓子。マヤちゃん〔武田の姪〕に甲斐駒、タオルを買う。郵送することにする。
今度完成したスバルライン有料道路を通って帰宅。ゲートから御胎内入口まで、片道二百円もとられる。高いなあ。
管理所で市川さん〔下水工事屋〕にあったので、水洗便所の具合を直すように催促。市川さん、持っていた大根一本くれる。

八月二十四日　雨

昨日、帰りがけに見て通り過ぎた、ムトノムロ浅間神社（旧御胎内）に、午前中三人で出かける。左うでを骨折してギブスをはめたステテコ姿のおじさんが、荒れはてたお社の隅に置いた机の前に坐って番をしている。「神主さんですか」と訊くと、神主ではなく下の村の者だという。「やりてえ者がやるだよ。希望する衆が多けりゃ、くじで権利をきめるだよ」という。入場料一人五十円、刷りもののお札《ふだ》二枚、「おぼしめしでいい」というので百円あげる。御胎内はテラテラと光っている。ところどころは赤紫色に光っている。人間の体の中の色はこんなかもしれないなと思わせる。奥の方は両手と両膝にワラジをはめて、這ってくぐってゆくところもある。グロテスクで、因果ものめいていて、助平くさい。気味がわるい。留守番のおじさんも、神主さんとか経営者とかいう感じではなく、見世物小屋の呼び込みのような感じだ。

午後より雨がつよくなる。夕方、庭先まで霧がおりてきて、硝子戸を開けておくと、家の中に霧が入りこんでくる。

菅原さんより速達。

夏の客は帰りはじめたのか、管理所はひっそりとして、従業員も退屈そうにしている。

売っている茄子など、しなびている。

八月二十五日　くもり

霧雨が、降ったりやんだりして一日終る。

八月二十六日　晴

主人留守番するというので、花子と二人、晩ごはん後、吉田の火祭りを見に下る。七時半ごろ、河口湖駅前の原っぱに車を置いて、山麓電車に乗って吉田へ。セーターを着ていると、大たいまつの火に焙られて暑い。どの家も道に面した硝子戸や障子を開け放って、奥の奥の方までみえる。座敷にはビールが並んで、おさしみや南京豆やのしいかを食べながら、にこにこしたり、死にそうに真赤に酔払ってしまったりしている。どこの家にも必ずおさしみがある。綿菓子とぶどうを買う。

十時半の電車で帰る。大たいまつの火の燃える坂道を歩いていたら、管理所の若い男の子が声をかけてきた。男の子は女の子を連れていた。電車に乗ると、着物をきた女の人がおじぎをして笑っている。いつもビールなど買いに行く食料品屋の娘だった。

八月二十七日

関井さんと外川さん〔石屋のおじさん。石屋の社長〕に、入口に石門を造る相談をする。主人が、造りたい石門の按配を絵に書いて説明すると、二人ともすぐよく判る。

八月二十八日

午前中、管理所本社へ下って、まだ直りきっていない浄化槽のこと、便器のこと、早く取り替えるように話す。帰り、勝山村のK開発の飯場に寄り、石井さんに台所の戸棚の建付け手直しと、仕事部屋の雨のふきこみもみるように頼む。飯場には、けいとうとひまわりとコスモスが乱れ咲いていて人影がない。

午後四時、K開発の大工来て戸棚の建付けを直す。工事の人、市川さんほか四人来て、便器の取り替え、夜十時までかかる。四人のうち二人は女。そのうちの男女二人は少し早めにひきあげ、市川さんと女の人一人、十時まで残って仕事をする。女の人は四十位の小柄な静かな人。市川さんのそばにしゃがみこんで便器を一緒に眺めたり、臭いをかいだり、取り外した便器を抱えて庭まで運び出したり、まめまめしく働く。話している様子では、子供が三人あって農家の主婦のアルバイトらしく、市川さんに雇われているようだ。市川さんも工事店の社長なのだ。取り外した便器にはひびが入っていた。女の人は汚れている便器を抱えて運びだしながら「工事がわるいのではねえだ。市川さんがわるいのではねえ。便器が悪かっただ」と、私にいった。市川さんと女の人が帰るとき、女の人に、子供さんにといってパイナップルのかんづめを二つ包むと、かぶっていた手拭をとって嬉しそうにおじぎをして、市川さんにまつわりつくように真暗な庭の坂道を上っていった。市川さんは無口で必要なことしかしゃべらない。背が高くて少し白髪まじりの無精ひげをはやしている。四十五、六だろうか。その女の人に「先に帰れや」と二、三度うながしていたが、女の人はとうとう十時まで一緒に仕事をして帰った。

八月二十九日　雨

昨夜の続きで、市川さんと管理所のFさん来て便所直し。

午後も雨止まず、霧が深いので買出しに行かず、インスタント焼きそばの夕食。

便所の臭気一応とまる。

今朝、ごはんを食べていて、私は昨夜の女の人と市川さんの話をする。「あの二人、山で恋愛してるんだなあ」と。

九月三日

東京へ帰る。夏休み終り。

九月三十日（水）

午後七時半、東京を出る。小雨、都内を出るのに一時間かかる。相模湖で材木を積んだトラックがスリップ、横転事故のため、交通止め。車が蜒々とつながる。大月から富士吉田までの間の眠気は怖ろしいほどで、魔のように襲ってくる。よっぽどとめて十分ばかりねてから走ろうかと思ったが、そのままアクセルをふみ放しで真直ぐの道を走る。途中三度ばかり、はっとすると真正面に大トラックが見えて左へハンドルをきる。ときどき夢をみながら、それでもアクセルをふんでいる。夢は、家について部屋の中に坐り、茶ダンスからお菓子をだしてお茶をいれて飲んでいる夢だった。うちには茶ダンスなんかないのに。ダンプの運転手の気持がわかったように思う。出がけに深沢〔七郎〕さんの薬をのんできたのが原因だ。あの薬はのんで少し経つと瞼《まぶた》の裏やお腹の中が熱くなってみみずが一杯湧いてて動きまわっているようになり、やがて下痢する。あの薬は運転してきて、家の中に入ってから飲まなくてはいけなかった。十一時、山に着く。家の中は颱風《たいふう》のあとで湿気がこもっている。金槌がかびている。

十月一日（木）　晴

家のなか、開け放して陽を入れる。台所の整理とカビ干し。夕方散歩にでると、石屋の社長が村有林の中でキノコを採っていた。しめじとぬのびきが採れるという。

十月二日（金）　快晴

十一時、富士山へ上る。主人もくる。御胎内の検札所から富士山へ上ってしまう考えで行ったら、いつも無人の検札所に二人いて「ここからいきなり富士山へ上っていってはいけない。ゲートまで下って、入口で五合目までの料金を払ってから上ってきてくれ」という。「あれ、ヘンなこというじゃない」と、私がいい返しはじめたら、主人、首を振って「百合子」と小さな声でいう。入口まで下って千二百円はらって上る。大沢崩れのあたりから、本栖湖、精進湖、田貫湖が一目で見渡せた。颱風のあとで大木が裂けたり折れたりしている。赤い熔岩をバケツに三杯拾う。五合目から引き返して御庭で駐車。御庭の中を登る。警察のジープと調査隊のジープが三、四台茶店まで入ってきていた。茶店の人は、東の風が少し吹いて晴れた日が富士山は理想的な天気だという。今日がその理想的な天気の日で、だから頂上も裾野の村や樹海や湖も全部見えるという。御庭から道でない熔岩を登って行って下を見ると怖いようだ。頂上はすぐ近くに見えて、あと三十分も登れば頂上にゆけそうだ。「ちょっと駈けていって頂上まで行ってきたい」と言ったら「駄目」と主人言う。

十一月七日（土）　快晴

東京を朝五時少し前に出発。八時山へ着く。大月駅で駅弁を買う。駅弁は桂川のそばのいつも休んで食べるところで食べる。この間、この駅弁食べて死にそうになった人がいたと新聞に出ていたっけ。

富士山は八合目あたりまで雪。裾まですっかり姿をみせている。

隣りの敷地は石積工事をはじめている。

パンを持って、お午頃、三人で本栖湖へ行く。途中の樹海の紅葉がすばらしい。右側も左側も紅葉。その中を真直ぐゆっくり走って行く。いつもうなるようにとばしてすれちがうトラックは一台もなく、しいんとした快晴。天皇陛下の自動車のように走る。本栖湖で親子丼（主人）、うどん（私と花）を食べる。ボートに乗ろうとして水ぎわまで行くと、ボート小屋の戸は釘で打ちつけられてある。夏しか商売しないらしい。モーターボートが二隻、船着場の杭につないであるだけで、湖上には釣舟もボートも一隻も見当らない。主人大きな熔岩を三個拾って、家に持って帰るという。下部町へ出るトンネルの前まで湖岸を車で走る。トンネルから駅伝の白鉢巻きの人が走り出てくる。「山梨一周駅伝歓迎」と、トンネルの前の茶店にのぼりがたっている。白鉢巻きの人は暗いトンネルの奥から、次々に走り出てくる。駅伝の人をひいてしまったら大へんなので、ここからひき返す。帰りの街道でも駅伝の人と車と白バイに出会う。鳴沢のスタンドでガソリンを入れる。スタンドの店の硝子戸の中で、はんてんを着たおじいさんが陽なたぼっこしながら駅伝がくるのを待っていた。

二時過ぎ帰ってくる。早めに夕飯を食べてしまう。しいんとして、本当に静かだ。嬉しい。

暗くなってから、煖炉で松の小枝を燃やしてみる。少し燻ったが煙突の通り具合はいい。軒先の雨がふきこむ個所のトタン張り出来上っている。その個所だけでなく、軒全体に張ってくれた。カーテンはまだきていない。止水栓は高くもち上げて蓋がついていた。

今日は大月、吉田間の郡内の街道で二回とめられ、免許証の携帯有無の取調べをうけた。

十一月二十一日（土）　晴

朝五時半、赤坂を出る。

白菜、キャベツ、大根、きゅうり、使いかけの野菜、ウインナソーセージ、ベーコン、卵、のり、餅、パン。山へ着いてすぐ買出しに下りなくてすむように積みこむ。

庭は霜柱が深くたっていて、富士山は四合目あたりまで雪。止水栓がとめてあったので、管理所に行き、栓を開けたりしめたりする鉄製の棒（先の方が二またに分れて栓の把手《とって》にひっかけてねじる）をもらってくる。外川さん昼に来る。石門の見積りの値段がなかなか出ない。手帳を出して数字を書いては「ウウウ、ウウウ、えーと」と、息のような声のような音を出しながら言わない。手帳をのぞこうとすると手でかくし、しまいには、うしろ向きになって書いている。外川さんは平方メートルのことを「ヘエベー」といい、土《つち》または泥《どろ》のことを「土《ど》」という。「田舎の人は漢語を使うんだな」と、外川さんが帰ってから、主人は感心したように言った。

三時ごろ、隣りの石積工事が終って、残りの、庭石になるような大石を五、六個運んでもらう。隣りにきていた石屋さんたち（男四人女二人）家に入ってもらって、有り合せのビール、ぶどう酒、あめなど出して、石を運んでもらったねぎらいをする。管理所から関井さん来る。手直しの個所がまたでてきたので指摘、たのむ。

冬になればなるほど、夕焼のきれいなこと！

十一月二十二日　晴

朝五時半、花子を乗せて東京へ。日曜の礼拝に。日曜日の礼拝は、授業日数に入り、聖書教育の課目の点数にひびく。日曜日は休んでいいと思って休んでいたら「日曜礼拝こそ重要な授業だから、休んでばかりいてはいけない」と、花子も私も先生によばれて注意をうけたばかり。日の出前の空が、東へ向って車を走らせていると、スミレ色から、淡いスミレ色、水色、オレンジ色、バラ色に変っていって陽が出る。陽が出はじめたときは真正面から眼を射してくるので、陽が少し高くなるまでの間、左の手のひらを眼の上にかざして片手で運転して走る。后二時過ぎ、東京を出る。新潮社の赤い日本文学全集の残りと、座布とん二枚、緑色の墩《とん》〔陶製の腰掛〕、ウイスキー、ビール一打を積む。日の暮れないうちに大月までくる。六時前に山に着いた。主人はもうふとんの中にいた。

十二月二十六日

★午前六時、東京を出る。くもり空、荷台にふとんを積んでいるので雨が心配。大月駅にてお弁当を買う。

雨少しく降りだし、屋根にカバーをかける。スバルライン有料道路入口のスタンドにてガソリン、オイルを入れる。スタンドの男の子供は「ビッグX《エックス》」の帽子をかぶっている。スタンドの主人はどてらを着ている。チェーン用のバンドを買う。燃料用の石油を三かん注文して、届けてもらうことにする。スバルラインの途中から、雪か、霜か、白くなる。ゴルフ場のクラブハウスを過ぎるころから、急な坂道は白さを増して車はいつストップするかもしれぬ。門前に辿りついてほっとする。展望台と門柱がすばらしくがっしりと完成していた。五万六千円でも、これなら安いと思う。早速、展望台にのぼってみたが、霧のためよく見晴らせない。S氏がきて「石屋の社長は今度の仕事で大骨をおり、こぼしている」と告げる。しかし契約書に金額が明記してあるから、こちらは安心だ。ビール三ダース、石炭一俵、プロパンガスのボンベを運んでもらうようS氏に頼む。

例によって水道が止めてあるので、外の止水栓に鉄の棒をつっこんで、百合子と二人で左へ回したがどうしても回らない。あとで管理所の人が来てくれたら、右へ回せばよかったのだ。S氏の話によると、どこか一軒きていた別荘の人は、寒くてたまらないので帰京したという。去年の暮は、はじめての山暮しで、われわれも顔がひんまがりそうな寒さで閉口したが、今年は馴れているから心配はない。夕方にビールとプロパンガスが届いた。本社の若い者は暇らしくて、大ぜいで運んできた。燃料課の青年は「燃料課がどうしてビールを運ばなくちゃならないんだろう。用度課に頼めばいいのに」と言っている。夜食は鳥肉入りのお雑煮。

――泰淳記す――

チェーンバンド四百五十円。

白灯油一罐三百三十円で、三罐九百九十円也。

関井さんに石門工事費五万六千円支払。

関井さん、台所の鍵の具合直してくれる。

新たに故障のおきた個所——洗面所の水道、立ちあがりのパイプのつなぎめから水漏れすること。凍結のためなり。

十二月二十七日（日）　くもり
★午前中にS氏と石屋の社長来たる。社長は石炭を持ってきて、すぐ煖炉で燃やしてみる。燃やしながら、満州の兵隊時代にペーチカの石炭を燃やしつけるため、通信隊へ薪木を盗みに行って逃げそこない、溝におちこみ、隊へ帰ったら上等兵にびんたをくらわされた話をする。日光は少しも射さない。そのわりに暖かい。石屋の社長はもぞもぞして「今日パーティーをやりたい」と言う。それでは、と千円渡して豚肉を八百グラム買ってきてもらうことにする。うちの方では、深沢七郎君にもらった鳥の丸焼きと、果物のかんづめと、じゃがいものから揚げを用意する。二時過ぎに社長と三人の労働婦人が来た。社長は鯉のあらいと鯉こくを持参した。ビニール袋に入れた酢味噌も持ってきた。みかんも一箱持ってきた。豚肉で百合子は串カツを作り、電気なべを食卓において、揚げながら食べるようにした。そのパーティーのありさまは、テープにとってあるからくわしく知りたい者はテープを聞けばよろしい。みんなすっかり愉快になった。社長は「今度は俺《う》らがテープを買うだから、正月になったら、又、やるべえ」と言いおいて帰った。

—泰淳記す—

石炭(上)かます五百円也。豚肉八百グラム六百四十円也。

パーティーのときのこと。

テープが回りだすと、テープレコーダーについている小さなマイクを口のところにあてて、社長は立ち上って歌った。「富士の高ねに降る雪も、京都先斗町に降る雪も、雪に変りがあるじゃなし、溶けて流れてみな同じい」と、ふだんの声よりも、もっとささやくような可愛らしい声を出して、首を少し振りながら歌った。一番を歌い終ると女衆たちは「スッチャンチャラランカ、スッチャンチャラランカ」と、すぐ間奏部分を手拍子をうって歌った。私も一緒に歌った。女衆の一人は「吹うけばあ、とぶよおなあ、将棋の駒にい」を歌って、そのあいだに「ナントカナントカデ女房の小春う」という浪花節のようなセリフをいれて、二番も続けて歌った。その女衆は歌がとまらなくなって、便所に入っても歌い続けていた。社長の歌ったところを試しにテープをもどして聞いてみると、とてもいい声だったので、社長は顔が真ッ赤になった。社長はとても愉快になってきて「ちごうのも歌ってみるべ」と言って、ちがう歌も歌った。それから「どじょう〔食べるどじょう〕についての自分の意見」もふきこんだ。そのうちに関井さんがやってきて一緒にまじり、ジュースを飲んで（関井さんは酒を飲まない）いたが、「わたしもひとつ」といってマイクを口のところにあてて、やっぱり立ち上って「山の淋しい湖に、ひとり来たのも悲しい心」を歌った。しまいには、社長と関井さんがマイクを奪り合うようにして代る代る歌った。

社長の顔は、今日長い間、つくづく見ていたら、「猿かに合戦」にでてくる栗のおサムライにそっくりだなあ。キンダーブックだったかな。講談社の絵本というのだったかな。昔みた、あれ。

十二月二十八日（月）　雪

☆めずらしく雪が降った。二十六日にも降ったけど、こんなには降らなかった。朝、父に「雪」と聞いただけで、顔も洗わず、スキーを持って外に出た。ポコと父も一緒だ。思ったよりも、沢山でもなかった。ポコは勝手にはしゃいでいる。はじめのうちは滑るだけで楽しかったが、スキーをかついで登るのはつらかった。ポコだけ楽をしている。母はやっと起きて朝ごはんの支度をした。鯉こくとウインナーソーセージだった。ウインナーソーセージがマンガみたいにつながっているので面白かった。それから、また外でスキーをした。父が途中で「母を呼んでくる」と言ってポコと帰ってしまった。しばらく一人でやっていたが、あまり母がおそいので、一生けん命むかえに行ったら、まだ、ゆっくり靴下をはいているのでにくらしくなって、一人で庭で滑っていた。やっと母が出てきた。ポコも一緒に出てきた。父とやっていたときより、うまく滑れた。母は長靴でスキーをはこうとしたが去年とちがってだめだった。昼食の時間がきた。母とポコは帰ったが私は庭でスキーをした。とてもスピードが出てこわかった。そのあと雪だるまを作り昼食をたべた。昼食のあと、きのうの忘年会のパーティーのテープを聞いた。外川さんがとてもおもしろい。関井さんの声がおもしろい、父母は、関井さんはふだんまじめくさっているのに、歌には弱い、と笑っていた。それが終り、そりみたいにビニールをひいて庭で滑ったら、すごくおもしろかったので、母と三十分ぐらいやったあとで、ほかによいスロープはないかと外の坂道に出て探しているうちに関井さんにあった。また、戻って庭で二、三度すべり、それから母とポコは中に入った。私だけもう少しやっていて、あきたので中に入った。

ポコは小屋の中で眠っている。夜は、豚のつけ焼きとスープと「江戸むらさき」だった。食べて少したったとき、私は日記を書いた。

——花記す——

十二月二十九日（火）　晴　気温〇・五度C

☆朝食前に庭でござで滑る。
朝食　パン、ソーセージ、鳥肉スープ、はちみつ、バター、紅茶。

食後にまた庭でござですべる。雪だんごを作る。きのうよりも雪がこおっていたため、ござすべりはスピードが出すぎて少しこわい。母はビニールをひいてすべって途中で横にたおれたまま、すべりおちてきて、けがをしそうだった。ビニールの方がござより、もっとスピードが出る。

昼食　うどん。

食後に雪だんごつくり。そのあとで自動車掃除をして、また、雪だんごつくり。

夜食　さけのかす漬、金山寺みそ、しおから、わさび漬。

そのあと、今日も日記書く（六時）。

—花記す—


快晴。富士山も南アルプス（この家から見える西の方の山は南アルプスということ判る）も全部見える。陽のあたってきたテラスの温度八度。陽が落ちるまで（三時半ごろ）は石油ストーブは焚かない。ポコの小屋を陽に干す。カギを直しに大工さん来る。午後、車のワックスかけ。三ヵ月ぶりにワックスをかけた。エンジンがなかなか、かからなかった。門柱の展望台に上ると、河口湖も三ツ峠も、すっかり、四方八方くっきりと間近く見える。車のラジオをかけると〈久しぶりの快晴で、スバルラインの除雪作業も捗り、通行出来るようになる〉とのこと。富士山に登って年を越す人は三百人とのこと。これもラジオ。

灯油罐は、大体三日で一罐を使いきる。

十二月三十日（水）　晴

前十一時半、河口湖へ下る。鳴沢へ向う途中の林道は殆ど雪が解けていて、鳴沢から河口湖へかけての道は、雪など降った様子もないほど、すっかり解けて乾いている。

河口湖で。

黒豆一袋（ポリ袋）六十円、いんげんきんとん五百グラム百五十円、こぶまき一袋六十円。だてまき、かまぼこ、ちくわ二本、さつまあげ三枚、白菜漬、千枚漬、さば開き一枚、さんま冷凍三本、ねぎなど。酢だこ用たこの足三本。

富士吉田で。

長靴（百合子）九百八十円、防寒ヘップサンダル百八十円。パン、菓子。豚肉（ヒレもも）四百グラム三百六十円、とり肉手羽二枚。じゃがいも、みつば。塩ぶり六切三百六十円、塩ます六切百八十円。ヘヤークリーム、メンソレータム。ナショナル電気ストーブ三千七百円、懐中電灯一本など。

福引は全部六等である。富士吉田やこの辺で、安くて品が豊富でおどろくものは、ゴム長靴、ブーツ、防寒ヘップの類である。東京に買って帰りたい。クリーニング屋は半纏の類まで洗濯して軒に干している。整備工場も機屋も硝子拭きをしている。この辺は正月にきんぴらごぼうを作るらしく、八百屋や食料品屋は、ごぼうを千六本に刻んで、袋に入れたり、山と積んだりして売っている。三時半、外川さんの家まで戻る。外川さんにわかさぎをもらって山へ上る。一日中、上天気。吉田で買物に歩いていると、大鳥居へ向っての上り坂は陽射しが強く、真正面の富士山の雪の反射で眼が痛いほどだ。

管理所で米一袋と朝日新聞を借りて帰る。

三木露風が交通事故で重態だと、東京にいるとき新聞にのっていたが、今日の朝日新聞では死んでいる。ほかにはニュースなし。

朝食　カレーうどん、紅茶。

昼食　河口湖畔の富重。主人うな丼二百五十円、私と花子ラーメン百四十円。

富重の前で外川さんに会う。歳暮に行く途中で、子供二人乗せてライトバンできた。食堂にいると、またやってきて、トンネルの向うの浜で、わかさぎ漁の舟を出しているから、と誘いにくる。主人だけ行くことにする。

夕食　外川さんに貰ったわかさぎで、天ぷらをする。大へんおいしい。泰淳十四、百合子二十四、花八匹ほど食べる。ポコ一匹（しっぽを残す）。

夜は西風が強くなる。車のカバーが吹きとばされていないか見に行く。カバーの上に二、三個熔岩をのせる。風呂をやめる。

三十日追記

★外川氏のライトバンに乗せられワカサギの漁場へ行く。食事をした富重そのものが冷え切っていて陽がささなかったし、水槽に泳がせてあるニジマス、コイ、フナなどのうち、死んで底に沈んでいるのもあり、つかみ出して捨ておかれたのもあり、寒くて、ナマぐさい感じだった。外川氏の車には男の子二人。二人ともセーターのひじや、ズボンのひざが破れている。浜《はま》に降りると寒風がすさまじく、波は高い。焚火のけむりがたなびいて、まっ黒な鍋にワカサギが光っていて、それにビンの醤油をあらっぽく注ぎ入れている。一組十人ほど。ゴムの前掛にゴム長、ゴム手袋で、武装した中央アジアの兵士のごとくたくましく見える。船にとび乗ると寒くてナマぐさい感じがますます強まった。船中にたくしあげて積んである網は水に濡れ、藻もからまっているので、それを落して行くとき、ナマぐさい水しぶきが顔に吹きつけてくる。今の漁は夜間にやるのだが、ここ二、三日雨が続いて休んだので、今日は昼もやっているのだ。船が一周して網を落しおわると、次に赤く塗った石油カンをおとす。船が岸につくと、すぐ網を曳きはじめる。万事手速い。外川氏も網に「ひき具」をひっかけて「おら、うまくひっかからねえ」と言いながら加勢する。この網の組長が外川夫人の兄なのだ。奥さんと顔が似ているので、すぐわかる。長めの、特徴のある顔だ。背も高い。よく陽のあたる枯草の斜面を私は男の子二人と歩きまわる。

網の目にひっかかった小魚を漁夫がはなして地面におとすと、外川氏の命令で男の子が拾ってカゴに入れている。遊客の男女も車をとめてのぞきにくる。やがて大箱一杯のワカサギがとれた。「先生が乗ってくれたおかげだ」と、外川氏の義兄がうれしそうに言ってくれたので、私も「そう言ってくれればありがたいや」と答えた。私は金を出して買うつもりだったが、外川氏が「これ先生にやる」と、紙に包んだのをわたすだけで、金をうけとらなかった。車をとめておいた道路に、人なつっこい白い犬が遊んでいて、私たちにすり寄ってきた。「どうだ、これ連れて行くか。車に乗せてみろ」と外川氏は子供に命令したが、子供では乗せられなかった。どこかの飼犬にきまっているのに、ずいぶん無茶を言うなと思った。外川氏の家で待ちあわせることになっていたが、また迷惑をかけては困るので、食堂に寄ろうとすると、彼はすごい力で私の手をひっぱって家へ連れこんだ。今日は使用人たちに金を支払ったり、方々へ届け物をしたり、彼はほんとうは忙しくてたまらないはずなのに。お刺身とビールを御馳走になってしまい、早く女房の奴来てくれればいいのにと気が気でなかった。男の子が猫のお腹をかかえ「乳はいくつある。一つか」と言っているので「人間だって二つあるのに一つと言うことはないぞ」と、もっと調べさせたら「二つだ」と言うだけで、もう調べようとしないので「まだあるはずだ」といましめたが、男の子は「これは小《ち》っこい猫だから二つしかねえだ」と言って、もう一匹の老猫をかかえあげた。その白猫はモモ色の舌を出しっぱなしにしているので不思議だったが「こいつ毒ネズミを喰ってヘンになった」と言う話だった。この老猫の方で、私も手つだってやったので、男の子は乳が六つあることをたしかめ得た。「今日はどういうことで？」と奥さんが、のんびりとたずねたので、実はコレコレと私は説明した。アラマキ鮭が三本吊されてあるし、酒やビールも積んであって、正月らしく景気がよいが、全く外川家は、かまわない家で、古びて乱雑になっている。S氏の説によると外川夫人は「だらしねえ」そうだが、私の見るところでは、彼女はよく働いていて、少しも「だらしねえ」ところはない。ただ、ミエをはったり、掃除したり、片づけたりする方に手がまわりかねているだけだ。実にゆっくりしたしゃべり方で、ちっとも神経質なところがないから私は好きだ。「毒ネズミ喰ったネコ、外へ出しとけ。そこを閉めとけ。そっちも閉めとけ。ほれ、また、へえってきたぞ」と、外川氏は奥さんに命令した。奥さんは「ソバはいくら買うかね。いつも百五十円だけんど。それでいいかね」と、ゆっくりたずねるので、外川氏はめんどうくさそうに「二百円ばっかでいいさ」と言っている。「タコは切っておくかね。うどんはゆでておくかね」と、奥さんは少しも変らぬゆっくらした調子でたずねるが、外川氏は返事をしなくなった。それから「先生は、北海道の方はベテランだから」と、アイヌやサケの話にかかり、しまいに自分たちが網代温泉に泊り、舟をやとった事情を話した。と言うのは、外川氏にしてみれば、義兄の商売、つまり観光漁業をうまく行くようにねがっているわけなのだ。漁業はどこでも行きづまっているから、観光でもうけるほかに手はないが、それもなかなかうまくはいかない。そこで彼はアジロの女網元からきいた話を私にきかせた。女網元の言うところによれば、漁夫たちは漁がないと上陸してきてから、酒はのむ、飯はくうで、どんちゃん騒ぎで待機している。それが八十人もの元気な男衆で、十五日間ものみつづけられては借金がふえるばかりだ。網元は給料を払った上、そんなムダづかいもやらせなければならない。たまたまブリが二千貫とれたから、イキをついたのだそうだ。観光用なら舟一隻が三千五百円、お客が四人乗せられると言う。「魚は生きモノだからね。そこへいくと石は大丈夫だな」と私がなぐさめると、彼は「そうだ。石は物体《ぶったい》だからな」

と満足そうに言った。石山は注文が多いので明日まで仕事をつづけているらしい。

―泰淳記す―

十二月三十一日（木）　晴

☆待ちに待ったおおみそかが晴れたので本当によかったと思います。町はみんな家々がしめかざりをして、自動車や、かじ屋さんの機械までがしめかざりをしています。

うちでもやろうとして買いに行ったら売り切れでした。だから、私のつくった変なのをかざってまにあわせました。ポコがびっこで右のうしろ足が動きません。キンカンやサロメチールをぬっても、きいたのかきかないのか、わかりません。父は平気だと言いますが、とても心配です。今、父がはじめて風呂に入って出てきました。とても良い気持そうです。

おおみそかの楽しみは、テレビですが、残念ながら見れません。でも、ラジオが聞けます。お菓子がいっぱいあります。ポコの事さえなければ、もっと楽しいおおみそかをむかえられたことでしょう。

―花記す―

昭和四十年

一月一日　朝早く小雪のち曇、午後より晴

七時半起床。うっすらと雪が降った。チェーンをまかなくても初詣でができそうだ。ぶどう酒で祝杯。雑煮（とり、ぎんなん、紅白のかまぼこ、みつば）一人三つずつ餅をいれ、二膳ずつ食べる。

黒豆、お多福豆、こぶまき、栗きんとん、だてまき、かまぼこ、ごまめいり。

ポコはまだびっこをひいている。

十時、山を下る。陽が射しはじめる。麓の炭焼きも、石切り場も仕事をやめていて、人影なし。

鎌倉往還のガソリンスタンドと薬屋は、たいてい店を開いている。

富士吉田浅間神社に行く。

おさい銭三十円。お札、板のと、熊手のと、交通安全のとで、一つ百円ずつ、三百円。

大先達何とか翁の像（富士山に百五十度登った人だそうだ）が、お社の脇に建っているのを発見、はじめ、おサルの銅像かと思ったら人物なので、あまりの下手さにびっくりした。

河口湖畔を富士ビューホテルの方へ走って、西湖の入口から鎌倉往還へ出て鳴沢村へ戻る。途中、茶屋でキンカンを二箱買う。二百二十円也。精進湖へまわると、水が大へん減っていて、黒々としているばかり。趣がない。車から降りずに、そのまま本栖湖へ。本栖湖岸で熔岩を十個ばかり、主人拾う。横腹に何とか食堂と書いてある車がとまっていて、白い上ッ張りをきたコックさんが二人、釣りをしにきていた。車は十台ほど岸にとまっていた。

鳴沢のスタンドで、ガソリンを入れ、ワックス二かんを買う。ガソリン千百円、ワックス七百五十円。車のアンテナが出なかったのをスタンドの人に出してもらって、山かげに入ってもラジオが聞えるようになった。三時ごろ、帰宅。

昼食　さば、御飯、大根おろし（主人）、パン、はちみつ、ソーセージ残り、スープ（百合子、花）。

夕食　ごはん、トンカツ、大根の味噌汁。

夜はまったく晴れて、星がぽたぽた垂れてきそうだ。

冷えこんでくる。

☆きょう、朝起きたらポコの足が治っていないのでがっかりした。あした帰るか帰らないか相談したが、天気がよさそうだし、ポコのこともあるのでやめた。ちょっと東京に帰ってみたい気もするが、やはり、こちらの方がいい。八日から寄宿舎に入るが、何となくころぼそい。でも一生けん命がんばるつもりだ（こんなことをいうとおおげさかもしれない）。一番の今のなやみは、ポコのことで、二番が宿題。やれば出来るが、すぐめんどくさくなってやらなくなる。寄宿舎に入ったら、テレビを見ないし、みんながやるから出来るようになるだろう。本がだんだん好きになってきた。「一〇〇の有名な話」は歴史だがおもしろい。次に読むのはきまっていて「東海道ひざくり毛」で、おもしろそうだ。

それから、シェークスピヤ先生がお書きになったマクベスというお話をときどき母からきいた。とてもすごそう。それも読みたい。母のお話はたいていマクベスと、よつや怪談のいえもんとお岩様の話だ。

—花記す—

一月二日（土）　晴

☆きょうは、午後から西湖へ行った。風がずいぶんはげしく吹いていた。母は車の掃除。

父は勝手に散歩に行った。私は車内でラジオを聞いていた。西湖の水はとってもすきとおっていて、白い石を投げると、どこに沈んだか、深さがどのくらいかわかる。帰りはユースホステルの方を通って本栖湖へ行く道へ出た。樹海の中を通ったので、とても良い気持だった。紅葉台へ車で登った。すごい急でこわいぐらいだ。カーブがはげしい。母はあとで「きもをひやした」といっていた。頂上までは車ではいけず、途中まで乗っていった。途中から歩いてどんどんのぼった。ほかに人はあまりいなかった。母はカーシューズなので、すべってなかなかのぼれない。父はあとからゆっくりのぼってくる。やっと頂上についた。左に西湖、右に富士山、そして富士山は、はじからはじまで不思議なぐらいによく見える。西湖はとても細長い。父は「筆で書いたようだ」と言っていた。富士山には右の方に三つのこぶがあり、あたまには大きな白い帽子、足は見えず、ペタンとすわった人のようだ。なんとなくそう考えると、かわいい感じがする。下の方に飛行場がある。すごく小さい。また紅葉台へ行きたい。こんどはきょう登ったとなりの山まで行ってみたい。

きょうはとても楽しかった。夜食はスパゲッティミートボールとパン。

いま九時五十分きっかり。母はギターをひいている。父はねむっている。父の好きなボーボーいう石油ストーブが、すごいいきおいで、ボーボーボコボコ音をたてている。

——花記す——

昨夜ひどく冷えこんで、今朝は風呂場の窓は凍りついて動かない。夜洗っておいた洗濯物も、食堂に干しておいたのに、今朝凍っていた。陽が射しかかってきたころテラスに干したが、テラスの寒暖計はまだ零下をさしている。

湯を沸かして板のようになった洗濯物をつけ、かたくしぼって干したが、干すそばから洗濯物は、少しの間、湯気をたちのぼらせてから、また凍ってゆく。こういうところでは洗濯機はいらないが、脱水機と室内の移動物干がほしい。

テラスに陽射しが濃くなってくると寒暖計は十度に昇った。

朝食　雑煮。

昼食　ごはん、ぶりの粕漬など。

午後から西湖南岸をまわって、紅葉台へ登ってみた。

一月三日（日）　晴

朝食　ふかし御飯、ちくわ、さつまあげ、味噌汁。

昼食　御飯、粕漬ぶり。

夜食　御飯、まぐろ油漬、大根おろし、佃煮。花子は、またも、ぶりの粕漬。

ポコの足、依然としてわるし。キンカンを塗るのをやめてみる。

車の中の掃除、トランクの中の掃除。ポコはびっこをひきながらついてくる。車の中を掃除したら、十円玉が沢山出てきた。

三時、二またコンセントを買いに山を下る。三軒の電気屋をまわって、やっと、たった一個のコンセントをみつける。コンセントをみつけた電気屋で、遠い山から下ってきたようなおじいさんが、トランジスタラジオを買って、一万円札を出して、おつりと景品のトップ粉石鹼一箱を貰っていた。風呂を沸かす。

発信　竹内好、大岡昇平あて（主人）。

コンセント買いのついでに、ハイランドスケート場をみてくる。烈風の中で、時計と反対の方向にまわり乍ら、満員のスケート客が二十日ねずみのように一生けん命滑っている。六十ぐらいの人も四歳ぐらいの子供も。休むことなく。切符売場も列をなし、駐車場もほとんど満車。みかんの皮、散乱。みかんの皮は何であんなに一種特別な、うんざりするだいだい色なのかなあ。ハイランドスケート入場料は大人四百円、小人二百円。二時よりです。

☆河口湖までコンセントを買いに行って、はじめ私が買いに行ったら、母が「ソケット」

とまちがえたので「二またソケット」と言ったら、二またソケットを三つ出してきた。一つ九十円。そのとき二百五十円しか持って行かなかったので二十円足りなかった。そしたらまけてくれた。車にもどったら、ソケットを買ってきたので母がとりかえに又行った。でもその店にはコンセントがなかった。ポコはキンカンをぬると、ひりひりしみてよけい悪いらしい。だからやめることにした。冬休みになってはじめてたくさん勉強した。たまったからだ。家庭科の編物と手工は大変だ。父はたんすの引出しのとってを、虫が喰ったのかとまちがえて大わらい。あさって帰る予定。あしたが最後だ。今日よく勉強して、あしたはよく遊ぼう。 ——花記す——

一月四日（月） 晴 風強し

朝 ビーフシチュー、パン、紅茶。

昼 ライスカレー、福神漬。

夜 たらこ、鮭罐、大根おろし、スープ、ごはん。

終日、風やまず。主人、花子、門柱に武田山荘の字を彫りに行くが、ひどい寒さでじきに戻ってくる。

山を下りず、何となく一日を暮す。夕方から大へん晴れて夕焼をみる。

夜食後、明朝の帰宅に備えて、少しずつ片づけをはじめる。全員のふとんカバー、枕カバーとりかえ。

洗濯物は東京で洗うことにする。

ポコ元気になってくる。しかしびっこは治らず。気持よさそうに眠っている。

これから降る雪は、消えずに、その上に、その上にと積って、胸のあたりまでの深さになってしまう。春のお彼岸までは来られないだろう。

☆最後の日は、宿題をやるだけでおわった。
きょ年の冬休みより寄宿舎のせいもあるが、宿題がたまらなくて良い休みだった。ポコも元気だし、きょうは何にも特別なことは起らなかった。きょうはどこにも行かなかったせいか、早く一日がおわった。あした帰るなんて信じられない感じだ。もしかすると、しばらく私はここには、長い休みがないかぎりこられないと思う。残念だったことは、スキーを一日しかできなかったこと。ポコがびっこになってしまったこと。おおみそかにテレビをみれなかったことなど。とっても楽しい冬休みでした。

——花記す——

三月三十一日（水）　晴　風強し

☆今日、やっと来られた。いままで父の仕事の都合で、なかなか来られなかった。寄宿舎に戻るまでに来られて、とてもうれしい。あしたの朝、また東京に帰るはずだったが、あしたの午後か、あさっての朝に帰ることにした。そういうことは、いつも父がきめる。父は車の中でかんビールをのみながら急にいいだしてきまったり、空や風の具合をみていて急にいいだしてきまる。

ついたのは朝の九時半ころ。そして母は持ってきたものを整理して、私は雪が残っているところで遊び、父はビールをテラスで「折りたたみ式ねいす」の上で飲んだ。しばらくして母と私は深沢七郎さんから頂いた梅を十七本、庭に植えた。昼食前までに六つぐらいの穴を掘り、食後には残りの穴を掘り、植えた。そして水をやり、めじるしの赤い布を、それぞれの梅の木にしばりつけた。しもなどで土がかたく、しまいに金づちやなたを持ちだしてきて大変な穴掘りになったので、とてもつかれたが、おもしろかった。そのため、夜ごはんが終ったのは九時。

母が（いつものことだが）一番よく働いて楽しんでつかれたようだ。母は穴ほりとか、ギターをひきはじめると、一日中でもやっていて根気強い。御はんなどつくらなくなる。父は小説を書くのを一日中やっていて根気強い。私はどっちも根気がなく、人に言われるとやるというタイプ。

—花記す—

朝、赤坂を六時出発。二日分ほどの食糧、六本木の古道具屋でみつけた寝椅子、深沢さんから贈られた梅の苗木をのせる。往き交うトラック少なし。大垂水峠に梅が咲いている。途中、大月駅で駅弁を買う。弁当屋のドアを押したら、いつもよりずっと、フカかサメを蒸したアンモニアのような匂いが強く漂っていて、へんだと思う。河口湖のスタンドでガソリンとオイルをいれる。二千三十五円。

ふとん、毛布をテラスに干し、ざっと掃除をする。留守中に食堂の高窓の硝子に桟がいれてあった。

陽のあるうちに梅の植えつけを終えるつもりで、庭のあちこちに穴を掘る。一見柔らかそうな土のところでも、十糎位掘ると凍っていて、そこから下はコンクリートのようなかたさで、シャベルでは歯がたたない。ナタをふり上げたり、ねじまわしの頭を金槌で叩いて、一センチほどずつ、五ミリほどずつ鑿って、コンクリートをこわす要領で穴を掘る。貞造さん〔深沢七郎さんの弟さん〕が赤坂の家まで届けて下さった梅の苗木は、主人の仕事が終るのを待っている間に、赤坂の家の風呂場で少し芽が出てきてしまっている。陽が沈むころ、十七個所の穴をやっと掘り終って、それからいそいで植える。暗くなって風が強くなる。懐中電灯をつけて植え終った苗に水をやってまわる。八時ごろより雨まじりの風となる。
朝　駅弁を食べる。
昼　ラーメン。
夜　御飯、かきたま汁、豚肉つけ焼、キャベツとじゃがいも炒め。
右手がふくらんでこわばったようになった。やりすぎたかな。でも、夜、雨となったので、今日一日で植付けてしまってよかった。疎開の頃の農家の畑仕事は、もっとものすごかったし、他人の畑だから少しも楽しみという気分は湧かなかったから、今日の穴掘りなんか、公爵夫人のお庭いじりみたいだ。
◎屋根の雪が落ちるとき、浄化槽のエントツの上部をとめてある止金がふりきられて、エントツが半分折れている。
◎西側の土間、硝子戸、戸袋のふちより、雨がふきこむと、雫が洩れておちてくる。

四月一日
昼ごろ、急に黒雲がやってきて大粒のあられが降り、そのあとみぞれとなる。後、ときどき晴れまをみせる。天候がはっきりしないので夕方帰京。剣丸尾の方へ下って帰ろうと思ったら、途中、富士山中継塔の前の道がぬかっていて不通。ひき返して鳴沢に下って帰る。

平日会費（ゴルフ場）と年会費について、関井氏に話す。ここに家を建てると自然に付いてくる平日会員権は、うちではゴルフをしないからいらないし、年会費もしたがって払いたくない、と私言う。関井氏「東京の人は皆さんゴルフなさるんでしょう。いらないなんぞという方はいないと思っていましたが。ここのゴルフ場はいいで評判なのになあ。山本富士子さんも会員で、ときどきみえます。先生がなさらないなら、奥様でも」などという。日当もらってキャディならやってもいいんだ、私は。

四月八日（木）　くもり　薄陽射す

東京を前五時半に出る。

鳴沢口より上る。管理所の先から坂の上バス停あたりまで、水道管を通す工事で大きな溝を掘っている。

梅の苗木は寒さのためか、芽がちぢくれてしまっている。門の石だたみに陽があたりはじめたところだったので、車の中で陽にあたりながら、朝飯を食べる。昨夜河出書房からお土産に頂いた、ばってら鮨。

午後、水道がとまったので管理所に行くと、穴掘り工事で管に穴をあけてしまったので至急補修しているとのこと。管理所から帰ってきて少しすると水が出はじめる。

夜　長崎タンメン、京菜塩づけ。

夜、風と雨つよくなる。食堂の天井と煖炉の煙突に雨漏りの個所発見。

風がつよくて風呂は焚けず、赤坂から持ってきたスチームバスを使ってみる。主人、こわごわ入ってみてから、気持がよかったらしく上機嫌。スチームバスに入りながらビールを飲んでみたいという。スチームバスに入っている恰好、獄門首のよう。

四月九日（金）　くもりのち快晴
朝　パン、スープ、ベーコンエッグ、夏みかん。

昼　お赤飯、なまり煮付、京菜つけもの。

夜　また、おこわ。串カツ、からし菜つけもの、サラダ、夏ミカン。

次第に晴れて、のち快晴となり、テラスで日光浴。ふとんを干す。

午後、車にワックスをかける。明朝早く発つので、車中の弁当とゆで卵など用意。

梅の苗木は、二、三本危ないが、あとは枝につやが出てきて、芽も長くなった。凍土の厚さが厚かったところほど、元気がよく根づいているのが不思議。水分が補給されるせいかもしれない。毎日、梅の木を何度も見まわってばかりいる。

★ポコはぼくのハナをかんだ紙をほしがる。紙を鼻にあてがう、その音をきいただけで、すぐにこちらに注目して駈けよってくる。今朝は、黄色と赤色の二つの紙屑かごに、ぼくがコタツから投げて入りそこなった、丸められた紙が部屋のすみにおちていた。煖炉のあるコンクリート床から、このコタツ部屋は一段高くなっていて、ポコはそこに上ることを許されていない。しかし、何とかして上ろうとして、しきりの唐紙があいていると、シキイのところへ来てチャンスを待っている。時には我慢しきれなくなって、タタミの上へとびあがるが叱られると、おとなしく下へおりている。今朝は後の二本の足をコンクリート床につけ、上半身をのしあがらせて、その部屋のすみの丸められた紙をとろうとした。前足が短いので、なかなか届かない。爪とタタミのすれる音がガサガサしているだけで、いくら焦ってもうまくいかないのだ。そんなに一生懸命になる必要がない品物のはずなのに、夢中になって前足でひっかけているところは可愛い。たまには、ハナで濡れた紙（塩分があるためだろうか）を、いつまでも嚙んだり、いじくったりして、しまいには半分以上もたべてしまうこともあるが、たいがいはくわえて行って、すぐ止めてしまうのであるから。カミサマが人間の一生懸命の行為をながめなさったら、ぼくがポコの行為をおかしがる、その気持とおんなじではなかろうかと、よく思うのであるが。

——泰淳記す——

四月十九日

★昨日の晩は中学の同級生のスキヤキ会で、夜おそくまでさわいでいた。そのとき、ここの山荘ぐらしの話をしたら、みんな来たそうな顔をしていた。十九日はくもりだった。百合子がぼんやりしていて渋谷の方へ車を向けたので、御殿場まわりで来ることになった。百合子はときどき突然放心状態におち入ることがある。それには馴れているのだが、運転していてもなるのかと思うと不安になる。さくらはほとんど散ってしまったのに、菜の花はあいかわらず（と言うのは、前回の帰りみちと同様に）ずうっと畠の方々に、まっ黄色に咲きほこっていた。百合子も私も、こんなにたくさんの菜の花の黄色のひろがりを見わたすことができたのは、二十年ぶりか三十年ぶりだと語りあった。

――泰淳記す――

まるで幕があがったばかりの「お夏狂乱」の舞台そっくり。一めんの、しいんとした、眼をみはるような菜の花畠。この前みて通ったころよりも盛りを過ぎたらしく、車の窓をあけると、粉っぽい、うつらうつらした、こやしのような臭いがする。

五月二日（日）

★五時半ごろ（朝の）に家を出た。河口湖を過ぎて、富士山上り口の最初のガソリンスタンドで白灯油（四百五十円）を買う。荷物が一杯で、花は足をかがめている。別荘地の水道工事がかたづかないので、道路に沿って土が積みあげられ、なかなか道がみつからない。少し先まで行って回り道をすると、ほかの別荘の車がたくさん到着しているあたりに迷い出た。みんな嬉しそうにはしゃいでいる。

——泰淳記す——

☆家についてから荷物を運び、お天気がよいのでテラスに折りたたみ椅子を出し、陽にあたった。苦労して植えた梅の木はだいたいが芽を出していた。また、私が植えた玉ねぎも育っていた。この辺は桜が咲くのがおそいらしくて、河口湖では桜が咲いていたが、うちの庭の桜はまだ少ししか咲いていない。午後から雲がでてきて、くもってきた。

父とポコが散歩に出かけた。母と私は少しあとから、あとを追ったが、どこに行ったのかわからなかったので、ゴルフ場の方ではないかと行ってみたら、やっぱりそうだった。ゴルフ場では沢山の人がゴルフをやっていた。帰ってきてから、父と私は昼寝をした。母は本を読んでいた。起きてから母とトランプ「ちっちのぱ！」をした。母はすごく手を出すのが速いので、一緒にトランプをめくっても、いつも母の方が一秒ぐらい速い。母はだんだん、きげんがよくなり「もっとやろう。もっとやろう」といいだした。「花ちゃん、お金いくら持ってる？　お金かけてやろう」というと、母は父に叱られた。すると母は

「それじゃあ、宿題でやろう。花ちゃんが負けたら自分でやる。あたしが負けたら宿題やってあげる。それならタメになることだからいいんだ」と言った。ポコはつかれてしまったらしく、いす（ポコ専用）にねている。

夜ごはんは、パンとハンバーグときざみきゅうり、キャベツ、シューマイ五つ（これは父）。

昼はラーメン一つ半ずつ（父と私）、五目ずし（母）。

父は、八時半、母と私は九時半に寝た。

—花記す—

梅の苗木は三本ばかり危ないが、下の方に一寸芽が出ているから、まだ、のぞみはある。ほかの梅は元気よし。富士桜、あと一週間で満開になりそう。

五月三日（月）

☆朝、雪が降っていた。九時半すぎに私は起きた。十時ごろから雪が雨に変った。父は朝三時半から起きて、ビールを飲んで読書をしていた。

朝食　父、ポークチャップ、ゆで卵二つ、あじの干物、ごはん一杯、味噌汁。

母、味噌汁、ごはん二杯、しらす、うぐいすもち二個。

花、味噌汁（中に卵）、ごはん二杯、しらす。
ポコ、シューマイ二つ、ポークチャップ二切れ、いも一つ。
靴がぬれてしまったので、石油ストーブでかわかす。

—花記す—

午後二時帰京。雨風ひどくなる。立教の寄宿舎により、花子を置いてから帰宅。

五月八日（土）晴

前五時四十分赤坂を出る。花子は寮にいる。筑摩の文学全集の一部、鯛浜やき、野菜、パン、牛肉の煮たのなど持ってくる。今日は溝の口から出ている御殿場までの河野道路（河野一郎さんが急《せ》かせて作ったから、そういうのだそうだ）を通ってみる。大橋から三軒茶屋まで、みちがえるほど、幅の広い道になった。溝の口まで、二回道をたずねる。一回交番。一回オートバイのおじさん。

溝の口を過ぎて松田まで、有料道路のようなすばらしい道。百粁で走り続けても、白バイもついてこない。途中は人家も少ない。山北、御殿場あたりで重量トラックが多くなる。この道は国道二四六号線というのだそうだ。ちっとも知らなかった。山北、御殿場のあたりは湯治場の感じがする。川には水が流れていて、大きな樹が多く、いまは若葉の丁度いいときだ。籠坂峠で車をとめて、広々とした見晴らしの中で主人はおしっこをする（私はしない）。富士吉田へ下って、鳴沢村より山へ上る。どこもかしこも若葉で、緑のビニールのようだ。高原一帯に富士桜が咲いていた。水道工事はまだ終らない。沢をへだてた向うがわの別荘に三、四人、人が来ている。そこで石垣工事がはじまっている様子。

梅の葉が大きくなっている。庭の斜面の桜は開きはじめ、二階から見下ろせる北側の大きな古い桜が満開。丁度いいときにやってきた。

昼　タンメン、上に野菜いため、たくさんのせる。

納戸の棚二つ吊って整理をする。

私は三時ごろよりひるね。夜ごはんも知らないで、次の朝まで眠り続ける。主人、死んでしまったのかと思って、さわってみたという。
★さくらの花のゆれるので、小鳥の居場所がわかる。
門に立って下の庭を見下したとき「物語りみたいだ」とつぶやいたが、それは、それほどオーバーな表現ではないつもりだ。さくらが自分の庭に、こんなにたくさんひらいているのを見たら、誰だってそう思うにちがいない。

なぜサクラ、その他の花が、地球上に存在するのかということは、なぜ人間が地球上に棲息しているのかというぐらい、ふしぎなことである。

——泰淳記す——

五月九日　うすぐもり

朝　豆腐とわかめの味噌汁、ごはん、さわら西京漬など。

昨日の午後から私は十九時間ぐらい眠りつづけていた。死んでいたのと同じみたいに。今朝は、骨がとろけてしまって猫になったようだ。

主人、ハシゴをかけて、松の大枝二本伐る。雪で傷んだ、あちこちの枝おろし。枯れた萱を刈る。すみれが蕾をもっている。ボケが朱色の花をつけている。食堂から見えるところに鳥の餌場と水浴びの場所を作ってみた。四十雀はテラスの近くまできて土をつついている。昨日と今日で桜が大分ほころびはじめた。六、七分咲きかな。うぐいすがよく鳴いている。

昼　パンと紅茶。

夜　おかゆ、鯛でんぶ、卵と野菜いため。

夜、暗くなると庭の桜はガラス細工のようになって咲いている。南の方のも北側の方のも。上の庭も。下の庭も。しいんとして咲いている。食べものの残りを梅のそばに埋めてやる。

五月某日〔日附不明〕

★この二日の雨風で、サクラはかなり散ってしまった。夜半に嵐の吹かぬものかは、のコトバ通りである。ボケの花は、ますます平気で、たくましい。ススキの枯れ伏した間から、いつのまにか顔を出している。

その夜は雨の音がはげしかったが、別におどろきはしなかった。ガイシがはずれて垂れ下っていた電線を直しにきたSさんが「お花見に行くなら今日行った方がいいですよ。明日はまた天気がわるくなるから」と言っていたからだ。「大月まで、今はサクラがいいですね」「ええ、今はさかりで、今日あたりでおわりかもしれない。発電所のところ、あそこがいいから、よかったら見にいらっしゃい」

東京から来た日、そのあたりを通りかかったとき、発電所の落下水のパイプのまわりに、そこだけ桜色にかたまっているのが目立っていたので、百合子は「あそこ、どこから入るの。お寺があるでしょ。あそこから?」とたずねていた。

明日は雨かと思って寝て、ベッドの中で屋根を打つ雨の音をいい気持できいていたが、雪になりはせぬかと、それが心配だった。犬を小屋から出してやり、炊事場のドアをひらくと、外は白くなっていないで、土や樹の色がそのままなので安心した。一時間ばかりしてコタツ部屋の戸の上方（そこはガラス張りで、それに特別な半透明の化学用紙を貼った）が青白くなってきたので、その戸を一枚と、食堂の戸を一枚あけた。雨の音はしなくなっていたのに、しばらくすると雨とはちがった音がきこえてきたので、のぞいてみると、アラレらしかった。「アラレたばしるナスのしのはら」は、いかにも荒涼としているなと考えて眺めていると、アラレは庭の泥や石にも、ベランダの板張りにも少しつもっていった。

それから雪になった。それもはっきりした雪ではなくて、降りてくるとき、かすかに白くは見えるが、地面に達すると溶けていた。やがてしずかな雨になって、枯枝にたまった水滴が光るようになると、小鳥がやってきて、あらかじめ撒いておいた食物をつつきはじめた。一羽だけで、彼（あるいは彼女）は、そのうまい場所を仲間に知らせていないのか。啼声をたてずに自分一人、満足そうについばんでいた。ポコは、そこに、箱の蓋の上に、自分には食欲の起きない穀物のツブやパン屑など置かれているのを知って、それが気にかかり、自己の所有権を主張するようにして、おしっこをひっかけておいたのだ。それを私が報告すると「いやあね。そのポコの気持！　何だかあたしに似ている！」と百合子は怒ったように言った。

日光が照りわたってくると、安心する。ほとんど、幸福を感じると言っていいくらいだ。

まる一日の雨のあと、庭の石のはざまや樹の下には、まだ雪が白くのこった。一羽だった小鳥（アタマが灰色と黒で、紳士の礼服みたいで、からだは茶褐色）が、仲間を一羽連れてきた。新米の方は（オスかメスか）、ゆっくりと餌をついばもうとしないし、痩せているが、先覚者の方は悠然として何回もやってくるし、そしてまるまると太っている。

三合目あたりまでドライブするつもりで、スバルラインに向って車を走らせた。まだ曇っているが、やはり気持がいい。カラマツ林のあたりに、フキノトウが出ていたから、そのへんで遊ぶつもりだった。すると、御胎内の手前で、一台エンコしていて、青年が救いを求めたので、助力してあげた。コンクリート道路から左へ入る泥路で、動きがとれなくなっていた。どうしてそんな小路に車をいれたのか、わからない。泥んこの中に石ころを埋めたりして、苦心のあとがレキゼンとしている。百合子と二人で後押して前へ出し、それから女性が車をスタートさせて、男二人女一人で押して、ようやく固い地面までもどした。藤色の洋服の女性も、セータアの頑丈な青年も泥しぶきを浴びていた。

次の朝は、モヤの中を、他の別荘を見に行く。キリやモヤや雲は、いろいろ汚ないものや、よけいなものを隠してくれるから、白くモヤだらけで、うすぼんやりしてしまった路を歩いて行くのは好きだ。いつもは見ばえのしない、凹んだクボ地の雑木までが意味ありげになり、複雑になっている。

——泰淳記——

五月十七日（月）　晴

朝五時半赤坂出発。吉祥寺の竹内〔好〕家へ車をまわす。竹内さんの支度ができるまで、あがって食堂でコーヒーを飲む。竹内さんを山小屋へ連れてゆくことを、昨日急に言いだし、竹内さんが承知してくれたので、主人は得意そうにはしゃいで、コーヒーを飲んでいた。

車の中で食べられるように、ミートパイと鱒ずし、魔法水筒に紅茶を入れて用意してきたが、照子さん〔竹内好夫人〕は、自家製サンドイッチとサラミを切ったものを、いちいち皆に見せながら説明して、持ってゆくように箱にいれて包んでくれた。竹内さんは〈あんまり行きたくもないが、仕方がない。行ってやるか〉というような顔をしてズボンなどはきかえている。照子さん、玄関の外まで出て見送る。「武田さんときたら、まったく。急に連れていきたいなんていうんだから。いつも急なんだから。百合さん、気をつけていってね」と、呆れたように笑っている。

大月駅で、竹内さんは写真機を持ってきたのでフィルムを買いたいといい、売店に寄る。谷村の町の通りで、古い小さなタバコ屋にゴールデンバットを売っているのをみつけ、車をとめて竹内さんは買う。富士吉田の町の上り坂に入り、大鳥居を前景に真正面に富士山の全容が見えるところにくると、竹内さんは「この景色はいいね」と言って、車の中から、大鳥居と富士山とを一緒に画面に写せるような角度に、体をくねらせたり、頭をねじまげたりして写真機をかまえる。主人はビールを飲んでは、ひとりサンドイッチやほかのものを食べつづけている。憎たらしい。

十時過ぎ山へ着く。一休みして本栖湖へ。樹海を抜けて西湖、そして河口湖の北岸をまわる。

本栖湖では水ぎわまで車を乗り入れて降りる。主人「これが本栖湖」と竹内さんに言う。竹内さんは、いいとも何とも言わない。黙って水ぎわに立って、湖面を眺めたり、私たちを並べて写真をとったりする。熔岩の大きいのが転がっているのを指して「庭石にいい」などと言う。主人は小さな熔岩を四つ五つ拾い集めて、ひとりでせっせと車に入れ「竹内、もう見たろう。帰ろう」と先に乗りこんで声をかける。竹内さんは「いま、来たばかりじゃないか。五分ぐらいしか経っていないぞ。もう帰るのか。まだよく見ていないよ。俺は」と呆れる。「俺はよくみた」「武田は、そりゃそうだろう。何度も来ているんだから。当り前だ。しかし、俺は今日はじめてだからな。もう少しみたいよ」「長く見たって同じだぞ。帰ろう。ほかに行く」ときかない。竹内さんはとうとう負けて、苦笑しながら車に乗りこむ。車に乗ると、主人はビールをついで竹内さんに飲ませ「もっといいところがあるからな。ここよりもっといいとこが沢山あるぞ」と言うが、竹内さんは苦笑しているだけ、返事なし。

西湖では西湖荘にあがって食事をする。山菜料理とワカサギ。竹内さんは、西湖の、熔岩が押し流されて岬のようにつきでた黒々とした湖畔が好きだと言う。中国の景色に似ていると言う。有料道路より富士五合目へ上る。下は晴れていても、五合目にくると、雲が下になったのか、下の景色は見えない。五合目ですげ笠と羊かんを買う。奥庭にも行ってみる。主人はここでも、先に立って、すたすたと歩き「はい、ここが五合目。竹内、見たか？　見たか？　はい、じゃ、次のところへ行こう」。はしゃいでいるのかしら。この人。陽のあるうちに家に戻ってきた。三人は、長くなった西からの陽射しを浴びて、テラスでウイスキーを飲む。主人はコップをとってきたり、竹内さんに座ぶとんを敷かせたりして、忙《せわ》しないこと。

竹内さんは長椅子から、あちこちを眺めまわし「おい、武田。来い来いというから、どんなところかと思って来たが、なんだ、普通のところじゃないか。ここは普通のところだぞ。普通だぞ」と主人に言った。

三人とも風呂に入ってから夜ごはんにする。東京から用意してきた牛肉、ねぎ、しらたき、焼豆腐、椎茸など、コタツ部屋でスキヤキをする。私が台所で下拵えをして運ぶと、竹内さんが味をつける。主人が手を出して味をつけると、すぐ竹内さんは「からい」と言って砂糖を入れて直す。煮えてくると「さあ、これは食べていいよ。それはまだ早い。ダメ」と言って、食べごろのを指定して教えてくれる。竹内さんの味つけは上手。いつもするすきやきよりおいしい。うちのやり方は、ずーっと間違っていたのかな。牛肉は少し紫色がかっていて、泡など出て煮えていたので、食べると誰か死ぬかな、と思いながら食べたが、味は変らなかった。「この肉、持ってくるうちに少し古くなったから、酒飲んで食べれば消毒になっていいから、酒飲め」と、主人、私と竹内さんに教えてすすめる。ゆっくりと酒を飲み乍らすきやきを食べつくし、人のわる口も沢山しゃべった。主人がコタツ部屋に眠ったあと、竹内さんは食堂で私とウィスキーを飲んでから、二階の主人の寝室へ入る。水を持ってゆくと「百合さん、疲れたでしょう。早くおやすみ。武田はお殿様だねえ」と、ふとんの中から竹内さんは言った。「はしゃいだのね。竹内さんが来たから」。私は小声で笑った。

五月十八日（火）

昨日、酒飲みすぎで朝寝坊。起きたら、二人はテラスでビールを飲んでいる。鶯が声をふるわせてゆっくりと啼いている。東隣りにも西の原っぱにも、うちの庭にも啼いている。

めた。

「大分うまくなってるねえ。もうじき、もっと山奥に帰るんだな」と、竹内さんは鶯をほめた。

朝ごはんは、そらまめとじゃがいもの味噌汁と粕漬のさわら。竹内さんはごはんの方と、食パンも一枚食べる。竹内家は、朝はトーストとコーヒーなのかもしれない。

陽が射しはじめたテラスで、下の高原の方を見下ろしながら「昨日はあまりよくないと思っていたが、だんだんよくなるねえ。今朝はなかなかいい」と竹内さんが言う。主人が急にコタツ部屋に入って雨戸を閉めはじめたのをみて「武田はなにするんだ。いやに働くじゃないか」とからかうように言う。「もう帰るぞ」と主人が言ったので、また、びっくりして「何だ、もう帰るのか。もう少しいたっていいじゃないか。俺は帰りたくないよ」と言う。主人は何も言わずに、ひとりで、雨戸を閉めまわし、パタパタと階段を上って二階の窓も閉めてまわる。私だって、今日帰ることはわかっていたが、朝ごはん食べてすぐ帰るなどとは思っていなかった。「もう少しいたっていいじゃない」と、とりなしたって聞くものではない。私と竹内さんは笑ってしまう。「いつだって、こんな風よ」「昔からだな。そういうところはちっとも変らんね。彼は『非常識』ってよばれてたんだから」

九時半出発。帰りの車の中では主人眠ってしまう。途中、竹内家に寄り竹内さんを降ろす。

六月一日（火）　くもり時々霧雨のち晴

午前五時半赤坂を出発。相模湖のあたり濃霧。

午後、関井さん来る。天井の雨漏り、勝手口の外にコンクリートを張ること、見積り頼む。

つつじが満開。すみれ、ボケの花満開。わらび、高山植物、雑草、一せいに出てきている。松の花も咲いている。草や木の植えかえは、いまごろが一番いい、と関井さんは教えてくれる。二軒位、別荘が建ちはじめている。

昼　ごはん、茄子味噌汁、粕漬さわら、シューマイ、サラダ。

六月二日（水）　ハレ

★午前二時半におきる。ポコが犬小屋の中でクンクン啼くので外へ出してやる。しばらくすると、また室内へ入りたがってクンクン啼く。犬小屋の中へとじこめてやる。また啼きはじめるので、テラスの皿へ水を入れてから、テラスへ出してやる。するとまた、クンクンとやり出すので、どうしていいのかわからない。午前四時。小鳥はさかんにさえずりはじめる。空はまだあかるくならない。あかるくなるか、ならないか、そのかねあいのところを見物するため、これから散歩に行くことにする。そうすれば、ポコもついてきて散歩するから、クンクンやることもないだろう。

白く枯れたススキを刈る。風通しをよくするためだ。家屋より下の方の樹木の枝ばかりでなく、幹も切らないとだめらしい。有刺鉄線をくぐり、となりの木も少し切り倒す。家屋より上の方の下枝を切らないと、家屋より下の方から吹きあげてくる風が、うまく吹きぬけない。

ワラビ採りをやった。自宅の庭のを採ればいいのだが、百合子が反対なので、東隣りへ採りに行く。「うちの庭のは採っちゃダメ。うちのは生やしておく。よそのところのを採ってきて食べる。うちのを採ったら承知しないよ!」と、私が採りもしないうちから、おどすような眼つきをしていうのだ。

はたらきに来る人が、もう採っているらしく、あまり生えていない。ポコもついてくるが、かまわずに、下へ下へとヤブをくぐりぬけ、よく陽のあたる斜面をたのしみながら降りて行く。百合子も一度、東どなりへ来たらしいが、私が上ってくると、西どなりの方から、またたくまにワラビの束を手にして出てきた。ワラビだけが、ワラビの形をしているわけではなく、ほかの植物の芽かもしれないが、どうもワラビらしいと思って採れば、たいがいまちがいはないらしいのだ。

夕食後、あたりが暗くなってから、屋外にいた百合子が「大きな鳥が、私の方へ向って飛んできた。とても大きくて。怖くて怖くて」と、両手をひろげて大きさを示した。「ムササビかな。コウモリかな」と私は言ったが、そんなに大きな鳥がはたしてこのへんにいるかどうか、あやしいと思った。大きく見えたのかもしれないのだ。

「羊なんか、さらって行く鳥もいるんでしょう。ポコなんか、こうやってさらわれるわ」と百合子は、両掌をそろえてつかみかかるかっこうをした。「もし、わたしをさらっていったら、鳥は巣に戻ってから、びっくりするね」とも言った。

ポコの毛をすいてやったら、四十雀が十羽ほどすぐやってきて、毛の球をくわえて、振ったりちぎったりしてたちまち運び去った。

百合子は夕方、大きな鳥をみてから、一種放心状態とも興ふん状態ともつかない具合となり、眠るまで、ひとりごとのように大きな鳥について、ああでもない、こうでもないと言いつづける。

—泰淳記す—

六月三日（木）　ハレ

★白雲かと思われるほど、かすかに、日本アルプスの雪の線が、少しずつハッキリしてくる。よく見れば、横にのったりとたなびく雲の方が大まかで変化が少ないし、やわらかい感じである。雪山のヒダの方が固くてこまい感じであるが。しかし、雲の峯も、雪の線も、樹林のうねりのはるか彼方にうかんでいるのだから、色合いといい距離や姿といい、やはり同じ仲間のように見える。空や遠山の青さの中に、うかんだり、とけこんだりしているから、なおさらである。樹木や草原の方が、つまり近いモノなのだ。

―泰淳記す―

朝八時半、帰ろうとしていたら、外川さんがやってきて〈石に木の生えたのがあるから東京へ持ってゆけ〉と言って、一緒に車で下り、外川さんの家に寄って、木の生えている熔岩をもらう。ほんとうは、もっと大きな石で、松の木が二、三本生えているのをくれようとしたが、重いので断わった。外川さんは、角の高山さんの石積工事を今日からはじめるそうだ。昨日までは田植で山に上ってこなかった。今日もまだ田植がのこっていると言っていた。

六月六日　曇ときどき晴

花子、軽井沢合宿に出発。上野駅まで車で送る。八時。

十時半頃、赤坂を出て山へ。厚木から御殿場をまわってくる途中、大和と厚木の別れみちで道をまちがえ、二度訊いてもとの道へ出る。座間の進駐軍キャンプのまんなかを抜け出る道を通る。二時着。

台所の雨戸を開けてしばらくすると、四十雀が口一杯に自分の頭ほどの苔をくわえてとんできて、人間（私）がいたので、あわてて戻って松の木にとまり、しばらくあちこちの枝にとび移って戸袋のあたりの様子をみていたが、やがていなくなった。戸袋の中の巣は、この前より更に大きくなっているらしく、雨戸が入りきらない部分が多くなってきた。台所はうす暗いので昼間も灯りをつける。

晩　ごはん、そらまめ味噌汁、粕漬さわら、きゅうりもみ。

六月七日（月）　ハレ

朝から、気持のよい風が吹き上ってくる。

朝　おかゆ、東坡肉、サラダ。

昼　タンメン。

戸袋の中に巣を作った四十雀は、今日は少し馴れて台所で水仕事をしていても、戸袋の中へ苔を運んでいる。一羽が戸袋の前の松の枝で見張っていて、一羽が戸袋の中に入り、しばらくごそごそ巣を整えていて出てくると、一緒にまた苔をとりに飛んでいく。時々苔をくわえたまま、窓の中の私を、首をのばしてのぞくから、眼と眼が合わないようにしている。ポコの毛と苔をとってきて戸に挟んでおいたら、当り前のようにしてくわえて戸袋の中に持ちこんだ。

午前中、外川さんが来て、テラスでウイスキーを飲んで話してゆく。

外川さんの話

○船津〔河口湖畔の町〕あたりでは田一枚は八畝だ。ほんとうは一枚十畝だが、十畝のうち二畝は耕地整理のときに道と水路のために出す。八畝で、一畝一俵の見当で米がとれるから八俵とれる。一畝は三十坪だから、八畝で二百四十坪だ。田三枚あると二十四俵見当とれる。外川さんは三枚もっている。田植には男八人女七人で一日で植え終る。昼と三時のお茶と夜ごはんを出す。夜は五、六種類のおかずと酒を出す。さしみ、酢のもの（サバやタコなど）、鳥のから揚げ、サラダともう一種類くらいと汁物《しるもの》（椎茸、みつばなどいれる）を出す。三時のお茶は、生菓子を富士吉田で二千円位買って出す（河口の町にはいいのはない。吉田の菓子をだす）。

○田植一日で一万はかかる。奥さんは田植より、御馳走作るのに、かかりきりである。田植は日当、女で千二百円位。親類の手伝には、米が出来たとき米でやる。田は、坪千二、三百円位で、今は機械が発達したから、一番草《いちばんぐさ》、二番草をとるときに、機械でかきまわすから、すぐ出来てしまう。あとは、とり入れのときが忙しいだけで、畑よりずっと楽だ。畑は野菜の値段の上り下りで大損したり、年中頭を使って考えなくてはならない。バクチをうっているようなものだ。

とのことだった。私も田が一枚欲しい。

夜　パン、ピーナッツバター、チーズ、ベーコンとじゃがいも炒め、とりのスープ。

六月八日（火）　ハレ
朝　ごはん、サンマかばやき（罐詰）、味噌汁（じゃがいもとそらまめ）、わかめときゅうり三杯酢。

台所の西陽除けカーテンのパイプを取り付ける。午後、車の掃除。

昼　ホットケーキ、きゅうりとパイナップルのサラダ、スープ。

夜　ごはん、かに酢醤油、大根ととり肉の煮たの、きゅうり塩もみ。

フデリンドウの花はもう咲いていない。

なるこゆり二本咲きはじめる。

外川さんの話のメモ（これは昨日、六月七日に、田植の話のほかにした話で、昨夜眠くなって書くのがいやになってやめておいたら、今日になって主人が「外川さんの話は書いておくのだぞ」と言うから、忘れないうちに書いておく。いやだなあ。指はイタくなるし、字を書くのは大へんだ。外川さんがこれからも沢山話をしたら困ることになる）。
○ジョウショウ殿《でん》の秘密（現代のお話）。（ジョウショウ殿という字は、どういう字を書くのかわからない。外川さんに聞いたら、首を振って、ただ、ジョウショウ殿、と言うだけなので、外川さんも知らないのかもしれない。）
船津のワコー伝八郎が、富士山の頂上に登って石を積む仕事をしているとき、石室《いしむろ》から朱塗りの箱の経巻が出てきたので持って下った。東京に行って調べてもらったら、日蓮上人の御真筆で、これによって、日蓮上人が富士山で行をしたことが判った。一番目がミロク上人で、二番目にしたのが日蓮ということになった。

船津のシオヤ平内に見せたら、うまいことを言って取り上げて返してくれない。シオヤ平内は、それをサンロク（？）の会社に売ってしまった。シオヤ平内は行者である。サンロク会社では河口登山道の五合目の上の方にジョウショウ殿というホコラを建てて、日蓮上人がここで行をしたときに経巻を納めたのだということにして宣伝した。「朝日さし、夕陽かがやく、うばがふところ」という上人様の歌は丁度このジョウショウ殿の場所をいっているのである、ということにした。

ワコー伝八郎はくやしがって外川さんと二人で「シオヤ平内のことなど全部ばらして新聞にも出すぞ」とサンロクにねじこんでいった。実は、この経巻は精進口から登って行ったところにあるシャカが嶽の石室にあったもので、そこは、地面の中からの地熱と上から岩がおおいかぶさっていて、真冬でも雪がない場所で、そこならお上人様も行が出来ただろうと想像される、ほんとうに「朝日さし、夕陽かがやく、うばがふところ」（この、朝日さしの歌が話の間に何度も出てくるが、そのたびに外川さんは歌のところだけ、声の調子をネコナデ声にして節をつけ、眼を閉じて酔ったようにして言う）のようなところである。そこにあった経巻であるから、ジョウショウ殿は嘘の話である。このことはみつけたワコー伝八郎しかしらない。このこともバラスぞ、といってやった。

ワコーの家では、シオヤに経巻を取上げられてから不幸続きで、易者にみてもらったら「ジョウショウ殿にある経巻とシオヤの家にある朱塗りの箱が別れ別れになっているので一緒にしてくれ、といっている」と言われたので、ワコーはこのこともあって、シオヤにも返してくれといったが返してくれない。外川さんはねじこみのために、十日も毎日通ったが一銭もくれないし、何にもしてくれなかった。今はワコーも死んでシオヤも死んだので、外川さんだけが、ジョウショウ殿の秘密を握っている。

○外川さんの家についている迷信の話。

外川という姓の家は三派あって、それぞれ守り神様がちがう。外川さんの家はお不動様で、この一派はキビを蒔いてはいけない。二月十四日の晩めしから十五日の昼（？）まで、米のごはんを家で炊いてはいけない。外で食べるのはいい。別の外川の一派は薬師様が守り神様で、ここではきゅうりを作ってはいけない。もう一つは忘れた。

○月八日に旅立つと帰れない。日帰りはいいが、泊りがけの旅立ちはいけない。月の八日に旅立つ人は……という歌がある。

○二十九日に餅をついてはいけない。クンチモチという。三十一日にもいけない。一夜モチ、ミソカモチという。吉田の弁天町のシラス（外川さんはシェラスというから、何だかフランスかどこかの人のことのようだ）さんという一族だけはミソカモチをつく。それは三十日に餅をついた先祖が伝染病で死んだからだ。

○石和の手前、御坂峠を上って下ったところの黒駒というところに、ミカゲ石の山を買った。セールスに鎌倉横須賀まで出かける。ミカゲは一尺二、三寸平方のもので百二十円から三十円で売る。

○御胎内の社は入札で管理人をきめる。四年ごと。去年までは電気屋で、今年は材木屋がやっている。Kさんは神主でここで一身上つくったが、今はそんなに儲からない。

○昭和二十四年ごろ、外川さんは開拓組合長と勤労組合長をやっていた。大豆の品評会に、T村のトモカズの大豆を出したら三等になって、外川さんも宮城に行って、天皇にハイエッした。Tのトモカズはごほうびに純毛の服地なぞ一人で持ちきれないほどいろいろ貰った。外川さんは入賞させるために、リュックに土と大豆を入れて神田の役所に行って、当時一万円の金で役所の人を接待した。その熱心さのあまり、三等にしてくれた。三等まで天皇陛下に会える。

○S村やY村は、少し前まで六十軒位の村で、村長や議員は順番で、字が読めなくてもなれた。

○S学会は人の弱味につけこんで攻めてくるから一種の共産党である。しかし、ここの親方は、金が沢山あるから偉い。R佼成会が攻めてきたが、外川さんははねつけた。

最後のこの政治的意見のときは、外川さんは急に考え深げな面持となって、しかも断固とした意見のように演説調となって話してくれた。外川さんは政治が好きらしい。

〔日附不明にて記してある〕

★夕ぐれの焚火。帰りぎわの焚火。

まだあかるいので焔の色は、さほど目だたない。山ボケや、山つつじの朱色に近い色だ。けむりもかすかに、まっすぐ立ちのぼる（六月に入ってから、わらびを採った）。

――泰淳記――

〔日附不明〕

★それは、午前三時ごろ。三十分もすると、ウイリッピャラの鳥がなきだす。ココココ……。ホホケキョウ、ウイリッピャラと、午前四時には、さかんな声がまじりあう。

――泰淳記――

★6月7日、百合子がカルイザワ行の花を上野駅まで送り、あと二人は十一時ごろ東京発。快晴となる。チヂミシャツ一枚になるほど暑し。左腕、赤くやける。また水洗便所のナオシヤさん来る〔6月7日とあるが6日のまちがいである〕。

――泰淳記――

★6月8日、買物に街へ出る。ビール一〇本、バター一個、トマト四。くもり日。

――泰淳記――

★6月9日、ゴルフ場附近まで散歩。帰りは、工事のトラックに乗せてもらう。庭の手入れをなす。百合子は隣り下の松の木を一本切り倒し、見晴らしをよくした。夜、豪雨、石油ストーブ焚く。

—泰淳記—

★6月10日、朝、雨止む。

—泰淳記—

六月二十五日（金）曇ときどき晴

前五時二十分東京を出る。

今日は、東洋文庫、うちにある残り全冊、井伏鱒二全集、浮世絵集、のせてくる。御殿場まわり。籠坂峠にかかるころ、晴れてきて見晴らしがよくなる。自衛隊の出勤時間らしく、七時半頃の山北、御殿場あたりの町は、バス停毎に自衛隊員十人位ずつ待っている。小山あたりの上り坂は、バイクの自衛隊員がほとんどで、自家用車、トラックにも行きあわない。自衛隊のある須走の町の通りは、ぞろぞろぞろと自衛隊の学校に向って歩いている。籠坂峠を上りきって下りにかかると、今度は山中湖方面から、隊員がバイクに乗って上ってくるのにすれちがう。私の車以外は、全部自衛隊の出勤の人たちだ。

三時間で山に着く。

水洗浄化槽を持ち上げて高くする工事終っている。勝手入口のコンクリート張り、終っている。外の羽目板上張り、半分ほど出来上っている。プロパンの元栓をひねると、音がして洩っているので、管理所にいう。羽目板の上張り工事で、ガス引込みパイプのつなぎ目が外し放しになったまま忘れていたらしい。三人来てすぐ直す。

陽があたってきたので、ふとんを干していると、外川さんが来る。隣りの土台と、車庫作りのための泥をどける仕事をしている。

テラスで陽にあたりながら、外川さんはビールをコップ一杯まず飲んでから、次にウイスキーをすすっては嬉しそうに話しだす。外川さんは、なかなか家の中に入らないので、テラスで話すことが多い。で、外川さんがくると陽にあたりすぎて、私はそばかすができるので、麦藁帽子をかぶって話すことにしている。

今日の外川さんの話

○先日の鎌倉行きの石売りの件は、あまりうまくゆかなかったらしく、訊いても、少ししかしない。「何度も行かにゃあだめ」というだけ。

○その鎌倉行きの帰り、地図でみると斜めにつっきる道路があるので、藤沢から近道のつもりでその道を行ったら砂利道で、スピードが出ないのと、地図では斜めにまっすぐに書いてあるが、実際の道はいろいろに曲ったり、一里もまた斜めに戻ったりで、四時間もかかって、えらい目にあった。という話から、その道を行くと中津渓谷の入口も通る、ということから、相模湖向う岸の鼠坂《ねんざか》あたりの道のことを説明（あまり長く説明してくれるので、何が何やら判らなくなってしまう）。

どうして、あのあたりがくわしいかというと、終戦後、あのあたりを一日に十里位、歩きまわったからくわしい。

どうして歩きまわったかというと、スズ竹というザルを作る材料の竹の仲買をしようと思って、あのあたりが産地なので、スズ竹の山を持っている人から買ってザル業者に売ろうとした。その買い方は、一人で行って、このへんとにらんだら、そのあたりの元締めの親方のところへ行って話をする。そのときは、鈴木タツオという元締めのところへ行って話をつけて「じゃあ、アユカワ（ここは山梨と神奈川のさかい目）のあたりを伐らせよう」ということになった。スズ竹は、大きくて人の背の高さ。低くて熊笹ぐらいにしかならない。富士山の二合目あたりにも生えている。仲買は楽でない。スズ竹の仲買をやっただけで、ほかの仲買はしたことがない。

○雨が降れば石の仕事は出来ないから、雨が降ると、使っている人たちや友だちにせがまれて、石和の温泉に行く。車で御坂峠を越えて、四十分あれば着く。車一台で全部は乗れないから「この次、雨が降れば、お前」という風に、代る代る連れて行く。石和の甲斐路荘という、高級でないところに行く。ここは一日二百円で、小部屋が貸切りで、二百円の中にお湯銭《ゆせん》も入っている。食事は外から、ラーメンをとる。酒もないから、持込歓迎で、一日湯に入って、ごろごろしている。百八十円は大部屋だが、自由がないから二百円の方がみんな好きで、二十円余計出して入る。朝八時に電話して予約しておけばいい。雨が降ると、このへんの百姓は石和に行くから、知ってる者に会う。お湯は熱くて透明で、少し硫黄の匂いがする。ここんところ雨が降るので、ずい分行った。宿屋は五十軒ある。一番はじめに、国際興業の小佐野賢治（国際タクシーの人）が、自分の家用の飲用水の井戸を掘っていたら湯が湧き出て、それからそこに宿屋を建てた。一番はじめなので「いづみ荘」という。いづみ荘は大きいが、はじめで古いので、風呂場も汚ないし湯もぬるい。

この間、甲斐路荘に行って風呂に入ったら、年寄りが沢山入っていたので、参議院にたってるHのことを頼んでやった。「山梨の宝だから、当選させなければ宝の持ち腐れというものだから、是非とも当選させたい」と言ったら、年寄りたちが「若いのに、いいことい《う》うじゃあ」と感心していた。若いのに感心、といったのは、俺らのことをいったのだ。

外川さんの工事で使われている石工のおじさんも、途中からやってきて、一緒に休んでゆく。

外川さんは、また、ジョウショウ殿の秘密について「サンロクを、十日もかかってやった。『ジョウショウ殿の建っているあんなところで行をしたでねえ。まっと〔もっと〕陽の当るところで行をしただ』と言って『バラスぞ』といってやっただが、一文にもならなかっただ」と、くり返した。石工のおじさんも私たちも笑うと「嘘でねえど。嘘でねえど」と、真顔で念を押した。

朝　赤飯、ひらめ煮つけ、佃煮。

夕　ごはん、豆腐みそ汁、はんぺん、わさび漬、野菜炒め。

勝手口のコンクリートのふちに沿って、月見草とノハナショウブを植える。

この間、赤坂の家に、座談会の帰りの、埴谷〔雄高〕さんと野間〔宏〕さんと梅崎〔春生〕さんが寄った。みんな酔っていたが、お酒を飲んではいけない梅崎さんまでも「もう全快しました」と言って、酔っていて、また、その上に飲んでしまった。そして、小さな声で「何で、富士山の中なんかに家を建てたんですかねえ。きっとよくないところですよ。ぼくは富士山キライですよ。蓼科に建てればいいのに」とくり返した。「大岡昇平も、そこに建てるそうですねえ。大岡さんは今年は印税が沢山入っているはずだから、彼は本当に建てるかもしれないなあ。どうして大岡さんとばかり仲よくするんですか。ボクも、そこに建てます。タデシナから引越してもいいんだ。今年、タデシナからハイヤーで恵津子と遊びに行きます。きっとよくないところでしょうねえ。武田くんは、うちを建てるのは下手な人ですよ」などとおっしゃった。だから、梅崎夫妻歓迎の印として、出入口に月見草とノハナショウブを植えて、見栄えのするようにしたつもり。

六月二十六日（土）　くもり　夜に雨

朝　ごはん、豆腐みそ汁、卵焼、のり、大根おろしをたくさん。

関井さんと大工さん三人くる。

見積り書が出るのが遅れていて、見積り書を出さないうちに、職人の都合で、勝手口のコンクリート張りと浄化槽直しをはじめてしまったので謝っている。

コンクリートは、この上に上塗り（化粧という）を明日するというので、そのときに東京から持ってきた模様のある色タイルを三列ほど組みこんで塗ってもらうことにする。羽目板上張りのやりかけを三人ではじめる。

関井さん、テラスの手すりを一部分切って、庭から出入り出来るように入口を作る。

白とピンクに手すりを塗りわける（ペンキのあるだけ塗って終る）。これは私と主人がする。

夕食　ごはん、肉の煮こみ、くだもの。

暗くなりかけ、珍しいみたこともない花を採ってきて石段の脇に植えた。そのあと、雨が降ってきた。

★ペンキ塗りの経験について一言。デパートの日曜大工売場で買ってきたペンキは、シンナーを混入しないでも、そのまま塗れる。白の大カン、赤、緑の小カンを用意してきたし、刷毛も上等。ペンキとは要するにハッキリと「自然」に対する抵抗である。

雨で腐る木材を守るばかりでなく、雑多な色彩の中で、単色を主張する、そのことがすでに抵抗であるらしい。白なら白、ピンクならピンクに、ベランダの手すりを塗っただけで、急に、家の存在が明確になるのは不思議なくらいだ。「存在しているぞ」と主張でき、安心できることになるらしい。と言うのは、植物の色、土の色、すべては雑色であって、ペンキほどの原色はありっこないからである。「先生、こんどは熔岩の方を忘れて、ペンキぬりに夢中になるんでねえか」とS氏が笑ったが「ペンキを塗る」という行為には、一種特別の魅力があって、やりだしたら止められなくなる。「イロを塗ることによって、外界に変化を与える」。これは実にスリルのある行為だ。

——泰淳記——

六月二十七日（日）　くもり

昨夜、豪雨。一晩大雨が降ったら、梅崎さん歓迎記念の月見草も、石段わきの何だかわからない花も、すっかり根づいた。昨夜は、おなかが痛くて、眼が覚めてばかりいた。あけ方に眠ったので寝坊して、八時少し前出発。今日は山中湖まわりで帰ってみる。籠坂峠はスキー場のあたりから頂上まで、御殿場側の下りもすっかり霧で、五メートルほど先しか見えない。御殿場の町でだんだん明るくなり晴れてくる。松田あたりで酒匂川沿いの道路に、上から土砂崩れがあり、片側通行のところあり。いつも溝の口から御殿場、という往きの道ばかりで、今日はじめて、逆に帰りの道を通ったが、往きの景色や方向のくせがついているので、帰りにこの道を使うと、体がねじくれているみたいで妙な気持。高井戸の公団アパートにいるとき、向いのKさんの室に行くと、間取りはそっくり同じなのに、向いあっているので逆のようで、体がねじれているように感じたのと同じ。

七月六日（火）　くもりのち時々晴

前五時四十分東京出る。相模湖まわり。大月駅で駅弁を買う。ひさしぶり。登校時間にあたって、水兵服やジャンパースカートの女学生、小学生が多いので、大月よりスピードを落す。鳴沢村より上る。三時間にて着。門のところにとめ、車の中で駅弁を食べてから、家をあける。外まわり、コンクリートの化粧は仕上って、梯子、丸太など、足場の材料がまだ置いたままになっている。ポコはうんこ臭いので、下の方の木に、一時つないでおく。外まわりの工事の残りの板と物置の中のりんご箱で、ポコの寝場所を作ってやる。

高原一帯、のばらの真盛りで、道を歩くと、ばらの匂いの風が吹いている。わが家は、のばら、しもつけ草がさかり。しもつけ草は、ぶどう酒色とピンク色とある。夜、庭に出ると、風はやんで、ばらの匂いが溜っている。五月ごろから七月まで、金無垢の季節だ。

朝　駅弁。

昼　持ってきた鮭入りおにぎり。

夜　パン、とりスープ、コンビーフとじゃがいも、サラダ。

七月七日（水）　ときどき雨

昨夜は雨。

今日は朝から降ったりやんだり。

朝　ごはん、また、コンビーフ、スープ、納豆。

昼　パン、牛乳、ゆで卵。

夜　すいとん（茄子、ねぎ、ちくわ入り）。

午後、講談社佐久さんより電報「シンブンレンサイイタダキタシ」

明朝早く東京へ帰ると主人言う。雨が降ると、すぐ帰りたくなるのだ。

夜十時ごろ、晴れて月が出る。今頃、鳴沢の方から灯りをつけた車が、ゴルフ場へ向って行く。

今日は箱のように大きな伊東静雄の伝記をずーっと読んで、そのあとギターを弾いてばかりいた。お菓子を持ってこなかったので、我慢をしているためにそうなっていた。この次は、東京からやっぱり持ってこなくちゃ。お菓子を持ってこなかったのは、はじめてで、ウリばかり持ってきたので、そればかり食べていたせいか、下痢している。胸がつかえている。

「うんこビリビリよ」と言うと「俺は病気の女は大キライ」と言う。憎たらし。

昨日も今日も石屋の工事の音は、どこにもしていない。下の原っぱのプレハブ工事の大工の話声だけ。

七月十三日（火）　くもり時々雨、夜も雨

東京、前五時半出発。相模湖まわり。ダンプの落していった泥でスリップがひどい。

出がけに作ってきた焼きにぎりで朝食すませる。後、昼寝。

関井さんが来て、勝手入口ドアより雨がふきこむので、ワク木をいれる。

持ってきたビーチパラソルの具合よろし。

昼　ごはん、牛肉煮こみ、佃煮。

夜　パン、バター、スープ、プリンスメロン、なす中華風炒め。

草も木も、ますます繁る。

七月十四日（水）　曇ときどき晴
八時朝食　ごはん、味噌汁（いんげんとじゃがいも）、わかめ酢のもの、ゆで豚。

風呂場のスノコをあげたら、アリが一杯死んでつまっていた。廊下、床にワックスを塗る。

昼ごろ、石屋のおじさんが、いろりの自在を提げてくる。近所の家から持ってきたという。煤がかたまってハゼの佃煮のようになっている。千円でいいと言う。おじさんはウイスキーを一杯飲んで帰る。

関井さん、十時ごろ、松葉ぼたん、菊、けいとうの苗を持ってきて、庭に植えてくれる。

家の外まわりの手直しも仕上ったので建築費未払分を支払う。十二万二千百一円也。

昼　ごはん、粕漬、きゅうりもみ、夏みかん。

勝手口のドアにニスをかける。

夕方、外川さん来る。朝来た石屋のおじさんの話では、外川さんは腹痛で工事場で寝ころがっていたらしいが、やっぱり、一寸きた。

今日の外川さんの話
○十三妹《シイサンメイ》〔新聞連載小説〕の意味と、大体のすじはどういうのかを、主人に訊く。
○都議会は、どうなっているか、と主人に訊く。
○議会政治というものは、一人でまっつぐの意見をとおそうとしても多数決だからうまくいかないし、皆の意見がちがえばダメだ。まっつぐといっても、どれがまっつぐのことだかわからないということが問題だ。

外川さんは腹痛で元気がないのか、選挙でうまくないことがあったので元気がないのか、あまり元気でなかったが、しまいにはチーズを食べて、ウイスキーも少し、ビールも少し飲んで帰った。

夕方五時半、ビールを買いに下る。雨のため、鳴沢まわりの下りは、道がとてもわるい

と外川さんは言っていたが、ためしに下ってみたら、それほどでもなかった。ビール二十
七本買う。納豆、食パン、合計三千二十円。
七月十七日（土）
☆私は母と、山へ出発するまでに、十六日には、一日に五回も買物に行った。ピーコック
で「キリー」という、かき氷の器械を買った。そして、それらを前の晩につめておいて、
今日、五時半に出発。八時少し過ぎに着いた。荷物を運び終えて、入り口のコンクリート
と、テラスのペンキを塗ったのと、壁板にニスが塗ってあるのにおどろいた。
朝食は新しく買ったトースターで焼いたパンとスープときゅうりとパイナップルのかん
づめとソーセージ。昼食はぬき。私は五時間ひるねした。そして父とポコと散歩。夜食は、
はんぺん、キャベツのいためもの、つくだに。私と母はお茶漬というとりあわせ。
そのあと、父は寝て、母はあとかたづけ。私はちょっとだけ勉強。そのうち、母がカー
テンをつけるといったのでいっしょにつけた。意外とよかった。そして、もう十二時にな
ってしまったので、少しベッドの中で話してすぐ寝た。今日から夏休みです。寄宿舎から
帰ってきました。
——花記す——

七月十八日（日）　くもり、ときどき晴、夕方雨

テラスのペンキ塗りをしていると雨となる。

三時ごろ、深沢七郎さんが、ひょっこり現われる。弟さんの貞造さん夫婦がクラス会を河口湖でやりにきたので、車を借りて、一寸、梅の様子を見にきた、といって二十分ほどいて梅を見て帰る。関井さんが、自在を二階のハリから吊す仕事が終ったので、一緒に下まで乗って行く。おせんべばかり五袋、お土産において行く。

深沢さんは「ここは富士山の中《なか》ですか？　中じゃないでしょうねえ。やっぱり、中かな。裾野が下に見えるから。一合目かしら」とそのことばかり言っている。「なかでしょ。字《あざ》富士山という番地だから」と言うと、心配そうな、いやそうな面持をする。深沢さんの一族は富士山に登ったり、富士山のなかに入ったりすると、必ず悪いことが起るのだそうだ。キチガイになった人とか、盲腸炎になって死んだ人とかあるそうなのだ。そのことを話して、深沢さんは飛ぶようにして帰ってしまった。そして、こんなことも言った。「富士山の見えるところに美人はいないですねえ」。いやだなあ。

夜、南條範夫のザンコク小説を花子と読み耽る。

七月十九日（月）　快晴

空は澄みきって、快晴。朝早くビールなど買いに河口湖へ下る。ガソリン二十二リットル千百円。湖畔の土産物屋が開いていたので、花子は人形と絵葉書を買う。二百八十円。鳴沢の郵便局で。葉書二十枚と切手、四百円。

朝日の森田さんより電話、管理所にかかってくる。「友達急用のため、三時にまた管理所にかけるから管理所まできてくれ」とのこと。これは友達急用ではなく友達急病のあやまりであった。指定された時刻ごろ管理所に行くと、電話の奥の遠い声は「梅崎さんが、今しがた、急に亡くなった」といった。はじめ「梅崎さんが――」と話しだしたので、夏少し前に、梅崎さんがタデシナから車で遊びに行くといわれていたので、その連絡の話かとひょっと思ったら、つづけて「――亡くなった」といわれたので驚いた。

今朝がた、湖の裏岸をまわって鳴沢へ戻るとき、河口湖にしては、大へん水が澄んでいて、釣をする人も絵のようにしずかに動かない、うっとりするような真夏の快晴だった。〈こんな日に病気の人は死ぬなあ〉と思いながら車を走らせていたら、梅崎さんが死んだ。涙が出て仕方がない。恵津子夫人に弔電を打ちに鳴沢村に下る。今朝、勢よく、葉書を買ったついでに、東京からの転送や速達の郵便物について問合わせたばかりの郵便局にまた行く。私が涙を垂れ流しているものだから、局の人は「奥さん」と言ったきり、びっくりして顔をみている。「人が死んだものだから」と言って手を出すと、黙って頼信紙をくれた。

帰ってきてずっと、ごはんのときも、誰も口をきかない。主人も私も花子も、別々のところで泣く。主人は自分の部屋で。私は台所で。花子は庭で。

〔附記〕七月十九日のここのところに梅崎さんの新聞死亡欄の切りぬきが貼ってある。武田が切りぬいたのか、私が切りぬいて貼ったのか、忘れてしまった。切りぬき方がとてもヘタクソなところをみると武田かもしれない。切りぬきはもう茶色くなっている。十九日午後四時五分死去、五十歳、と書いてある。若くて亡くなったのだなあ、と思う。その写真は、助けてくれえ、というような、あの、いつもの梅崎さんの顔をしている。

七月二十日

朝四時半、山を出る。

おひるまえ、梅崎家へ主人と伺う。東京は暑い盛り。梅崎さんの家の廊下のようなところには、とてもよく陽が射しこんでいた。その廊下のようなところに坐って、恵津子さんは吐くように泣いた。

夜、七時半ごろ、私だけお通夜に伺う。主人は疲れてねむたいというので（東京にて）。

七月二十三日（金）　雨

一日中、少しずつ、少しずつ、雨が降る。戻り梅雨というのだそうだ。

赤坂五時半出発、九時着。

トーストを食べて、何もかも放りだして、部屋に入って眠る。二時間ほど眠ったら、管理所のジープが来て電話の取りつぎ。一時半に東京から電話があると言う。何でも「知人が死んだ」という電話だったという。梅崎さんの御葬式から帰ったばかりに、続けてこんなことがあるのに呆れてしまう。電話に出てみると、河出書房の社長が亡くなり、二十六日后二時より御葬儀とのこと。知らせの電話は朝日の森田さんで、続けてのことに困ったように「また、今度も山へ行かれなくなりました」という。森田さんが来られないので、明日、列車便で連載原稿〔十三妹〕を出すことになる。

管理所の人は「今年は気候のせいでしょうか。下の村でも死ぬ人が多いですよ。東京の人も村の衆も体は同じですかねえ」と感心したように言った。

ガソリン代（高尾山の麓で入れる）千六百二十円。キャラメル二十円。有料道路二百円。

夜　おじや、卵を入れる。ハンバーグステーキ、サラダ。

夜、濃霧。

七月二十四日（土）　くもりのち晴

朝　ごはん、ひらめ煮付、のり、うに、コンビーフ。

昼　ふかしパン、紅茶。

夜　チャーハン（百合子、花）、おかゆ（主人）。たこときゅうり酢のもの、ベーコンを
　おかゆに入れる。

朝がたは霧が深かった。

昼すぎ、列車便で原稿を出しに河口湖駅へ下る。

河口湖駅で、言葉のゆきちがいからか、私鉄には列車便がないといって強硬に受付けてくれない。間に合わないといけないので、大月まで車をとばして六時半の列車便に、やっとのせる。大月駅では、私鉄でも列車便はきくから、何もここまで車をつかって来なくてもいい、というので、腹が立ったまま、また車をとばして戻る。河口の駅にねじこんでやるぞ。ギュウギュウの目に合わせてやろう、と思い乍ら走らせていたが、今日は交通取締りの日らしく、白バイや交通巡査が多く、こんなときに怒り狂って車を走らせていると取締りにひっかかって大損害だ、と気をとり直して、ゆったりと女神様のようになる。駅のそばの本社事務所で、朝日の森田さんに列車便を出した旨電話を入れてから、駅に行って

怒り出すと、中から駅長のような人と中年の人が出てきて、ひたすら弁明し、今度から預かって、指定の列車（大月発十二時半と六時半の二本が原稿積載車である）に間に合うように河口湖駅から出す、と約束する。半分ほど怒ってやめる。

河口湖の町で。鍬、柄の長い植木バサミ、カーテン止め、千六百六十円。

薬局で。ペンキ、赤と白。ワニス、練乳、千六百五十円。

勝山村で、ビール二ダース二千七百六十円、卵十個百二十円、サクラエビ百五十円、水蜜桃六個百五十円、食パン五十円、チョコレート百円。

鍬を売っている店は、店内拡張で、中の方を土間に改造工事中である。地元の人は、そのごった返しの店の中へ、何にも買わないのにやってくる。「まあ、見ておくんなって。茶でもあがっておくんなって」と、必ず言うのをまって、また必ず中まで、コンクリートを塗っている土間の隅を爪先立って入って行く。そして、ごった返しの奥の座敷まで上りこみ、お茶と漬物をたべて、工事を一通り眺めまわしては帰って行く。店の品物を売るのと、工事見舞の客の接待で、おかみさんは、ひどく忙しいのに、いつもと変らない調子でしゃべっている。

勝山村の酒屋は、先日葬式をしていたので、その日はビールを農協で買った。誰が死んだのか、今日たずねると、その太ったおかみさんの亭主だという。六、七年も高血圧でぶらぶらしていて、この気候不順で二、三日患って死んだという。あとで悔むことがないように、この六、七年は出来るだけのことをして、大切にしてやったから、アキラメがつくと言った。「もう不幸は終ったから、またビールは農協でなく、うちで買ってね」といわれた。

管理所で新聞をとってから帰る。管理所には二組ほど客があって、会社の寮にきたらしい人が「かに罐があるから、マヨネーズを買ってかけて食べればいい」と、相談していた。そして、インスタント味噌汁はないか、と聞いていた。

管理所にて。ピース一箱四百円。

列車便料金八十円。

七月二十五日　晴

暑くなってくる。室内は二十五度。

朝ごはんは、パン。

午前中、花子は手すりのペンキ塗りをしたあと、熔岩にペンキを塗って人形を作っている。髪の毛は松葉。

昼すぎに洗濯。台所のふきんを煮る。

シーツ、フトンカバー取り替え。

戸袋の中の鳥の巣を手を入れてとり出す。外側の板張り工事が長かったので、親鳥はあきらめて卵を抱かないでどこかへ去ってしまったらしい。かけた巣は出してしまわないと次の年にかけにこない、と関井さんに教えられたので。

ポコのらくだ色の毛と苔と綿くずや毛糸屑、格子縞の洋服布のきれはしなどで出来た大きな巣で、猫の眼ほどの大きさの卵がいくつも入っていて、われたり、穴があいたりしている。卵の中の黄味も、にわとりの卵をそっくり小さくしたようになって入っている。かすかに血の気がさしているような白い卵で、うす茶色いそばかすのような点々がある。哀れである。

「とうちゃん、卵みてみる?」ときくと、首を振って「見たくない」と言う。巣にくるんで仕事部屋の窓の下から見せると、怖わごわ、見にきたが、そのうち指でそーっとさわってみて、それからずいぶん長いこと見ていた。

管理所に新聞をとりに行き、ハイライト一個七十円、キャラメル二箱四十円。

都議員選は社会党が第一位であった。

夕方、車の水洗いと中の掃除。

今年は種子がとんできたらしく、庭にも道にも月見草が一杯増えている。おみなえし咲く。キンポウゲ、日光キスゲ咲く。
明朝早く東京行きなので、夜、皆早寝。

七月二十七日（火）　晴

二十六日に河出孝雄氏〔河出書房社長〕の御葬儀のため帰京。東京は息苦しい暑さだった。青山斎場に主人を送る。葬儀にこられた野間〔宏〕さんと奥様が歩いていらっしゃるのを、待っている車の中から私は見ていた。

今日、前十時半出発。御殿場まわりで山へくる。厚木の手前の小田急と相鉄の二本の踏切りで車がつまり、炎天下の稲田の中の道を、一寸刻みに進む。風が吹いているので気持はいい。野鳥園の前で一休み。ポコを出してとびまわらせてやる。三時近く着く。着いてすぐ、上の門の方で声がして、中村光夫、大岡昇平、上林吾郎さんが、ゴルフの途中だといって立寄られた。テラスでビールを飲み、まもなく帰られた。

そのあと、外川さん来る。腰骨をひねってずれたとかで、酒を飲まない。カルピスを飲んで、一昨日ごろ、作家のGさんが交通事故で二人、人をひき殺したという話をした。そのあと、そういうときは、どのくらい、ちょうえきに行くことになるか、ということを外川さんは思慮深げに想像して言ってから「小説家っちゅうものは、そういう場合、いいだなあ。牢屋に入《へえ》っても、坐って何か書けるっちゅう。いれんなことを書けるっちゅう——そういうことがあるだが、俺《う》らや百姓は具合わりいだ。牢屋に入っていれば、それだけ体がなまって、出てから使いもんにならねえだ。石の仕事はとくにあんべえわりいだなあ。それが罰《ばっ》っちゃあ罰だけんど」と言った。主人は黙って笑っていた。私は本当のことのような気がした。奥さんにブラウスをあげる。夜、東京から戻ってくると涼しさ限りなし。すばらしい星空となる。

七月二十八日（水）　快晴

☆十二時頃、山中湖に泳ぎに行った。泳ぎはじめたのは一時頃で、二時まで泳いだ。私はクロールを練習したが、二メートルぐらいしか、まだ泳げないし、息がうまく吸えない。母に教えてもらって泳ぐ。母がクロールで泳いでいると、岸にいた大学生のおにいさんたちは「すげえ、あの女」といった。山中湖は遠浅で、底が砂なので、泳ぎやすい。また人がたくさんいるので安心して泳げる。今度は、父とポコもいっしょに遊びに行こうと思う。

帰ってきてから父と梅の木のまわりの雑草をかりとった。そのあとお風呂に入った。とても良い気持だった。トランジスタラジオの電池を買ってきたのでラジオを聞いて、久しぶりに勉強した。五ページやるつもりのところを二ページしたらねむくなってしまって、ラジオを聞いて十時少し前に寝た。

風呂をわかし、夕方、皆入る。あと洗濯。
六時半ごろ、朝日新聞より電報。あす森田さんが来るとのこと。

―花記す―

七月二十九日（木）晴

朝　おかゆ、茄子にんにく炒め、さつまあげ、大根おろし、味噌汁。
昼　ごはん、ロースハム一枚ずつ、やきのり、卵。
夜　おにぎり、コンビーフ（花）、冷やっこ、ババロア。

風呂をわかしかえし、ポコを洗ってやる。牛乳と新聞をとりに管理所まで行き、炎天の道をのろのろ歩いて帰ってくる途中で、外川さんの車がきたので、乗せてもらう。「スイリ小説の江戸川乱歩ちゅう人が死んだが、今度はゆかなくていいかね」と、教えてくれる。外川さんがここのところ、隣りの石積工事をしないのは、土運びの機械のベルトが切れたからで、今日ベルトを買ってきたから取り替えるのだという。ベルトは一万五千円もして「こんなことではひき合わねえ」と言った。
新聞をひろげたら、江戸川乱歩の死がのっていた。女学生のころを、ずーっと通して、私の一番愛読した本。古本屋で探しては、試験中のことも忘れはてて読み耽った、黒地に金粉をなすりつけたような表紙の×××だらけの本。東京の江戸川乱歩氏邸?(きっと東京にあるにちがいない)の方に向って遥拝。

午後三時頃、森田さんと運転手さんが来て四時ごろまで休んで帰る。運転手さんはビールを飲んではいけないので、テラスのパラソルのかげで、トマトやそのほかをひっそり食べていた。

外川さんは二人の男とベルトをつけ替えながら、朝日の車が帰るのを見ている。今日は日射しがことのほか暑い。

夕飯の支度をしていると、トランジスタラジオのジャズの合間に、大和の警官射殺犯人が車を奪って逃走、東京の渋谷の銃砲店に逃げ込み、店にいた人を楯にして警官と射ち合いの最中で、見物人が四人負傷し、山の手線がとまっている、としゃべっている。森田さんの車が、犯人の逃走した道順をたどって渋谷にさしかかる時刻である。

「ラジオで『ビルから見る東京の夕方の空は紫色で美しい』といっているよ」と、夕焼を見乍ら、花子小声で言う。

東京は、はるかかなたの、ふしぎに美しいもののように、なつかしいもののように、連続射殺事件のニュースを聞きながら思う。

七月三十日（金）　快晴

朝　花、百合子はトースト、スープ。主人はコンビーフとごはん。

十一時半、山中湖へ泳ぎに行く。

山には風が吹いていたが、湖へ下ると、泳ぐには丁度いい具合。水は澄んで日射しは暑い。ヨットが大分出ている。吉田で買ってきたビニールのボールを水に入ったとたんに流してしまう。風があるので、ボールはころがるように湖面を沖に流れていってしまった。追いかけても追いかけても、どんどん流れていってしまうのであきらめた。

昼はやきおにぎり、サラミソーセージを包んできて岸で食べる。一時間ほど泳いで帰る。帰りがけ、ビール一ダース、チーズ、いか、茄子、スイカ、二千十円。うちへ着くと、管理所に電話があったからくるようにとのことで、管理所へ行く。谷崎〔潤一郎〕さんが亡くなられた知らせ。告別式は八月三日后二時よりとのこと。

夜　ごはん、茄子しぎやき、しらすと大根おろし。花子は冷し中華。

七月三十一日（土）　くもりのち晴

前十時半山を下り、朝日の原稿を十一時十九分発（大月発十二時二十八分）の列車便にするため、河口湖駅へ寄る。学割の旅行切符の申込みを書く人たちで満員である。

そのまま山中湖へまわり、十一時半頃より泳ぐ。くもり勝ちだが風がなく、油のようにとろりとした湖面を、体が水をかく音をききながら、ゆっくりと泳ぐ快感。林間学校の中学生が泳いでいたが、すぐひきあげた。修道院の尼さんが三、四人来ていて、小さい子供たちが泳いだり岸で遊ぶのを監督している。尼さんたちは暑くても黒いかぶりものに黒い服を足先までまとっていて、足には黒い靴下をはいているらしい。林間学校の生徒がひきあげたら、入江は尼さんたちと私と花子だけになった。

昼はおにぎりとチーズを食べる。一時ごろ帰ろうとすると、四、五人派手なシャツの色めがねの若い男たちが車のまわりにきて「帰るの？　どこからきているの？　品川ナンバーじゃん。東京から泳ぎにきたの？　もう少し泳いでいけよ。乗せてってくれよお」と、口々にからかいだす。ひとわたり、皆の質問に返事をいちいちしてから「さよならあ。皆さん、ごきげんよう」といって、手を振って車を出してしまう。見かけはすごそうだが、気の弱そうな与太者たちらしい。花子はすっかりいや気がさして「大きくなって運転するようになったら、あんな目にあうから、男の人を隣りに必ず乗せるようにする。おかあさんはヤクザのおにいさんたちと友だちみたい」と元気がなくなる。

帰り、牛乳をのみ、鳴沢村口より上って帰る。

ガソリンとオイル代、千九百九十五円。

みんなで西瓜を食べた。

夜　ごはん、精進あげ（さくらえびとさつまいものかき揚げ、なす、ピーマン）。

夕方から細い三日月のすぐそばに星が一つ出ている。

八月一日（日）　晴

十一時ごろ、今日も山中湖へ泳ぎに行く。富士山へ登る有料道路の上り線は、東京のラッシュアワーのときと同じ車の列。その車の列は、有料道路のゲートよりもっと前、河口湖の町通りよりもっと前、富士吉田の大鳥居のあたりから蜒々と続いている。山中湖は、そのわりにはすいている。みんな富士山に行きたいわけなのだ。いつもの入江で一時間ほど泳いで帰る。帰りは又、逆に、有料道路からの帰りの車の列が続いていて、われわれの車はなかなか右折が出来ない。日曜なんかに山を下りるんではなかった。

二人とも、湖と車の中で陽にやけて、茶色の革靴のようになった。八百屋はトマト、キャベツとも売切れ。納豆も売切れ。とうもろこし二本買った。肉屋で、豚肉、馬肉五百円買う。

夜　豚肉つけ焼き、ごはん、サラダ、きゅうりといか三杯酢。

今夜も西瓜食べた。

八月二日（月）　晴

今日も山中湖へ泳ぎに。夏は、もうすぐ終ってしまうから、一寸の暇も惜しんで泳ぐ。明日、谷崎さんの告別式のため、早く帰京する。「加減して早く帰ってこいよ」と、草刈りをしている主人、出かける私たちに草の中から言う。それでも一時間半、泳ぐ。花子クロール上達。私も上達。

往きに鳴沢村役場に寄り、村民税と固定資産税を納める。全納四千九百七十円也。役場はひまらしい。女子事務員は眠そうな声である。

ビール一ダース、チーズ一箱、ホットケーキの素、きゅうり、トマト、パン、納豆二袋、合計二千八百七十円也。スバルライン入口で生ジュースというの、二本で六十円。これはまずい!!　今度から買ってはいけない。

酒屋のおばさんは、貝の干したのを三切れくれて、しゃぶれという。花子と一切れずつしゃぶる。管理所に、留守となるから、明日の牛乳は冷蔵庫にいれておいてくれ、と頼む。

新聞は昨日の日曜の富士山の人出のすさまじさをのせている。五合目から頂上まで登山道はぎっしり人の列で埋まり、同じ速度で歩かないと迷惑するらしい。気持わるくなって休みたくなった人が、ぐずぐずしてゆっくりしていると「早く脇へのけ」と怒られるらしい。一人転ぶとうしろの人も転んで、次の人も転んで、一番下になった人は大怪我するらしい。石ころでも、うっかり蹴とばすと、それは下の方を登ってくる人の頭などにあたって重傷になるらしい。

ポコは、車が門につくと、すぐにせっせと迎えに上ってきたので、酒屋でくれた貝の一切れをやる。

昼　ごはん、残りのコンビーフ、納豆と海苔。

車の中で花子は「今度は、おとうさんの好きなところへ行ってあげようよ。本栖湖か、フジラマパークが好きよ、きっと」と言う。今度は主人をのせて、明け方、誰も起きていない山中湖岸に行ってみよう。

山中湖の貸馬のおじさんやボート屋は、押しつけてこないし、のんびりともの静かで感じがいい。

八月三日（火）　くもり

朝四時、東京へ帰る。

昨夕、外川さんが子供と一緒に、じゃがいも、にんじん、いんげん（このへんでは十六という）、キャベツ、きゅうりを持って来る。朝早く東京へ帰るというと「その車に俺《ぅ》らを乗せてってくれねえか」と言う。電電公社へ就職する長男のことを頼みに、池袋の妹のところへ一泊で行くつもりだが、ライトバンのナンバーを盗まれてしまい、木の札を代りにしているのだが、まだ警察の許可がこないので、山の中は運転していても、東京までは運転して行けないのだそうだ。で、朝四時半ごろ、外川さんの家の前の通りを通るから乗れということになった。まだ暗い河口湖駅前を通って外川さんの家の前にくると、外川さんは出ていないで、草むらと畑の前庭をへだてた外川さんの勝手口あたりに、暗い電灯が一つついていた。まもなく外川さんは、背広を着て、ワイシャツにネクタイを結んで、革靴をはいて出てきて乗る。外川さんの正装をはじめて見る。
渋谷の駅、ハチ公の前で降ろす。

八月四日（水）　晴

前十一時半赤坂を出る。三時十五分前に着く。暑い日。
夕方、うたたねをしたら、そのままずっと朝まで寝てしまう。

八月五日（木）　晴

后六時、私と花子、外川さんと約束をしておいた河口湖湖上祭に下る。主人、急に留守番するという。

外川さんは三人に来てもらいたい（特にセンセイ）と思っていたのに、私と花子だけということになって、ガッカリしたらしい。

六時に外川さんの家の前に着くと、もう湖上祭に行く車でつながっていて、道一杯つかってハンドルをきり、大まわりして外川さんの家への小路に入る予定だったのに、そんなことは到底できない状態。すぐうしろには、大きなオートバイのおにいさんが女を乗せて五、六台続き、絶対あとへ退らないし。外川さんは少し先の右側の小さな農家へ入って行き、しばらくして「オーライ」と手を振ったので、少し前進してから、農家の入口めがけて右折すると、そこは車幅一杯の私道で左側は田んぼ。私の車の前にすでに千葉ナンバーの車が一台入っている。私の車が右折したのを見て、すぐ真似してもう一台あとから入ってきたので、私の前に一台、あとに一台、あれよあれよという間に一列に並んで三台入りこんでしまった。

私が「この前の千葉の車、出られないんじゃないの。私、こんなところへとめて大丈夫かなあ」と言うと「なあに湖上祭終るまじゃ帰らねえ。九時半か十時ずらあ」と平気である。農家の障子窓があいて顔を出したおじいさんは心配そうにしていたが、外川さんが威勢がいいので黙ってしまって「中のもの、とられねようにしてくれやあ」と小さな声でいって窓をしめてしまった。何ともへんなところなので「私の車のうしろの車の人がいる今のうちに道へ戻して、外川さんの家の前にやっぱりとめたい」と訴えたが、外川さんは大丈夫だといって歩きだす。

外川さんの前庭まできてから、もう一度「千葉の車が出られないだろうから」と言うと「ほっとけ。何《なあ》もせん方がええだ」と言う。外川さんは前庭から座敷へ上り「暗くなるまで茶《ちゃあ》でも上っておくんなって」とすすめる。主人から出がけに「外川さんのうちに上りこんで御馳走になったり、酒沢山飲んだら駄目だぞ」と念を押されているので断わるが、暗くならなくては行っても無駄だ、というし、奥さんも庭先に下りてきて、是非、というので上る。

外川さんは私と花子が上るとすぐさま、座敷のテレビをつけて、テレビと話しこむほどの近さに坐りこみ、画面に眼をすえたままになる。水戸黄門をやっている。ときどき「うう」という呻き声を出しては、穴のあくほどみつめている。水戸黄門様が浅はかな殿様をたしなめて悪い家来をやっつける話で、外川さんは鼻水が垂れてきても拭かない。黄門様が終えると、すぐパチンと消して、体の向きを変え、今度は私に話しかけはじめた。わかった。外川さんはこの番組がはじまっていたので、早くこれを見たいから、千葉の車のことなんかどうでもいい、早く座敷に上りたかったのだ。外川さんは黄門様を見ている間、子供がそばにきて首をつっこんで見ようとすると、ゲンコで頭をなぐって向うへ追いやり、自分だけテレビの前で専用にして見ていた。

さしみ、トマト、酢のもの（いか、くらげ、さば、たこ）をビールと一緒に運んできてすすめられる。

そのうちに急に思い出したように「重ね重箱」があるから見ろ、という。棚の上のものを払い落して探したり、押入れの中からも、ものを放り出してのぞいたりして、外川さんと奥さんはやっと見つけ出す。カビが一杯生えていたが、五重ねのケヤキの見事なものだ。しかし、二箱はフチがとれている。外川さんは十年前にレークの（湖畔のことらしい）頭バカになった人から「当時の金でサンデンエン（三千円のことらしい）で買った」と言った。奥さんと、東京から花火を見に泊りがけできているらしい外川さんの妹さんも座敷に寄ってきて、坐りこんで話をしはじめる。

そのうち暗くなってきて、湖畔に出かける時刻となる。外川さんは「さてと」と言って、ゆっくり立上り、用意の出来ている消防の印ばんてん、河口湖町消防団誘導部長と衿に染めぬいてあるのを着て、衿のところをすっとひっぱって姿勢を正し直立不動となる。そして白い日おおいのかけてある制帽を両手で大切そうにかぶる。奥さんは、衿のところを嬉しそうに直してやった。私と花子は手を叩いて「ステキ」と言った。外川さんは、この出動の場面を主人にみせたかったのだ。忠臣蔵の大石内蔵助のようだった。

湖畔のLホテルに行くと、外川さんが予約しておいたはずだというのに満員だという。どの部屋も、湖に張り出した見物席も満員で、さかんに飲み食いしている。大座敷のようなところでは、東京からテレビでよくみる落語家がきていて、漫談のような司会のようなことをやって、みんな真赤な顔で笑いどよめいている。湖の見えない席で、西瓜とジュースを四本、外川さんは注文してくれた。そして「これから誘導の仕事が待ってるで」と言って敬礼すると、まわれ右をして出かけて行った。私たちは、外川さんにわるいと思っていたので、やっとほっとして、それを食べ終るとすぐホテルを出て、夜店を見たり、音がすると空の花火を見上げたりして湖畔を歩く。

花火は、このホテルのある南の入江と、湖の中の島と、東にある岬のようなところと、ホテルの対岸の南の浜と、四個所から、代るがわる打上げている。一個所を一軒の花火師が受持って、腕くらべしているのだという。暗い湖上にこぎ出した沢山のボートは、へさきに紅白だんだらの提灯をともし、漁師の和船や地元の人の手持ちの船は御祭礼の提灯をともし、モーターボートは、青や赤の電球をつけている。遊覧船は船体全部を色とりどりの電球で飾っている。花火が上ると湖面は一瞬人の顔まで見える明るさとなるが、すぐ真っ暗な水の上に戻るので、お互いに衝突を避けるためにもつけているらしい。旅館の湖に面した部屋や屋根には客がのり出して花火をみている。

遊覧船に乗ってみた。船はこぼれ落ちそうに人を乗せて音楽をかけ、湖の中央まで出て、ゆっくりまわって戻ってくる。二十五分、一人九十円。まわりどうろうを買う。二百円。盆踊りの絵がまわると踊り子の手足がふわふわ動いてみえる。

湖畔で花火を見る席には、人がぎっしりで、新聞紙を敷いて仰向けに寝転んでいる足の間を、踏まないように歩いて、遊覧船の乗り場まで行ったのだ。死にそうな位の年のおじいさんが、家族の人に囲まれて、新聞紙を敷いて寝て、仰向けになって花火を見ている。死んでしまっているのではないかと思うぐらい、じいっとして花火のあがる方角だけ見ている。この敷いている新聞紙は、売り屋がいて、その人から買っている人もある。私たちも、新聞紙があいていたので、それを敷いて仰向けになって、しばらく花火のあがるのを見た。ねころんで見ると、首がくたびれないので、ずーっと終りまで見ていられるのだ。

花火があがって、音もなくふっと消えてゆくのを、くり返しくり返し見ていたら、梅崎さんのことを思い出して涙がでた。

九時半頃、卵を六個買って抱えて、車をとめたところに急ぎ足で帰ると、女一人男二人がいて、怒っている様子。千葉の車の人だ。一人の男はやたらにヒステリックになっていて「二時間も待ったぞ。のんびり笑いながらやってきやがって」とふるえ声で嚙みつくように言った。「花火見にきたんでしょう。花火見物の人は、花火が終るまで帰ってこないのはわかってるでしょ。あんたたちも花火終るまで見ていればよかったのに。花火見にきてのんびり笑いながら歩いて何が悪い。せっかち」と、あんまりふるえ声でどなるので、いい返したら、その男は私に殴りかかろうとした。もう一人の男が中に入って「こんな田んぼでけんかしたって仕方がない。早く車を出さなくっちゃ」と言って、私のうしろの車を四人で持ち上げて田んぼの所に斜めにうっちゃって、私の車をバックで道に戻し、やっと千葉の車が出られることになる。私のうしろの車は小さかったので、案外軽く持ち上げられたから、田んぼの中に三分の一ほど浸ってしまうこととなり、一番損をした。来年は、もう、こんなところにとめない。

花子は「おかあさん、ほんとは私たちも少しわるいね。遅く帰ってきたからね。あの男の人ヤクザのおにいさんでしょ。おかあさんがぶたれたら負けるよ」と、車に乗ってから小さな声でいった。私は気分が少し昂揚して「ぶちにきたら、卵全部投げつけて、それから車のチェーン出してふりまわしてやろうと思って」とうちあけた。

今年の湖上祭は、朝から晴れていたので花火がいつになくきれいに揚がったのだそうだ。その日、一度でも雨が通ると、あと晴れわたっても、空気がしけているし、花火玉の火薬もしとって、煙ばかり多いそうである。湖上祭の日は、朝から快晴ということは少なく、曇っていて雲の上に花火が打ち揚がってしまって、音だけがして見えなかったり、しとしと降って夕方からやっと晴れだすという日が多いらしい。「花火が終ると、このあたりの夏は終りだね。盛りを過ぎるねえ」と、外川さんも外川さんの奥さんも、地元の酒屋や八百屋のおかみさんも、ガソリンスタンドの人も、気がぬけたように言うのだ。明日かあさっては立秋なのだから。

八月六日

正午、石工の小父さんがひるの休みに、そばやうどんを手打にするときにこねる、木をくりぬいたこね鉢を持って庭を下りてきた。この辺では、とうもろこし粉をこねてダンゴにして食べるが、今では、ほとんど使わないという。千円お礼をする。夕方、うす緑白色の色にペンキをまぜ、これに模様をいれた。鉢の縁の模様を私が描き、鉢のなかに主人が字を書いた。その字は漢字四文字で「ナガクアイワスルルナカレ」と読む、と教えてくれた。私は、疎開しているときに食べていたとうもろこし粉の団子が、とても真黄色で、おいしかったことを話した。

梅の木と山りんごにちっかりりん肥料をいれる。

外川家具店に鏡と棚と一緒になったのを見ないで注文、午後届けて取付けてくれる。六千六百円。ヒューマニズムみたいな感じの棚が届いた。

鳴沢郵便局より、原稿速達便にて出す。

鉢に模様をいれているころより風雨、雷鳴がある。十六号台風の影響。

八月七日（土）　晴

午前中、原稿を速達にて河口湖局より出す。

午後、管理所より人来て、電話の伝言。「鎌倉の佐藤さんという人が山中湖ホテルに来ていて、夕飯に招待したいが」とのこと。三時半頃、こちらから電話をして、去年のようにすることにした。去年、八月の終りに富士の五合目で、偶然、お二人に会い、宿泊先の山中湖のホテルから御馳走持参で、一夕うちに遊びに来られたので、今年もそんな夜にしましょう、ということになった。五時半、密雄さんと治子さん御夫妻（鎌倉大仏殿の住職夫妻）、うしろから、ホテルの御馳走一式を持ったボーイさんのような運転手のような人がみえる。治子さんの柔らかい張りのある話し声や笑い声が、庭をまわりながら、だんだんと草の間から近づいてくる。久しぶりの西洋式の御馳走と華やいだ気分。九時頃まで、ビールを飲み、御馳走を頂く。密雄さんは、印度の昔の坊様の話をなさった。花子は身動きもしないで、ほうけたように聞き入った。

花子が留守番をして、山中湖ホテルまでお送りする。十時帰宅。花子寝るとき「大仏のおじさんはえらい人なのねえ。今日のお話みたいなの、はじめて聞いた」と言った。

茶箱を買って、冬物をしまう。茶箱千円。

八月八日（日）　晴

午後四時ごろ、山中湖ホテルまで本を届ける。日曜の帰り客の車が続いているので、ハイランドの手前より左折、下吉田へ抜けて、吉田の町を上って山中湖へ出る。下吉田の町の道はわるい。そのうえ、道がめちゃめちゃに曲りくねっているので、見当をつけて右折や左折しても、とんでもない方角へ出てしまい閉口。農家の庭の中へ出てしまったりする。縁側の人がびっくりしていた。

帰り、大鳥居の前のスタンドに車を預け、バーゲンセールをしていると教えてくれたナカゴミという店にマットレス二枚買いに行く。「ちっと歩けば……」というので出かけたら遠いので呆れた。二千四百円。

途中、古道具屋をのぞく。今年は欲しいもの一つもなし。提灯屋があったので、出来上ったばかりの、まだ濡れて光っているだるま提灯三十円、花提灯五百円を買う。

朝日の森田さんより速達。夏カゼをひいたから、少し眠りたい、と書いてある。

八月九日（月）　晴

朝飯を食べていると、関井さん、二人連れてきて、屋根ひさしのトタン張りをしてくれる。ついでに二階へ上る階段下に板を張ってもらい、ゴミが下へ落ちないようになる。

十一時十九分河口湖発の電車で、原稿を出す。

帰り、オイルステイン、ニス、千円。肉四百五十円。サバ干物（農協で買う）四十五円、きゅうり、なす、卵、納豆（これも農協）百十五円。

買ってきたニスで階段下の板張りにニスをかけ、余ったニスをあるだけ手すりに塗ってしまう。

夕方、関井さんが、忘れていったメージャーをとりにくる。帰りがけ、門までの急坂に、段をいれてくれる。もう一つ、ついでに、台所のドアの下から雨がふき込むので、コンクリートのふちを高くしてもらう。うちで買ってきたコンクリートに、外川さんが置いていってくれたのを足して出来てしまった。

遅くなって、あわてて関井さんは帰って行った。あわてていたので、うちのノコギリを持っていってしまった。

朝　トースト、とりのスープ、じゃがいもとベーコンのバター炒め。
昼　ごはん、サバ干物、たらこ、納豆。
夜　のりまき（かつぶし入り）、卵やき、大根おろし。

八月十日（火）　晴
風がぱったりとない。東京はさぞ暑いだろうと思う。

朝　ホットケーキ、サラミ、スープ。

昼　いもがゆ、クサヤ干物。

夜　チキンライス、かぼちゃ煮たの、ゼリー、キャベツときゅうり塩もみ。

テラス西側の雨戸にオイルステインを塗る。思ったより大へんな労働。陽がつよいと乾きは速いが、さっと浸みこんでのびがきかず、ステインは多くいり、刷毛にも力がいる。花子、大分手伝う。

管理所の野菜と食品を買う。

きゅうり一本、卵四個（十七円）、チーズ（百円）、菓子（五十円）、かぼちゃ（六十円）、そのほかで計四百二十円也。

いまは、たちふうろが、次々と咲きはじめている。萩も少し咲きはじめている。

八月十一日（水）　くもり
明けがた、急に涼しくなって、寝ていてのどが痛くなる。一日中、低い小さな声で話す。お芝居をしているよう。

午前十一時、河口湖局へ原稿を出しに下る。

ビール二打、ハシゴ千九百円、ノコギリ二丁六百円。ひき肉、トマト、きゅうり、菓子などを買う。

朝　ごはん、茄子中華風いため、大根おろし、しらす。

昼　ふかしパン、紅茶。

夜　コロッケ（鮭かんをいれたら、主人まずがる）、ごはん、トマト。

八月十三日（金）
午前四時に東京へ。主人残る。花子、百合子だけ。
東京はむし暑い。河出書房の印税は三井銀行へ振込んでもらうようにする。
池田前首相がガンで亡くなった。ほかの人は死なない。

八月十四日（土）　時々霧雨

朝七時前に山へ着く。ビニールの浴室カーテン、ビニールのすだれ、東京から運んできたものを、すぐ取り付けてみた。そのほか、東京から持ってきたもの、ひらめ切り身（昨日煮ておいた）、生鮭、ロースハム、黒パン、ようかん、サラミ、そのほかお中元に届いた残りのかんづめや菓子、トイレットペーパーなど。

朝　ごはん、ひらめ煮付。

昼　サンドイッチ、スープ。

夜　ごはん（おかゆ）、また、ひらめの煮付。じゃがいも炒め、鮭バター焼（主人）、キャベツ漬けもの。

午前中、列車便に間に合うよう原稿を出しに下る。

管理所に新聞をとりに行く途中、重装備のリュックサックの若者四人が、汗をびっしょりかいて、車の土埃りを避けているのに会う。帰りみち、手を振ってとめるので急ブレーキをかけると、富士山麓の陸地測量部の地図（ビニールカバーがしてある）をみせて、「ここはどの辺にあたりますか」と訊く。赤鉛筆で、河口湖から富士宮へぬける鎌倉往還が塗ってあり、鳴沢村あたりから富士山へかけての道にも塗ってあり、その道が精進登山道の二合目にぶつかっているようになっている。

その道を歩いてきているつもりだが、こんな高原に出てしまって、みれば家など建っているし、車も走っているし、道に迷ってしまったのではないか。自分たちはこの赤線を引いた道をたどり上って精進登山道二合目に出て、そこから精進登山道を頂上まで行くつもりだ、という。今、いるところは、どの辺だろうかと訊かれる。

「地図をみたってさっぱり分らないが、ここから東へ歩いてゴルフ場を通り過ぎた先の、交叉した十字路を、右に林の中へ入って上って行くと、その道は石がごろごろした道だが精進登山道の三合目にぶつかるという話だから、その石ころ道だとすると、今立っているところは大分西へ寄ってしまっている。ここはトラックが沢山通るから、それをとめて乗せてもらって十字路まで行くといい。私は地元の人でないから、トラックの人にもう一度道を確かめるといい」と、私は答えた。

途方にくれたような、まだ十六、七歳の四人の顔をみていると気の毒だったが「私の車には、とても荷物とこれだけの人は乗れないからトラックをとめなさい」といいのこして走ってくる。うちへ曲る坂上の角に関井さんが立っていたので、登山道をたしかめると、私が教えた道は、また違う別の登山道であった。地図の、二合目へ出る赤線の登山道は、管理所の裏を抜けて通っているという。今、若い人たちの立っている地点は地図の道から外れていない、確かな道だ、というので、関井さんを乗せて、管理所の手前の四つ辻に立っている若者たちのところへ引き返し、関井さんを降ろして教え直してもらう。丁度、大粒の雨が降ってきたし、違う道など教えて迷ってしまってはえらいことであった。管理所の横の四つ辻の道が、富士山の頂上まで行っているなどとは、知らないことだった。

八月十五日（日）　晴

朝　ごはん、のり、卵炒め、大根おろし。

昼　すいとん（茄子とねぎをいれる）。

すいとんは、茄子のすいとんが一番おいしい。

午後、列車便原稿を出しに下る。今日は日曜でお盆だ。スバルラインから、河口湖の町通り、富士吉田大鳥居のあたりまで車の列である。鳥居の前のスタンドで国際〔映画館〕の場所を教えてもらい、月江寺の駐車場に車を入れて、花子と二人映画をみる。「OK牧場の決闘」と「キッスンカズン」をやっている。入口に大きく完全冷房と書いてある通り、通風器が沢山ついていて、風がフウフウ音を立てて入ってくる。後の席五列ほどに客がぱらぱらと坐っているだけなので肌寒い。明るくなると、ほとんど十七、八の男の子であった。

帰りみち、醬油のおだんごを買う。国際のある通りは一方通行だが、オートバイがやたらと通り、うかうか歩けない。お盆休みで、与太者風の恰好の若い男たちが、どうしてよいのか、時間とヒマをもて余したように三、四人ずつ通りに屯して、女が通ると口笛吹いたり、からかったりしていた。

夜　おだんごをたべた。

今日は敗戦記念日だった。

八月十六日（月）

主人、花子、焚火をながくながくしていた。

八月十七日（火）　晴

朝ごはんを終えてすぐ、河口湖駅より列車便の原稿を出しに下る。主人同乗。駅から思いたって、そのまま本栖湖へ行く。ボートに乗る。岸づたいにはこられない、人のいない熔岩の入江に舟を着け、水着をもってこないので、主人真裸になって湖水に入り泳ぐ。水は澄んでいて深く、底の方は濃いすみれ色をしている。ブルーブラックのインキを落したようだ。そのせいか、主人の体は青白く、手足がひらひらして力なく見える。私は急に不安になる。私も真裸になって湖に入って泳ぐ。

帰り、農協でビール二十六本買う。

おそい夕飯のあとかたづけをしていると、豆粒のような灯りの懐中電灯をちらちらさせながら、笑い声の男と女、勝手口へ下りてくる。電報配達の男に、女が一緒に遊びがてらついてきたらしい。

タカミサンシス　ソウギミテイ　モリタ

八月十八日（水）　晴
ひる近く管理所へ出かけ、朝日新聞社に電話をかけて、高見順さんの御葬儀の日取りを問合わせる。二十日二時より告別式、青山斎場にて、とのこと。
花子を連れて山中湖へ泳ぎに行く。犬も連れて行く。お盆を過ぎて、人が少なくなり、湖水も秋の気配が漂っている。花子三十分ほど泳ぐ。ポコは馬をみては吠え、人が寄ってくるとは吠え、花子が水から上って近づいてくると、見馴れない姿なので狂ったように吠えたてて、嚙みつこうとする。水泳帽をとるとやっと分って、具合がわるそうにじゃれついてから車の下に入りこんでしまった。
おにぎりを食べてから、マウント富士〔ホテル〕へ上って、ホテルのプールの使用料を聞いてみる。大人五百円とのこと。湖はタダだからな。藻が沢山のときや水の汚ないときのほかはめったなことでは来ないぞ。マウント富士からの眺望は素晴らしいが、すぐ飽きてしまう。ホテルは空いていて、ボーイはぼんやりしている。

食パン、卵、ようかん、菓子、酢、野菜、計五百四十円。

うちへ帰ると、毎日新聞の桑原さんがみえている。海苔を頂く。桑原さんは、下の村の富士ビューホテルへ、夏はときどき来られるそうで、五時頃、その富士ビューホテルまでお送りする。

今日、船津の町はお祭り。山車《だし》が出ていて、その上でお面をかぶって踊っていた。お面をかぶっている人と、かぶっていない人と、あまり変らない顔なのに、花子は気味わるいという。

お祭りだったからだ、今日は石工事の人たちが一人も山に上ってきていなかったのは。

八月十九日　晴

今日は暑い。しんしんと暑い。

ひる頃、花子を泳ぎにつれて行く。旭ケ丘に近い岸に行くと、遠浅で、油のように凪いでいる絶好の遊泳場所があった。三十分泳いで帰る。

明日、高見さんの告別式なので、夕方自動車を洗ってきれいにする。暗くなった道をガマが歩いていた、と花子告げる。
朝　トースト。
昼　おにぎり。
夜　サンマを焼く。
明朝三時に起きて東京へ帰ると主人は言う。弁当を作り、ゴミのしまつをする。ビール一打、チーズ、パン、ホットケーキの素、納豆、チョコレート、計二千円。なし五個（一個二十円）、きゅうり二本、じゃがいも、キャベツ、計二百十円。

八月二十日
朝四時出発。高見さんの告別式のため帰京。

八月二十一日　雨
朝五時出発、山へくる。御殿場まわり。途中、松田あたりより雨が激しくなる。八時少し過ぎ着。
ひる頃、管理所へ行くと、品切れのローソクの注文を電話でしている。颱風が上陸するらしい。夜、ますます、雨はぶちまけたように降る。

八月二十二日　雨

昨夜一晩、大雨がやむことなく降り続く。夜中、三、四度の停電あったと、徹夜した主人いう。午前中、新聞をとりに行くと、今夜六時に十七号が伊豆方面に上陸との話。いままでのはただの雨で、これから颱風がくるらしい。雨はやまず、坂上から管理所までの道は、熔岩砂が多いから押し流され、えぐれて川となっている。雨の中をブルドーザーがずぶ濡れの軍手をしぼっては嵌めて、道を補修している。

夕方、早くごはんを食べてしまう。八時ごろ、二、三度停電、すぐつく。

風はそれほどひどくなく、ただ、ひたすら雨が、ぶちまけたように降り続く。今回は雨もりなし。

八月二十三日　晴

朝のうち、雲が厚かったが、すぐ快晴にかわり、陽射しは真夏に戻ったように暑い。富士は、すっかり晴れわたる。

列車便を出しに、車のエンジンをかけるが、なかなか、かからない。隣りの石工事の外川さんが、押してくれようと、三、四人つれてやってきたら、押す前にかかって、そのまま出かける。

列車便百円。書留料百三十円。モーターローン二万円。螢光灯三百円。乾電池百三十円。ビール、食料品千八百円。

一度山に戻って昼ごはんの支度をしてから山中湖へ行く。嵐のあとで湖水は茶色く濁り、藻がおびただしく浮いている。マウント富士へ上ってプールに入る。プール大人五百円、小人三百円。ホテルは閑散としていて、プールにいる人たちは、外来の、プールにきただけの若い人が多い。陽射しがつよいので、底をコバルト色に塗りこめたプールはまぶしく明るい。プールの水は、びっくりするほど冷たく、少し泳ぐと手足がしびれてくる。すぐ上って、皆と同じように、ふちに寝そべってじいっとしている。そのうちに、耳に指などいれたりしながら若い男がやってきて、いきなり誰も入っていないプールのまんなかほどに飛びこむ。浮かんでくると、ふちにやっと上りこんで、そのまま寝てしまう。男が二人やってきて、しゃがみこみ、寝ている男をさわっていたが、抱えてつれていってしまう。水が冷たすぎたらしい。だから、ほかの人たちは、また、ふちにねそべったきり、プールの水をじいっと眺めている。一時間ほどいて四時帰る。もう夏も終りなのだ。

吉田の町で。雑貨屋で。

籠（マキ入れにするつもり）六百五十円、ショイコ（この辺ではヤセウマという）の肩

帯六本（一本七十円）四百二十円、菅笠（農作業用）二つ、三百円、箕《み》一つ、合計千六百八十円。

八月二十四日（火）　晴

列車便出しに行く。山中湖旭ヶ丘下の入江に泳ぎに行く。水は澄んでいるが、風があって少々寒い。ボーイスカウトの一団が泳ぎにきている。水が冷たいので、ヨットの舟着き場に腰かけて、脚をぶらぶらさせている若い人が多く、水に入っている人は少ない。岸の砂地の空いたところで、ブラスバンドがジャズを鳴らしていた。間の抜けた音が空中に拡がってゆく。おにぎりを食べて帰る。

バスに乗り遅れた商店員風の若い男二人に頼まれて、富士吉田の駅まで乗せて行く。吉田の町は火祭りの大たいまつの支度で忙しい。大分、出来上ったたいまつが多くなってきて、坂道に沿って、家々の軒近くに、シメナワをまわして転がしてある。

吉田の馬具屋で、肩帯（ショイコの肩帯のこと）十組七百円。ゴロ（馬車を曳く馬の尻尾が垂れるのを防ぐために、尾の下にまわしておく木製の大きな数珠のようなもの）二本三百円。人がはくわらじ二足六十円。鞍の上にのせるヤマの値をきいたら千二百円といっていた。

製材所にて、机にする板一枚、脚にする棒を買う。四百五十円。

夕方から、納戸の中にとりつける机を作りはじめたら、夕飯の支度が遅くなって、九時にごはん。

夜　ふかしパン、やき肉、きゅうりといかの酢のもの、スープ。ふかしパンの中に、主人のだけ、ベーコンを細かく刻んでまぜてみる。

今夜、管理所では、夏ここに住む人たちの、夏の終りの茶話会があった。私は行かなかった。

八月二十五日　晴

十二時半、山中湖へ泳ぎに。今日も同じ空地でブラスバンドがジャズをやっている。富士山はぼんやり煙るような快晴。暑い。湖というのは、二時ごろから凪いで油のような湖面になることを発見。二時ごろから泳ぎにくる人が多くなるわけがわかった。舟着き場と舟着き場の間で、皆ひっそり泳いでいる。水ぎわまできて走りまわるオートバイも少なくなって、浜では合宿訓練の大学生が体操をしている。うちのポコのお腹の毛の色――金色に光ってみえるらくだ色の、たてがみの長い小さな貸馬が、子供を乗せて岸伝いに行くのが可愛らしい。

吉田の馬具屋に今日も寄る。クラヤマ千五百円（昨日このクラヤマの値だんは千二百円だった。クラヤマの話をしたら、みたことがないから買ってこい、と主人は言った。今日は高くなっていたが買う）。マッチ百五十円、タバコ千二百円。これも馬具屋に売っている。

とうもろこしとぶどうも買う。吉田の八百屋の店先は、夕顔と小さい西瓜が出盛りである。

河口湖の製材所で、棚板にする板、寸法に切ってもらう。三百円。

金物屋にて、棚板とりつけ用の金具百二十円。タオル掛け百二十円。

河出書房より全集の印税、銀行振込支払通知くる。

庭は、ワレモコウ、オミナエシ、オトコエシ、フウロ咲く。

八月二十六日　くもり

オイルステインの残りで北側の雨戸を塗る。

午后六時半、河口湖の駅前に車をとめて、電車で吉田の火祭りに行く。花子と二人。電車の中で関井さんに会う。棚板のカンナかけを頼んでおく。

吉田の町は、去年より人出が多く、大たいまつと、門口に組んだ薪木の火に、顔も体も手足も火照ったまま、九時半の終電で河口湖に戻る。

火祭りで買ったもの。

綿菓子二袋（二本ということ）百四十円。おでん二本、三十円。

浅間神社お札三枚、九十円。

ゴロ三本、四百五十円。

果物野菜、四百円。

火餅、百円（火祭りだから、火餅というだけ。何となく大福のようだと怪しんだが、帰ってきて食べてみると、やっぱり大福）。

タコ焼き、百円。

電車賃往復、八十円。

八月二十七日　晴

管理所で、醬油、みりん、卵、計四百三十円。山を下らず。一日中、ゴロの珠一つずつに色を塗って遊ぶ。主人はお経の言葉を赤い字で書いた。私はそういうのを知らないから、西遊記を見ながら、出てくる怪物や樹の名前や土地の名前や景色の有様などの言葉を、朱色で書いた。花子は緑色と朱色で同じ模様の珠をいくつもつくった。三十日に東京へ帰ることにきめる。

八月二十九日（日）　晴

河口湖で土産物を買う。

タオル千二百円、菓子四百円、石五百円、財布セット千六百円。

管理所にて米一袋七百五十円。牛乳を断わる。

夏休みの最後の日曜日なので、スバルラインも河口湖の町も車の列である。河口湖は、もう人は泳いでいない。夕方、車を洗う。日中は暑かったが夕方になると急速に冷えてくる。夜は、短かった、永かった、夏のもろもろのあと片づけである。二度目の夏、山の食物つくりも馴れたし、買出しも無駄をしなくなった。今年は去年より、よく泳いだ。ニスをかけたような私の顔と手足。冬になるとソバカスがふえているのだろうな。

夜は、いなりずしを作る。明日の焼きにぎりを作る。また一年経つまで、夏は終り。

九月七日（火）　くもり

朝五時、赤坂を出る。

昨日の雨のあとで、富士山はすっかり晴れわたり、五合目から八合目あたりまで、白い家のような石垣のようなものが点々とあるのまではっきり見える。
仕事部屋の電球が切れているので、管理所に取り替えを頼む。天井が高いので、ハシゴをかけないと取り替えられないのが不便だ。新聞代を支払う。
二、三軒の家の窓が開いていているだけで、ひっそりしている。午後、納戸の棚を吊る。
昼　トースト、サラミ、キャベツ。

九月八日（水）　晴ときどき曇
午前中、列車便を出しに行く。主人同乗。帰り、本栖湖へ行く途中の富士ヶ嶺別荘地への道を奥深くまで入って、赤い熔岩をバケツに二杯、ダンボール箱に一杯拾う。ここは入口は畠だが、奥に入ると樹海の中の道で、苔の生えた熔岩や赤い熔岩がある。主人は子供のように、赤い熔岩をみつけると駈け出して行っては拾い、よく見て気に入らないと棄てて、また、ほかのを見つけて駈けだす。赤でも気に入ったのと気に入らないのとあって、私が拾ってくると「それはダメ」と言ったりする。「赤い熔岩好きなの？　私は何とも思わないよ、これ見ても」と言うと「百合子はアタマがワルイからな。これのよさがわからない。これを一杯集めて庭に敷きつめて赤い熔岩の庭にするんだ。雨が降るといいぞ」と言う。あつめるなどという言葉、主人にはめずらしいこと。

卵、納豆、りんご、桃など五百二十円。

農協にて肥料（化成）三百円、タネ（冬菜、たまねぎ、鳴沢菜）六十円。

夕方、冬菜を一袋の半分まく。肥料を梅、りんごに入れる。

電気屋、球の取り替えにくる。車代三百円。とても背の高い人がきたので、机の上に椅子をのせただけで、楽に取り替えてくれる。

管理所に朝日より電話あり。后一時に電話するからとのこと。后一時に電話口に行くと、原稿の催促。管理所の人の話では、今年は寒さが早くきたそうである。

庭はわれもこうが盛りを過ぎた。ほかの草も盛りを過ぎた。軒先に捨てたメロンの種子から芽が出て、いまごろになって黄色い花が咲いた。関井さんの植えてくれた菊が濃く赤く咲いている。庭全体は病気にかかっているようだ。

九月九日（木）　雨

十時半、列車便出しに下る。

帰り、吉田の馬具屋で、クラヤマ一つ、ゴロ五本、竹ぼうき一本買う。計千三百円。クラヤマは木の材質によって値だんが違うのだそうだ。その向い側の八百屋で茄子を二十三円買う。

ビール一打、チーズ百七十円、ホットケーキの素百円、鯖四十円、角砂糖百円、計千七百三十円。酒屋にて。
昼　きつねうどん。
夜　串カツ、ごはん、たまねぎサラダ。
一日中、雨がしとしと降った。こんな日でもスバルライン有料道路は観光バスが続いて登って行く。

九月十日（金）　雨、風つよし
風雨つよし。
午後、朝日からの速達をもって管理所の人来る。この風雨は台風であって、夕方日本海へぬけるとのこと。
管理所の人は雨に濡れたので食堂で一休みしてゆく。この人の家は、勝山の富士ビューホテルの近くで、古い家財道具が沢山ある、と言う。食堂の壁にかけてある、そばのこね鉢や自在かぎなど眺めまわして言う。あの辺にSさんという富士山にくわしい人がいるそうだが、と主人がいうと、私はSの息子だと言う。Sという苗字はあの一帯にあるだけで、勝山あたりでは一番古い家で、寺も社もSの本家から出ていると言う。

Sさん（Sの息子のほうのこと）が今日していった話

○うちには弟妹八人いる。男四人、女四人。長男の自分のほかは皆、外に出ている。布地の行商をやって、北海道に行っているものが多い。この辺りは祭り（昨日は祭りだった）に帰ってきて、そのまま正月までいる者もある。祭りに帰ってきて、運動会（十二日頃やる）までいて、次には正月に帰り、盆に帰ってくるというのがたいていだ。

○この辺では、もう馬は飼わない。牛はバクロウと組んでとりかえるとき、小牛のほかに金を貰うが、馬は反対に金を打《ぶ》つ。つまり馬のほかに金もやらなければ、とりかえられない。だから車を買った方がとくだ。馬は冬休んでいるときも餌を食うから不経済だ。車は休んでいるときはガソリンを食わないから経済的である。

○富士ビューホテルは昭和のはじめ頃から着工して、八年に出来た。客はドイツ人が主に来ていた。戦争で敗けて接収されてからはアメリカ人が来て、解除になってからも、アメリカ人が多い。

○おとうさんは、百何十回か、外人を案内して富士山に登っている。そのほかの山も、ときどき一人で出かけて行く。スカイラインのない頃は、吉田口から登って、まる二日で頂上についた。

○天皇陛下がみえたときは、熔岩とコケモモのジャムを献上した。以上。

Sさんは、夕方になってもう一度、中央公論からの速達を持ってきてくれた。

夜　海苔のおにぎり、茄子の炒めもの、卵焼、大根おろし。

九月二十一日（火）　晴のち曇

五時すぎ東京発。相模湖、二個所が道路補修のため片方通行。大月駅にて駅弁を買い、スバルライン途中の林の中で食べる。管理所までの幹線道路工事のため、大回りして急坂を上ると、うちの一寸手前の上りで車がミゾへおちこみ、タイヤが砂に埋まって動かなくなる。道路工事の人三人きて押してくれて車を出す。一眠りすると、関井さんとあと二人が、台風のあとの見まわりにきてくれる。台風で管理所の手前の家は、屋根が半分もぎとられて飛んでいってしまい、中の家具は水浸しになったそうである。その家の人は木をわざわざ、すっかりとってしまって庭を造ったらしい。木がまわりにないと風あたりがつよいし、ほかのうちの屋根が飛んでくるということもあるから具合がわるいそうだ。その家は、東京から送らせたダブルベッドの置いてある部屋の屋根が飛んだので、ぴかぴかのダブルベッドは台風の間じゅう、びしょ濡れになっていたそうである。ダブルベッドがびしょ濡れになっているのなどは、はじめて見たそうで「気味のわるいものだ」と関井さんは話した。

冬菜の芽が出ている。間引きする。

九月二十二日（水）　晴のち曇、夜に雨

管理所から女の人がゆっくり歩いてきた。葉書一枚持ってきてくれる。「百合子さんて、奥さんの名前かね」という。

深沢七郎さんより、クルミの苗を何本欲しいか、クルミはカブれる人がいるが大丈夫か、を問合わせた葉書。宛名の住所が「鳴沢村坂の上」となっているので、一度、局へ戻ったりして、やっと配達されたらしい。

主人、クラヤマに絵具で、梵字だの、雲だの、眼だの、をコバルト色と朱色で描いて遊ぶ。そのクラヤマを二階の廊下の梁にかける。

私は花子の部屋の雨戸を白いペンキで塗る。

九月二十三日（木）　くもり

十一時半、列車便出しに行く。吉田へ出て月江寺の駐車場に入り、いなりずし、野菜、ぶどう酒など買う。河口湖のスタンドで、フラッシャーの前左のランプが切れているのを取り替えて貰い、その間、すすめられて店の中に入って、お茶を飲み、いなりずしを食べる。わるいから土産用の登山杖の形をしたようかんを買う。白灯油一罐（三百五十円）も買う。

夕方、火災保険の人がやって来た。風水害のときの補償について訊くと、あまりにも額が少ないので、もう一度、よくたしかめてから継続することにする。この間の台風で屋根の飛んだ、ダブルベッドがびしょびしょになった家の場合などは、屋根が全部飛んだのではなく、半分飛んだのであるから保険はきかないそうなのである。幸い、この家は保険がかけてなかったから、ソンしなかったそうであるが。

ポコは、馬肉を食べて元気よくなる。風呂をわかす。

今日はお彼岸のお中日だ。

朝　いもがゆ。

昼　いなりずし。

晩　ごはん、さつまあげ、ハンペン、みょうがのすまし汁。

買物。白灯油一罐、オイル、羊かん、フラッシャーランプ、計七百五十円。

ビール二打二千六百五十五円、いなりずし百円、大福二十円、おだんご六十円。

食料品、野菜、ぶどう酒、計九百五十円。

インキ七十円。サンマ二本三十円、肉三百五十円、うどん玉（三たま）三十円。

ニス、ペンキ三百五十円。

九月二十四日（金）　晴ときどき曇
風呂場掃除。陽の射してきたテラスに椅子を出して坐らせ、主人の頭を刈る。顔も剃る。

午後、リスが庭先にきた。ポコが吠えたので、すぐいなくなる。

車にワックスをかける。台所の流しの下、掃除。

朝　ごはん、かき玉みょうが汁、茄子炒め、コンビーフ。

昼　手打うどん（豚肉入り）。

夜　ごはん、サンマ、さといも甘煮、がんもどき。

わらび餅を作って、おやつにする。うまくもまずくもない味であった。

鳴沢村有地の落葉松林が黄ばんできている。夜もどこかで、工事の音がしている。

今日は夕焼が、ながいことしていて、私は台所の戸をときどきあけては見惚れた。

十月五日（火）　晴

九時前に山に着いた。

ふとん、毛布を乾して、家の中に風を入れる。ポコは胸にガンが出来たので入院している。足もとにからまってくるものがいないので働き易い。

昼　パン（サンドイッチ）、とり肉スープ、ツナの罐詰と大根おろし。

私だけ眠っていると、大岡〔昇平〕さんの御一家が管理所のジープで来られる。「奥さん昼寝？　可哀そうだから起すなよ」。大岡さんの大きな声がしたので起きる。ねぼけたへんな顔しているといやだな、と思いながら服を着る。隣りの空いている土地など、方々を見まわる途中で寄られたとのこと。部屋の間取りなど見て、一休みして帰られる。大岡さんと奥様と息子さんが来られた。息子さんは建築の方を勉強されているらしかった。大岡さんによく似ていて背がとても高い。

夜　東京からもってきた火鍋子で、羊の肉を水たきにする。白菜、椎茸、羊肉、ねぎ、冬菜を入れる。羊肉は細く切った方がおいしい。冬菜も摘みたてだからおいしい。

庭の羊歯は黄色くなった。くまいちごだけが、青々と、黒いほど青々としている。

大岡さんはぶどう酒を下さった。帰りがけに奥様が「ここに置いてまいります」と小さな声でおっしゃった。もの静かな、和服の似合う人。こんな優雅な美しい人、私は知らない。

十月六日（水）晴、風あり

十二時半、列車便を出しに下る。スバルラインの両側の赤松林の中に、頬かぶりをしたおばさんたちがいる。赤い実のついた枝など持っているが、本当は松たけ探しをしているらしい。

豚肉百円、ぶどう三房百七十円、キャベツ四十円、もやし十円、サンマ二本五十円、納豆十五円、油揚げ二枚十二円。

オガライト〔おが屑で作った固形燃料〕一箱百円。

サンマを買った店のおばさんが、砂糖のついた小さいおせんべいを手に一杯つかんで、くれるという。紙もないので断わったが、上衣のポケットにじかにおしこんで入れてくれた。

朝　ごはん、ちくわ、味噌汁（里芋といんげん）、生卵、のり。

昼　キツネうどん。

十月七日　朝のうち小雨、のち晴

昨夜、月に暈がかかっていたので、小雨である。午前中に雲が裂れると、みるみるうちに快晴となった。

列車便を出しに下る（十一時ごろ）。主人同乗。本栖湖の手前の富士ヶ嶺へ入る道へ赤い熔岩を拾いにゆく。バケツ二杯とハコ一杯。

ビール一打千三百二十円。

味噌、煮豆、食塩、豆腐、みそづけ、計三百六十円。以上農協にて。

オガライト二袋と三本、四百円（三本はおまけにくれた）。

有料道路二百円。

高山植物のシオリ二百円（花子へおみやげ）。

旧道を上って帰る。

朝　ごはん、豚つけやき、もやし炒め。

昼　ごはん、ベーコンと豆腐と白菜で湯豆腐をする。

三時ごろ、一人で月見草の種子を採りに御胎内の近くまで行く。そのついでにガソリンを入れに下る。ガソリン千五百円。

スタンドで洗車サービスをしてくれるというので、その間、お茶を飲む。先客に、九州弁のおばさん二人、若い女、子供、六十位のおじさん、若い男、男の子一人の組が熔岩菓子〔熔岩そっくりに出来ている砂糖菓子〕を食べていた。食べ終ると、ながい間、売れずに掛かっていた富士山の大きな額を二枚買って、すばらしい大型車に乗りこんで帰って行った。九州から一週間かかって旅行してきたのだという。スタンドの女衆たちは「さすが九州の人だなあ。様子が上品でやさしいだ」と、しきりに感服していたが、私には普通の田舎のおじさんおばさんにしかみえなかった。スタンドのおじさんは「西郷さんのような言葉だなあ」と言った。先客がいなくなると、おじさんは、私の生活のことや、主人の生活のことを訊く。ゴルフはしない、というと「ゴルフもしないで毎日何をしてるだね」と言うので、庭の木の枝を伐って薪にしたり、草を刈ったりしているのだと答える。「広さは相当広いかね。二百坪くらいかね」。五百坪ばかりだというと「ただの庭木が植わっているのでは勿体ない。三百坪ばかり畑にすれば、もろこしや大根がとれて、下へ買いにこなくともいい。男が一人いって耕作機を使えば一日で耕せるら」という。「来年の五月の末に種をまけばよいから、その前に俺がいって耕してやる」といってくれた。庭中、畑になっては困るので「少しでいい」と返事した。下と山とでは、作付は二十日、山の方が遅いそうだ。「あの辺は作物はとれるところだ。おれは戦争中、ゴルフ場になったあたりへ、増産計画で小豆やいもを作りに上って行ったからよく知っている」とも言った。

○もともとあの辺は国有地だったのを、戦争中、増産計画で、このあたりの村の者が動員されて、開墾して、小豆、大根、もろこし、いもなど作った。あの辺は大根を作っても、姿《なり》はわるいが、味はふっくらして、いい味のものがとれる。だからあの別荘地も作物にはいいところだ。

○戦争が終って、国が村に土地をくれた。そこへO町の印刷屋の息子のCがやってきて、坪三百円で買うが、といった。この時は、とてもいい値の気がして、大喜びでそっくり八千万円で売った。タダで貰った土地が坪三百円だから、トクをした気分だった（おじさんの声はジャージャーいう声なので、八千万円というのは、一千万円のききまちがえかもしれない）。Cは、そこに生えている松の木を東京へ持って行って売って、出した金ぐらい、すぐ儲けてしまった。今になってみると、タダみたいな値だんで売ってしまったから、利息分をつけた値だんでもいいから、買戻したい気分だ。いまじゃこの町にも億以上の金を持っている個人が一人や二人じゃねえ。買戻せる位の金を持っている者はたんといる。東京へ稼ぎに行っている連中は、もっと持っているのもいる。この問題では、責任を問われるやら何やらで、何度も町長が代るさわぎだ。Cは二度ばかり不動産の売買をやって、それだけで、今じゃ山梨一か二の財閥よ。この村にも億以上の金のあるやつは、たんと出てきたによ。遅かったなあ。

ということであった。

おじさんは、億以上の金のある者が、この町にたんといる、ということを何度も力説した。以前、石垣工事で、うちに石工の人たちが入ったとき、女衆たちは、朝くると仕事にとりかかる前に、腕から時計を外して、ていねいに松の枝にぶら下げた。女ものの華奢な金時計が、キラキラといくつも松の枝に下っているのを私は羽衣伝説のように眺めた。それから、休みどきに女衆たちは、「甲府のデパートでダイヤモンド指輪の売出しをやっている。この前買った時よりもよさそうに広告が出ているから、また買うべ」と話合っていた。それから、昼ごはんどきに「いまどきゃ千万なんど金のうちに入らねえずら。億が金ずら」と、こともなげな朗らかな声が門の方の草むらの中から聞えてきた。あの女衆たちも億万長者か、それに近づいている人たちなのかもしれないのだな。

スタンドを出てから、前から行ってみたかった富士ヶ嶺の奥へ行ってみる。赤い熔岩を拾う場所より奥へは、主人が一緒のときは「ダメ」というので行かれないから。四時を過ぎていたので、樹海の中の道へ入ると、ふっと暗さが増す。暗いような、光るような、妙な西日の光線が漂っていて、早く行きつかないと帰りは真ッ暗となるような急《せ》いた気分になり、スピードをあげるが、ごろごろした道では四十粁がせい一杯である。二十分ほどで樹海を抜けて、大室山のふもと（?）へ出る。

紅葉のはじまった樹海が見下ろせて、本栖湖も鏡のように見下ろせる。いちめんの薄《すすき》の原におじさんが一人佇って樹海の方を見ている。そばに、にわとりが五、六羽いる。開拓村らしい。痩せた乳牛が一頭、転んでしまったような風に寝転んでいて起きられないみたいにみえる。ブロックを半分ほど積んだまま、夜逃げでもしてしまったような、建ちかけの空家がある。中に子供のゴム靴がある。それと似たような小さな家が屋根にテレビのアンテナをつけて、ぽつん、ぽつんとある。空気はよくて、静かで、正しい生活をしている、と思うが、何ともかんともわびしい。きた道を帰る。鎌倉往還へ出て、鳴沢の村のあたりを通ると、人臭くて華やかにみえる。

帰ってきて、門の横の木柵のふちに沿って、月見草の種子を手に一杯ずつ、ふりまく。うちまでの庭の道にもふりまく。

夜　ふかしパン、とうもろこしスープ、羊のコンビーフ、きゅうりとキャベツサラダ。

百合子のいない間に、テラスに黒白の大猫がきて、悠然として帰らなかった、と主人告げる。開拓村の話をして「人間は平等ではないねえ」と私は言った。

スタンドのおじさんの話、書き忘れたこと追記

○松茸は今年は不作である。梅雨どきに雨が降りすぎてタネが流れてしまった。梅雨どきも、時々はカラッと晴れて、雷が鳴るような年がいい。

十月八日（金）　くもり時々雨

列車便百円。有料道路二百円。火災保険（十月三日より契約）八千五十一円。これは配当四十九円つきといわれたが、何のことやら分らぬ。速達七十円。

西湖荘食堂でカツ丼（主人）、トースト（私）、盃三個百五十円。

罐ビール二本二百円。

十一時、列車便を出しに下る。主人同乗。河口湖駅前の事務所に寄り、火災保険の契約をする。証書は二週間後に東京の宅あてに送られることになる。事務所の受付にはニシキギとすすきが花瓶にさしてある。一軒おいて隣りのプロパンガス屋に、夕方ボンベを替えにくるよう頼む。速達は寄宿舎の花子あて。木で出来た右脚をつけたおじさんが自転車に乗ってきて、車の免許証の郵送を書留で頼んでいる。免許を返すのかもしれない。小海村を入って、トンネルをくぐり西湖の上に出る。西湖荘で昼飯。泰淳はカツ丼、百合子は、トーストと紅茶。キノコの形に木をくりぬいて作った盃、主人三個買う。西湖荘のおばさんはずい分年をとった。

根場村を通り、樹海の間をぬけ、鎌倉往還に出て本栖湖へまわる。樹海の紅葉が美しい。本栖湖のトンネルの手前は工事中で、火薬使用中の立札が立っている。道がわるいのでひき返す。貸ボートのある浜へ下りると、女学生の一団が浜一面にいて、昼食をとったりモンキーダンスをやったりしている。青少年ヘルスセンターというのが完成して、運動場らしきところを地固めしている。熔岩を拾う。一個、赤くて重たいのがあって、主人はそれをどうしても持ってゆきたいらしく、それは別にトランクの中に転がした。鳴沢村より旧道を上って帰る。風呂を焚いているとガス屋が来る。車を運転して一人できたので、ボンベが重く、庭をひきずり下ろしたらしく、泥まみれのボンベを取り付ける。空のボンベを上まで持ってゆくのも大へんらしく、途中まで横にして転がして、急坂は縦にしてひきずって行った。

夕方、夏の花の植わっていたところを耕して冬菜のタネの残りを蒔く。スタンドのおじさんのタネを蒔く手付を真似して蒔いたら、一粒ずつはなれて、うまく蒔けた。

いま、庭のなかほどに、ふしぎに大きいりんどうが二本咲いている。夕方になると捩じれつぼんんで、そっくり元の蕾の形になり、陽が射しはじめると、開く。今日は一日、くもり日だったので、つぼんだままであった。御胎内の手前の草の中にも、この大輪のまっさおなりんどうが一本ある。昨日、月見草のタネ採りのときにみつけた。

朝　ごはん、味噌汁、塩鮭、卵。
昼　カツ丼、トースト。
夜　ごはん、コンビーフ、チクワとキャベツ煮付。コーンスープ。
午前中、Rさんが来て、古い道具類がいろいろあるが、という。火縄銃、金物でできたおコンジン様（お荒神様のことと思う）、つつじの木だかで（もみじかもしれない）作った百年位経ったドーラン（キセルの道具のことらしい）、革で出来た鞍ヤマ。色々とあるから集めておいて値だんをきいておくから、一緒にみに行かないかという。この、百年位経ったドーランは、よーくみると大黒様が歩いて行く後姿に似ていて、とてもいい。ネウチモンだ、とRさんは特に言う。河口湖の向う岸の大石というところの古い家が蔵の整理をするから一緒に行こう、水曜が私の休みの日だからその時に行こう、と、しきりに誘う。主人「とにかく値段をはっきりきめておいてからにしてくれ」と言う。私「うちは千円以上のものは買わないの」と言う。
そのあと、管理所の人、朝日の森田さんからの速達を持ってきてくれ、Rさんがいるので「ここにいたのけ、ワタルが探しまわっとるで」と言った。
十月七日（木）――十月七日分ののこり。スタンドのおじさんの話を書いているうち、ながくなったので。今日、あらためて忘れないうちに。

オガライト工場の人のオガライトについての話

○オガライトは英名である（と、その人は言う。でも、どうも怪しい。オガはオガ屑のオガではないかと私は思う）。製材所のオガクズを集めて乾燥させると、煙がたつほどに乾く。それを高温で煉ると、何にも混ぜないでも、木自身の成分のために、固まってオガライトとなる。その高温は非常なる高温のため、石炭などでは駄目。オガライトを燃やして、オガライトを作る。出来上ったときに折れたオガライトは、燃やすためのオガライトに使っているので、昨日サービスに箱一杯百円で差上げたが、あれは昨日だけで、折れたのは自分のところでオガライト作りに使うので、差上げられない。アメリカの特許で、アメリカでは高級なる人が煖炉で燃やすのに使っている。北海道ではずい分作っている。以上。

オガライト工場の人といっても、工場にはその人一人しかいない。いつもオガ屑の熱気の中にいるせいか、色が白く弱々しい顔つきで、背が西洋人のように高く脚が長く、野良仕事には向かないような男である。「オガライト屋は言葉つきはおごそかで恭々しく、顔も体もヤサ男」と報告すると「田舎には、そういうやつがたまーにひょこっといるもんだな」と主人言う。

忘れていた。西湖から本栖湖へ出る樹海の中の道で、やまどりのメスが一羽、私の車の少し前を歩いて行く。車が動いていっても、あわてず、飛びたたず、ゆっくりと道を歩いて行く。ときどき、ふり返って胸を反らせて、あとからくる私たちの方をふしぎそうに見つめ、また、ゆっくり歩いて、自分の曲りたいところまでくると、樹海の中に入って行った。上品な鳥だ。

十月九日（土）　晴

十一時、列車便を出しに出る。主人同乗。

河口湖駅前の店で、おでん二皿、月見そば一杯をとる。おでん一皿五十円。いか一切れとちくわ二切れとコンニャク二切れ入っている。そばは、おばさんが白い丼を持って駅売りのそば屋に駈けて行き、そば玉をもらってきて鍋で作っていた。その店で、ぶどう籠一かご二百円、罐ビール二本百八十円（今日は安い）。

主人、白糸の滝まで行ってみようと言う。鳴沢村あたりの田は刈入れである。稲田の間で、お弁当をつかっている。昨日から晴れわたって、樹海や山の紅葉は見事だ。本栖を過ぎて、道路の舗装工事のため片側通行。前の車の土埃りを浴びる。静岡県境から道はよくなり、裾野も北麓とはちがった広々した明るい景色となる。朝霧高原のあたりは、遠くに転々と酪農部落が見えて、草千里という言葉がぴったり。朝から夕方まで天気のよい日は陽が当りっ放しらしい。有料道路（百三十円）に入り、走りっ放しですぐ白糸の滝へついてしまう。道路よりもだらだらと低くなったところに軒の低い小さな茶店がごたごたと並んで、おでん、ところてん、ラーメン、ゆで卵の匂いが一緒くたにしている。猿橋に似ている。滝つぼのところまで下りて行って戻ってくる。よくもわるくもないところである。ヌード盃というのを売っているので覗いたら、背中が写っているだけ。

くるみもち（二本）二百円、手拭（二本）百二十円、ヌード手拭（一本）百円、曽我漬（一箱）二百六十円、絵葉書。猿の人形百円。主人、鱒の木彫も買おうとする。大反対して買わなくした。それは虹鱒と大きさも形も全部そっくりで、ただ、木で出来ているというだけなので何となく馬鹿らしいのだ。虹鱒を買った方がいいのだ。

有料道路の両側の稲田は山梨より刈入れが遅いらしく、黄金の波である。白糸の滝のびしょびしょした暗い景色より、朝霧高原のあたりの方が好きだ。牛が何頭もねそべって動かず、よく陽があたっていて気が遠くなりそう。サイロのある農家が、近くにも、ずーっと遠くの富士山のすぐ麓の小高いところにも見える。富士急のバス停留所にバスが停ると、通学の中学生男女が三人位降り、草原の中の道を、遠くにみえる部落に向って歩きだす。

みんな顔色がいい。

鳴沢村のあたりで追い越した小型三輪を運転していた娘さんも、真赤な顔をして、白眼がはっきりとして、よく肥っていた。肩のところに白いネコをのせていた。この辺の人が動物をのせているのは珍しい。

三時半帰宅。夕方、車を洗っていると、リスがやってきて、じっと見ていた。庭を下りてくると草の中で、ドスンドスンと二度ほど重たそうな音がした。黒い動物が草の中でじっとしている。ウサギかもしれない。

寒いので夜、煖炉で火を焚く。

朝　ごはん、味噌汁、コンビーフ、海苔。

昼　そば、おでん。

夜　ごはん、ベーコン、白菜、じゃがいも、ちくわの焼いたの、やきうに。

明朝、早く帰ることとなる。

十月二十一日（木）　晴

朝六時東京を出る。一昨日だったか、渋谷の銀行の角で、万引かスリをやったらしく、追いかけられて逃げている男と正面衝突をして、私は道に倒れた。その男の体の硬かったこと、夜になったら痛くてよく眠れない。その話をすると、聞いた人はみんな笑いだして同情してくれない。右の背中はまだ痛い。それに眠い。

風がなく、静かなよい日だ。大ダルミ峠の紅葉ももう終りだ。終りの紅葉をみながらゆっくり走って十時、山へ着く。雨が降ったあとらしく、庭の木や草が濡れている。

朝昼兼用の食事　パンとスープ。

ゆっくり昼寝をするつもりで、その前に夕食のおでんをしかけていると、沢の向うの家に工事に来ている石工の人たち、女二人男一人、昼休みに遊びにやってくる。今日は社長(外川さん)は休みである。明日、伊豆の大仁へ行くので、その支度のため休みである。

二人の女衆は、着ぶくれで、夏ごろより、一まわり大きく見える。女衆の一人は、いま仕事をしているT閣(沢の向う側にある別荘の名前。占いに凝って名をつけたらしい)の女主人が、いかに金持であるかを話した。首に二百五十万、腕に二百五十万の飾りをしている。洋服は、最低で二万円のもの、これは寝巻みたいなものなのだそうである。庭には石で出来た椅子のセット二十五万円のをあつらえて、今度出来上ってくる。それには、誰でも坐っていい、と女主人はいった。――というようなことだった。

車の音がしたら、三人とも帰って行った。石が足りなかったので、運んで来るまで休みにきていたようでもある。帰りがけ、一人の女の人は「うちはまだ刈入れがすんでいない。

気が重い。しかし雑穀だからわけはない」と誰にともなく言った。

暗くなるまで眠る。

夕食　おでん、茶飯、塩鮭。

今日は富士山は五合目位まで雪をつけ、その下は紅葉の色であった。いま頃の富士山の雪は、柔らかくうっすらと砂糖がかかったようで、真冬のように光らない。

庭のニシキギはすべて紅葉した。四十雀が十羽位ずつの集団で、あちこちの枝にとび移って鳴く。子供が大きくなって飛ぶ練習をしているらしい。それを親が教えているらしい。頭の毛がまだ真黒くなっていない不揃いの毛並みのが子供らしい。

石油ストーブ、電気スタンド、ジュータンを東京から運んだ。

持ってきた食物は、カニ罐、スープ、卵、ハム、鮭、あじ干物、いわし干物、ヨーグルト、ベーコン、白菜、キャベツ、大根、里芋、柿、みかん。

下の高原に一軒建ったプレハブ住宅の窓があいている。赤いセーターの人が出たり入ったりしている。冬近く、アルプスがはっきりと見えるようになった。

十月二十二日（金）　くもり

列車便を出しに下る。

プロパンガス支払い三千七百四十円。

ビール十五本千六百五十円、煮豆三十円、豆腐三十円。

プロパンガス屋で、大輪のダリヤの束をもらった。ピンク、黄、赤、ダイダイ色のダリヤの束。

十月二十三日（土）　くもり時々晴
列車便を出しに下る（二人とも）。

ビールなど買って、西湖から樹海を抜けて鎌倉往還へ出て、旧道を戻る。

酒屋で。コンニャク四十五円、りんご七十五円、ビール十二本千三百円、電球一〇〇ワット三個二百七十円、罐ビール一本百円。

酒屋のおばさんは、いまは紅葉がいいだろうなあ、と、すぐ目の前や近くでもしている紅葉には、まるで気がつかない風に、呟いていたけれど、本当に今日の紅葉はすばらしかった。西湖の南側の山も根場村の手前の岩山も樹海の中も。赤いのはうんと赤く、黄色いのは、これ以上は無理というほど黄色くて、絶頂の美しさだろうと思う。

朝　トースト、ハム、スープ、サラダ、鮭とキャベツ炒め。

昼　いもがゆ、いわし干物、大根おろし、卵焼、コンニャク味噌煮。

夜　磯部巻、りんご。

コンニャクを買おうとしたら、一枚が座布とん半分ほどの大きさなので、おどろいて八分の一ほどに切ってもらって買う。「田舎はこれが一個なのよお。小さく切るのは、これ位までかんにんしてえねえ」と言うので、八分の一にしてもらったが、それでも、おでんに入れたあと、味噌煮にして、まだ余る。黒くて草みたいなものが入っていて、おいしいような気もするが。

西日のあたる中で、りすの餌箱を作って、とうもろこしを入れて松の木にかけた。

大岡昇平さんがお買いになった十六号地を見に行こうと思って車を出すと、ハンドルが重い。左前のタイヤがパンク。タイヤをいれかえて十六号地へ行く。道路の排水溝の仕事をしている人たちが、のろのろと探しながら走る車をみて「この車あ、よく見かけるだなあ。船津でもみかけるなあ」といっている。

大岡さんの土地は、右下方に河口湖をすっかり見晴らし南側に富士山の見える、いい土地であった。

庭のまんなかの柏の木は一日一日黄色くなって、今日は赤味がかってきた。りんどうが沢山ある。草が枯れてきたのでよく分るのだ。紅葉の頃になって、庭にどんな木があるのか、区別がつけられるようになった。持ってきたスタンドに百ワットの球をつけたら、主人は眼の具合がとてもいいという。

庭のあちこち、大きく掘り返されたところは、イノシシではないかと管理所の人いう。オネストジョン（北富士演習場で使うらしい）のために、イノシシがこっちの方へ逃げてきたのだという。

十月二十四日（日）　晴

ガソリン二十九リットル、オイル〇・五、パンク修理、計千九百三十円。

罐ビール二本二百円、ようかん二本二百円、サンマ干物五十円、煮豆二袋六十円、みかん二百円、菓子八十円、酢いか六十円。

朝　ごはん、ハムエッグ、味噌汁。

昼　ごはん、サンマ干物。

夜　トースト、カレースープ。

今日も列車便出しに下る（二人）。日曜日のスバルラインは観光バスがどんどん登って行く。スタンドにパンクしたタイヤを預け、駅に行き、列車便を出して、スタンドに戻る。パンク修理の間、広場にあるベンチに腰かけて待つ。パンクしたタイヤには釘もささっていず、チューブとタイヤの内側の摩擦で、チューブがすりへって破れたのだそうである。

「タイヤにも出来不出来があり、当り外れがある。このタイヤの内側はバカにそそけているから、それでチューブがすりへる。このタイヤで、あと千か二千走ったら、タイヤを買い替えた方がいい」といわれる。

スタンドは、ガソリンのほか、土産ものも売り、そのほか、今度はおでんをはじめた。今日は日曜だから、一家総出で働いている。

この前、一人で行ってみた開拓村へ主人をのせて行く。この前来たときは、日暮れで、曇っていたが、今日は明るい日中の陽射しの中で、開拓村はのんびりと静かであった。りんどうが一杯ぞろぞろと咲いていた。誰もいなかった。小さい丘に上ると、それは牛糞で出来ていた。

帰りみち、いつものところで赤い熔岩をバケツ二杯拾う。

夕方、赤い熔岩を敷いたあたりのテラスの下から、りすがとんで出てきた。犬の毛が落ちていたのを、綿菓子をくわえたように、口一杯にくわえて、あたりを見まわしてから、ゆっくりと右左にとびながら、隣りの林に消えた。大きなしっぽをしている。

十月二十五日（月）　晴

列車便に下る（二人）。

潮出版に「二六ヒヒルトウキョウヘカエル」とうつ。

いつも列車便を出してから、駅の向い側の店で、罐ビールを車の中で飲む分だけ買うのだが、駅の売店にもあることが判って、今日は駅の売店で二本買う。よく冷えていて二本百五十円であった。これからは向い側の店では何も買わないことにした。

山中湖を右回りで一周する。ここの紅葉も美しい。大きな樹が多い。別荘も寮も雨戸を閉めている。「ままの森」というあたりで車をとめて、湖を見下ろして、しばらくいた。

帰り、スタンドで売っている山芋を買うと、おじさんは「タダでやる」といってきかない。わるいから、なめ茸の瓶詰二個、ごぼう味噌漬など、買ってしまう。すると今度は、おでんを二皿「タダでやる」と言う。タダで食べる。おじさんは、そばに椅子を持ってきて腰かけて話をする。おじさんのおかみさんは、今日は東京のナントカ会館に遊びに行っているそうだ。おかみさんは昨夜は嬉しくて嬉しくて眠れなかったそうだ。

今朝、ごはんを食べていると、イタチが、赤い熔岩を敷いた庭先を、するするするする滑るように歩いて横切った。りすの餌は、きれいに食べつくしてあった。イタチが食べているのだろうか。

夜、星が沢山出ている。ドアを音たててあけて表に出ると、動物が大急ぎで草をわけて逃げて行く気配がする。イタチだろうか。

朝　ごはん、ローストビーフ、おでんの残り。
昼　ごはん、白菜と豆腐とベーコンのお鍋。
夜　カレースープ、手製クッキー。
列車便百円。罐ビール（二個）百五十円。なめ茸（二個）味噌漬など六百五十円。

十月二十九日（金）　快晴
エンジンが具合わるく、手間取って十時半出発。主人、いらいらする。赤坂のアパートの門の前の道路で「罐詰にしておきたいような天気だ」と、おかみさんが二人で話していた。御殿場まわりでくる。二子玉川を過ぎたところ、厚木の田の中の踏切り、厚木の商店街、と三、四個所、車がつまって、しばらく待つ。あとは素晴らしい秋晴の道。野鳥園の前の広場で休み、犬を出してやる。売店でビール（二）、コーヒー牛乳、絵葉書、計三百六十円也。
野鳥園のバス停に、男の子一人連れた若い夫婦が下りのバスを待っているだけで、あとは誰もいない。休憩食堂の女店員も客席に坐って、そろばんを入れていて、絵葉書や罐ビールをほしいと言っても、なかなか席をたってこない。
峠を越えてきたらしい自衛隊のジープが、三、四台通る。もみじの紅い大枝をかざすように持った隊員もいる。籠坂峠の山中湖への下り坂で道路工事をしていた。山中湖のもみじもまだ美しい。夏のころより水かさが増していて、泳ぎにきて車をとめていたあたりは湖水の中になっている。

夜　ごはん、塩鮭、むしがれい、味噌汁。

ポコにハムの炒めたのをやる。

十月三十日（土）　晴

ぼんやりと晴れている日。ポコは枯葉の大きいのが落ちるたび、その音の方をにらんだり、ウウと唸ったりする。

ギボシのたねを手にとって中味をはじめて見た。ギボシのたねは枯れてくるとサヤが割れて、中のたねの一つずつ羽状になって並んでいるのが、風が吹くと、ひらひら散って方々に落ちる仕掛である。羽はオハグロトンボのように真黒い羽だ。

散歩に出ると、北側の下り坂の木陰に、オレンジ色の大キノコが三つ、傘のふちは紅色で、内臓が置いてあるように見える。去年も同じところにあった。雪が深くなってもその下で緑色をしたままの草も、大分葉が大きくなった。この草はうちの庭にも増えた。雪が降るころ、ウサギのたべものになるという。紺色の富士山は五合目まで雪。昨日今日の快晴でうっすらと融けている。隣りの林の中に透けて見えた赤い実の枝をとってきてサントリーのびんにさした。赤いうるしを塗ったようなつやつやした実。図鑑でひくと、スイカズラ科の〝がまずみ〟または〝こばのがまずみ〟。食べられると書いてある。食べようとすると主人、私の手をつかんで「やめろ。七転八倒だぞ。野菜を食べていればいいんだ」と言う。「ふらふらと散歩に出かけて、やたらと道ばたのものを口に入れるんじゃないぞ。前に死にそうになったのに懲りないのか」と、圧しつけるようなふるえる声で怒る。

十月三十一日（日）　雨

十時、列車便を出しに下る（二人）。河口湖駅は富士山へきた若い人で一杯。西洋人の中学生位の団体が、牛乳を飲んだり、コーラを買ったりしている。西洋人女学生の一人は、ギターを背負っている。罐ビールとタバコを買って本栖湖まで最後の紅葉見物に行く。今日でもう終りぐらいの美しさだ。陽が照っていれば、すばらしいだろう。これっきりぐらいの美しさだといつも思って、何度も紅葉の中をやってきたけれど、本当にもう今日でこれっきりぐらい。本栖湖の湖畔には車が二十台ほど駐車している。レインコートを頭からかぶって、雨に煙る水面を眺めている人もある。水面は煙って、岸近くの茶色と藍色の縞になっているところだけ見える。小立の酒屋でビール一打買う。今日はタコのゆでたのを

（大ダコの足）バケツに二杯も仕入れてある。大安吉日で、今日は結婚式が多いらしいのだ。酒屋の奥座敷にも人寄せがあって、店へ入ってきた灰色の背広をちゃんときたおじさんは、「先生、どうぞ奥の方へ上っておくんなって」などといわれて、靴をぬいで奥へ上っていった。

ビール一打千四百四十円（今回より五円値上げだという）、納豆十五円、みかん二百円、ギョーザ五十円（「この土地の業者が作ったの。うーんとうまいの」と酒屋のおばさんはすすめたが、これはうまくなかった）、以上、酒屋で。駅で罐ビール百五十円、タバコ八十円。

スタンドで、ガソリン千百五十円、入れる。今日は車から降りないで「すぐ上って行く」というと、おじさんはおでんを二人前、銀紙のお皿によそって、箸を二ぜんつけて窓のところへ持ってきてくれる。雨で、いつもの十分の一しか客が来ず、おでんが余ってしまうので、サービスしてくれたのだ。窓のところへきて「今日はもう出してきたかね」とおじさんは訊く。列車便のことである。

おでんをこぼさないようにゆっくりと走って、赤松の林のところに停め、おでんを食べる。コンニャク、チクワ、サツマアゲ、コブ、卵があった。ゆで卵はおでんの汁が何日もしみこんでいるのか、燻製のようでおいしかった。

門のところに車をとめたまま、車の中でラジオをしばらく聴いていた。シンシナティ・キッドの主題歌というのがよかった。めくらの黒人が歌っているらしい。

昼ごはんの、お餅を食べおえたころ、勝手口で「ごめん下さい」と小さな声がする。潮出版の志村さんであった。十二時半の電車で、座談会のゲラ刷りを持ってきた。ビールとかに罐、チーズ、サラミを出して、そのあとお腹が空いているらしい様子なので、海苔をまいたお餅をだす。

車で駅まで送る。霧が深くなってきた。送った帰り、料金所で回数券を買う（今日は何度も上り下りした。毎日通るのはうちの車が一番多いらしく、料金所の人に「回数券を買えばいいじゃん。一枚余分についてるから、一割トクちゅうわけ」とすすめられたので）。回数券は料金所の窓口には売っていない。横の方に建っている事務所に入って行くと、回数券を買う人はめずらしいらしく、係の男は、隣りの部屋に領収書の書き方をききに行ったり、また別の建物に出かけていって領収書をとってきたりしてから机に向う。領収書を書き出すとき、はじめ空中に書いてみては、書く。一字書くのにもウウウとうなったような息をして考え考えひねって書き、すぐ書きそこなったといって、チャチャチャと破って丸めてしまう。その遅いこと。事務所には机が沢山並べてあり、読みかけの毎日グラフ、読売新聞、山梨時事など読み放しにひろげてあり「高速道路に関する知識」という刷り物などがおいてある。高速道路に立っている交通標識の種類の絵が、黒板に貼ってある。のんきそうにみえる仕事でも、たいへんらしい。講習かなんか受けるらしい。

朝　おかゆ、かにたま。

ひる　やき餅、おでん。

夜　ごはん（たらこと鮭の茶漬）。

明朝帰るので、片づけを終ってから、車の中で食べるおにぎりをつくる。

テラスの前のりすの餌箱には、ひるま、やまねがきて、食べているのだ。やまねは雨の中でも飛ぶように走る。

夜、りすがきて餌を食べるのを見たいから、雨戸を閉めないで庭先に少し灯りを向けて、これを書きながら、ときどき、じいっと松の木のあたりをうかがっている。今夜は霧がテラスにも、庭の上の方から巻くようにして、おりてくる。霧が深いのに星は空一杯に出ている。月はカサをかぶっているが。

十一月八日（月）　くもり、夜になって雨

十時半（朝）赤坂を出る。大月まわり。

河口湖の駅に寄り、駅売りのうどんを食べる。私は素うどんにしてもらう。主人は天ぷら（精進揚げが入っている）うどん、二杯百二十円。痩せた赤い顔のおばさんが、ごぼうを沢山千六本に刻んでいる。その仕事の合間にうどんを作って客に出している。車に乗ってから「おそろしく不愛想な女だなあ」と不愉快そうに主人言う。山梨にくるようになって二年経つが、ずい分色んな店に買物に行ったが、こんなつっけんどんな仕草の、愛嬌のない応対をする店屋ははじめてだ。この女はバカ。

富士は裾まで深々と雲がおりている。今朝の新聞には、八合目で、二人死に二人重傷の遭難がでていた。御胎内を過ぎてのカラ松林は、ダイダイ色一色に紅葉している。幹は焦がしたように真黒く、ダイダイ色は金色にみえるほど燃えているように美しい。

門の前にジープがとまっている。冬に備えて、水道配管の凍結防止の調査にきていた。男三人すぐ帰って行く。

暗い家の中に入り、煖炉に火を焚いて家中をあたためる。あたたまると主人、眠る。

夜　ごはん、シューマイ、白菜のつけものを油炒めする。味噌汁（豆腐、つまみ菜）。蒔いた冬菜は、二十センチの大きさに育った。それをつまんで味噌汁の実に。

ごはんを食べて、主人、また眠る。

十一月九日（火）　豪雨、午後より晴

昨夜ひと晩、豪風豪雨。午前中は西風と雨。西の空が晴れてきたので、列車便を出しに行く。門に立つと、河口湖に虹がひくくかかっていた。坂の上バス停の道路が崩れていて通れないので、車をとめて、トランクからスコップを出して泥をならす。ゴルフ場の横の一番低いところに大きな水たまりができている。石を投げてみても深そうである。ジープがきて水たまりを平然とぬけて行ったので、ジープの通ったあたりを選んで、一気に渡りぬけようとしたら、波をくって右前のタイヤが深く沈んだまま、とまってしまう。右前のタイヤはだんだん沈んでゆくので、水をかぶってしまっては大へんと二、三度あわててエンジンをかけ直す。うまくエンジンがかかって水たまりから上り、坂一つ越して下りにかかると、とまってしまう。今度は何としてもかからない。「自動車虎の巻」を出して「エンストの場合、冠水の場合」の項を読んでみると乗用車に水は禁物、とか、水たまりは避けよ、とか、水たまりに深く入ると全く動かなくなるから早く水たまりをぬけ出さなくてはいけない、と書いてあるだけ。車も通らないので、主人を残して、近くの飯場まで歩いて行く。すぐジープで二人きてくれる。「ここだな」とコンデンサーのゴムの袋のようなのをとり外すと、中に水が入っていてこぼれた。布ですっかり拭きとったが、布だけでは完全でない。下までおりる間に又とまってしまうから、飯場の機械で乾かしてやるという。布で拭いただけでエンジンはかかり、そのまま飯場まで走り、タイヤに空気を入れる機械でゴム袋を乾かしてくれる。「水の中はなるたけ入らない方がいい。冠水しても玄人ならすぐとり外して拭けるが、ここは素人がとり外すと、嵌めるのに難しいところだからいじらない方がいいから」と教えてくれる。若い方の男はずっと黙って作業を手伝っていたが「奥さんの車のゴムはヒッチャケているから」と、口添えした。ヒッチャケているので、水が沢山入ってしまったのだ。飯場の中からにぎやかな笑声がして、ゴルフ場に働いているおばさんたちが十人位、昼飯を終えて、また出勤するところであった。主人は帽子をとって「ありがとう」と最敬礼したので、顔をあげたら顔が真赤であった。

列車便を出し、酒屋に行ってビール二打。飯場の人にお菓子三百円。酒屋のおばさんは風邪をひいて奥にねているらしく、看護婦をつれた昔風の往診の医者が帰るところであった。

スタンドで灯油三罐。届けてくれるという。洗車もしてくれるというので、その間、店に入っている。山形ナンバーのセドリックに乗った、大人六人と子供一人の客来て、土産物を買い狂う。富士山の額と登山笠、登山杖の形のエンピツ、ようかんなど沢山買って、しまいに非売品の、五合目から写した富士山の写真の額をサービスにくれろという。その代り、今度くるとき、蔵王の樹氷の写真を持ってきてやる、といっている。大分、売れなかった土産物を買ってくれたので、おじさんは写真をくれてやり、新聞紙に包んでやった。

また雨が降りだしたので、いそいで帰る。さっきの水たまりにきたが、あまり水が引いていないし、ゴムの袋がひっちゃけているのが判っているので、車をとめて、主人、水の中に入っていって手で排水場所を探る。しばらく探ってつついていると、急につかえていた泥がとれて、水が音をたてて吸いこまれて引いてゆく。主人、得意そうな嬉しそうな顔を水の中に立ったまますする。

トーストとスープで遅い昼食をたべ終る頃、スタンドより若い衆二人灯油を届けにくる。この家は、すぐわかったという。かんづめの梨と紅茶を出して一服してもらう。はじめはおずおずしていたが、すぐ煖炉に薪を入れる手伝いなどして、馴れてしまう。めがねをかけた痩せて背の高い方の男（二十歳位）はよくしゃべった。

スタンドの若い衆の話

○この辺の者の遊びに行くのは吉田だ。吉田にはバーが七十軒ある。映画館が五軒ある。御殿場にも行く。沼津までパチンコしに行く者もある。つとめが終ってから車をとばして沼津でパチンコして夜中に帰ってくる。

○スタンドの主人は、元は服地の問屋をしていた。無免許で、車のことは何も知らない。ああして騒いで駈けずりまわっているだけだ。ボンネットの開け方が分らないで、お客にきくのが体裁わるくて、夜中二時半に俺のうちまでとんできて起された。俺のうちは、スタンドの裏の畑の向う。看板たてるのが好きで、看板屋がしょっ中御用聞きにくる。「洗車無料」の看板を今度作ってたてたから、俺たちは手足がふやけてしまう。

もう一人の頬に刀キズのようなあとのある男（二十三、四歳位）は、ときどき「うん」とか「そう」とか低い声で合槌をうつだけで、煖炉の火の具合をなおしたり、薪をくべたりしてじっとしているだけだが、顔のキズが気になるほど、わけを聞いてみたいほどの美しい顔だちをしている。「ノブさんは二年位前、豪勢な酔払運転でブロック塀にもろにとびこんでキズをした。でも、このキズ、カッコいいじゃん」。おしゃべり好きの方が、そう説明すると、ノブさんという男は下を向いた。山芋一箱（六本入っていた）、スタンドの主人からだといって置いて行く。キズのある方の人は、紅茶だけ飲んで、梨には手をつけないで帰った。酒しか飲まないらしい。

朝　ごはん、さつまあげ、味噌汁。

昼　うどん、トースト、スープ（とり）。

夜　ごはん、とろろ汁、鯖の干物を焼く。

夜になって星が出て晴れわたる。今日は富士山なんぞ見もしなかった。

十一月十日　晴

列車便に下る。吉田へ行き、障子を頼む建具屋を探す。馬具屋で訊くとハヤカワがやっているというので、ハヤカワに行くと、十二月に入らないと出来ないという。ハヤカワから教わって、駅の十字路を下った左側にあるという建具屋を探すが見つからない。この道は機屋が多い。赤やコバルト色に染めた光る糸を庭に干している。朝鮮服の布地を織るのだろうか。コート地を織るのだろうか。

河口湖の家具屋で訊くと、旧登山道の入口の左側にある木工所へ行けと教えてくれる。木工所に行くと、車が甲府まで行っているので、足がないから山までは行けないという。送り迎えをすることにして、建具屋さんを乗せてくる。S木工所のマモルさんという人である。

見積って壱万五千円の予定。黒い漆塗りの枠で上下に節板を張って中を障子の桟にする。主人の注文である。節板を上下に張るというところだけ、マモルさんという人の意見である。この人を送って木工所まで下る。今日は二往復した。ゲートの人は「よく上るなあ」と、最後の四回目は、わるそうにして切符をちぎる。それでもタダにはしない。

十一月十一日　晴

今日は原稿がないので一日、下りない。

昨夜から急に冷えこみ、今朝は五センチ以上の霜柱がたった。菜畑の遅く蒔いたところは霜で浮いて根がもちあがっている。夕方車にワックスをかける。ポコはついてきて門柱の上に立って、じいっと西の遠くを見ている。終るとついてきて家に入る。

管理所に醤油を買いに行く。管理所はガランとしている。主任さんが背広をきちんと着て、中庭にぼんやり佇っていた。醤油は売物がなく管理所用のをサントリーの角瓶に一杯分けてもらう。ハイライトを二箱買う。菓子は夏からの残りらしいのでやめる。今、売店に売れ残っているもの。ミツカン酢の中瓶、ソース、メリケン粉、電球、食塩、ローソク、サラダ油、キャラメル、チョコレート、インスタントラーメン、牛肉大和煮の罐詰、いかの罐詰、卵を入れて売った箱は、もみがらが入ったまま、空箱そのまま置いてある。

主任さんはテレビをつける。火の気のない所で私と二人、相撲を見る。

「東京の景気はどうか」と主任さんは訊く。私は「判らない」と答える。主任さんは「町など歩いていて何となく感じられる空気といったものは、やっぱり不景気か」と、重ねて自分の質問をくわしく言う。私は「赤坂あたりの高級アパートは続々と建つが、買手がなくて夜になっても灯りがついているのは滅多にない。ホテルも持主が代ったりしている。

今まではおとくいさんだけ入れていたホテルも、一般の観光バスの団体客に食事をさせたり、見物させたりしている」と話す。主任さんは深くうなずいて「この不景気の大元《おおもと》のところは一体なんだろう」と言う。一番はじめの原因ということらしい。私は「判らない」と言う。「アメリカはどうだろう。やっぱり不景気だろうか」と訊く。「アメリカのことはもっと知らない」と答える。「韓《かん》の問題はどうだろう」「判らない」「日韓の条約がきまれば儲かるだろうか」「うんと儲かる人がいるから、その人が条約を結ぶんでしょ」「いま景気のいい商売は何だろう」。私はしばらく考えて「近所に質屋の奥さんがいるけれど、その人は景気がよくて笑いが止まらないそうだから、質屋さんがいいんでしょう」と答えた。主任さんは「この辺の主婦は働きに出て現金を自分で握っているから強い」と言う。そんなことを話しながら机の上の新聞を見ると、団十郎が胃ガンで十日に死んで、家族や後援会の人たちが泣き悲しんでいる写真が出ていた。

そのうちに暗くなりジープが二台続けて上ってきた。関井さんが乗っている。台所のカギのことを話す。明日新しいのに取り替えることになる。急に冷えてきたので、外で工事をしていた人たちは、あわてて管理所に戻ってきたのだ。小屋で着換えをし、終発の下りバスに乗る支度をしている。やがて終バスが管理所に上ってきた。乗り遅れる者がないように、大きな声をかけ合って、いそいで乗りこんだ。バスは赤い尾灯を右左にゆらして出る。冬になった。

ハイライト二箱買う。

この頃、一日一度はとろろ汁を作って食べる。主人は歯が少なくなったから、のどの具合がいいそうである。

仕事部屋（和室）の天窓の隅から風が入るのでスキマテープを貼る。

十一月十二日　晴
昨夜からダンロのオキで豆炭を熾し、アンカを二つ作る。

今朝は風が冷たい。正月に吹く風のようだ。

朝　ごはん、コンビーフ、大根おろし、のりまき餅、スープ（玉ねぎ）。

十時半、関井さん、カギを取り替えにくる。倉庫のカギの具合もわるいので直してもらう。障子を嵌めこむためのカーテンレールも長すぎるので切ってもらう。

カギ千二百円。

南隣りの庭のように、斜面の勾配のきついところに丸太を入れて段々を作ることも頼んでおく。今年中には出来るように。

十二時半列車便に下る。富士山は頂きに白い雲が巻きつき、あとはすっかり晴れている。

山芋を買いにスタンドに寄る。おじさんは本のお礼を言って「山芋は呉れてやる。いっぺんに沢山呉れてもうまくなくなるから、チョクチョク呉れてやる」と、大きいのを二つぶら下げてくる。東京へのお土産用に藁づとになったのを買うと百五十円にまけてくれる。回数券を買う。御胎内の検札所に人がいないので、そのまま五合目へ上る。六月以来だ。二合目から崖につららが下っている。奥庭入口のあたりで引き返す。三合目の樹海台に車を駐めて、聖母像を観に行く。この前までは立札がなかったので気がつかなかった。イタリヤからきたという大きな大きなマリヤ様は白い大理石でキリストを抱いて佇っている。キリストもマリヤ様も王冠をつけている。マリヤ様の顔はいやらしくない威厳がある。背景のコンクリートの壁には、世界各国からきた瑪瑙《めのう》、石英などの貴石が嵌めこまれ、寄贈した国の名前が彫ってある石もある。天照大神の石、というのもあった。マリヤ様の佇っている台のところからは、河口湖、三ツ峠、御坂峠、ゴルフ場が見えた。私たちと入れちがいに、外人の神父様と信者らしい男一人女二人の組が、マリヤ様をみに上ってきた。男は東南アジアの人らしかった。

主人、熔岩を拾う。御庭のあたりも、マリヤ像のあたりも、冷たい冷たい濃い空気が漂い流れていて、急いで車の中へ入ってしまう。大沢くずれから少し上ったあたりには落石がひどかった。頭位の石が落ちていて、泥もくずれてきていた。この間の台風のあとだからだろうか、倒木も多かった。

昼　肉うどん。

夜　ごはん、豚しょうが焼、コロッケ屋のコロッケ（百合子）。

明朝東京へ帰るので、弁当の焼きにぎりを作る。ポコは早めに馬肉を食べる。

あとかたづけを終ってから、便所、風呂場を洗い、茶がらをまいて二階の部屋と階段を掃く。

ゴミを棄てがてら車に水を入れに、灯りを持って門まで出る。丁度、河口湖の方からびっくりするほど大きな黄色い月が上りかけたところだった。

富士山は、すっかり真黒い形を現わした。今夜も冷えこみそうである。

ここのところ毎晩、風がわたってゆくのを家の中で聞いていると、真冬のような音だ。

肉、馬肉豚肉共百九十円、コロッケ四個四十円、ネジクギなど三百五十円、罐ビール百六十円、列車便百円、回数券二千円、山芋百五十円、ノートとセロテープと四十一年度暦百三十円。

十一月二十三日　くもりのち晴　祭日
前六時十分頃出発。

車に積んだもの。ビニール障子紙八本、ふすま用和紙、棚板、接着剤、その他食料品。

今日は祭日なので自家用車は多いが、学童や出勤の人が歩いていないので楽だ。

田野倉のトンネルのそばで一休み。尼寺の紅葉がきれいだ。

建具屋に寄り、明日二時半ごろくるように頼む。スタンドに寄り山芋を買う。まけてくれて一袋百五十円でいいと言う。袋の中には六個入っていた。庭には丸太の段を入れはじめている。霜柱がたっている。

着くとすぐ熱いお茶を入れて、鱒ずし、白菜漬物、煮豆で昼飯（朝兼用）を食べる。

三時半まで昼寝。そのあと、とろろに卵と青のりを入れて食べる。アイスクリームのよう。

五時に夜のごはん　ごはん、まぐろ照り焼、大根おろし、じゃがいも味噌汁、小松菜からし和え。

品川アンカ二つ入れる。六時、主人いそいそと眠る。

仕事部屋の座布とんの下にマットレスを敷いてみる。夜明け、仕事をしているときの寒さが少しはちがうかもしれない。

星、沢山出る。

十一月二十四日　晴、暖かし

昨夜は暖かかった。

陽が射しはじめ、ふとんと毛布を干す。

午前中、主人、薪を作る。

煖炉の灰と食堂の掃除。昼飯を終えたころ、建具屋二人来る。この前のマモルさんと、もう一人は十八、九歳の若い人だ。二人とも同じ位の背恰好、若い方は深沢さんによく似た体つき。マモルさんはネズミ色のワイシャツとネズミ色のズボン。若い人はネズミ色に赤の格子縞の開襟シャツとカーキ色のズボン。二人とも紺足袋をはいている。すぐ障子の寸法を合わせて、また外してから、テラスで和紙をはる。済んだあと、仕事部屋の天窓にプラスチック障子紙を接着剤ではってもらう。高いところなので、机の上に梯子をのせてする。思ったより面倒な仕事になって気の毒だったが、イヤな顔をしないでせっせと片づけてくれる。骨惜しみしない。私も梯子の下にいて、梯子を押えたり、ハイハイと、ものさしやキリダシを渡したり、紙屑を片づけたりしていると、建具屋のおかみさんになったような気がする。働きいいように働きいいようにしてやるわけだ。いつかきた、水道屋の小父さんと相棒の女衆の気分だ。

陽が沈みそうな頃、終る。急いで作ったドーナッツとおせんべいで、一服してもらう。障子が一枚三千五百円、手間賃が五百円でいいと言う。気持よく働いてくれたので、全部で一万三千円渡す。テラスに拡げた道具を片づけて、庭を駈け上り、車に乗って帰った。この辺の人は暗くなるまで山にいることを嫌がるようだ。

煖炉で火を焚いてみると、何だか前より暖かい気がする。障子を入れたり、天窓のガラスを二重ばりにすることを考えた主人のことと、建具屋さんの腕前のことを、私はしきりに感心してほめたが、ガラス戸を開けてみたら、今夜は外も大へん暖かいのであった。

今朝は起きたら停電していた。昨夜から今日の午前中にかけて、山も下の村も停電だったらしい（昨日建具屋がそういっていた。停電になるから午後から行くと）。午後からついた。

朝　ごはん、粕漬の鮭、大根味噌汁、サラミ。
昼　トーストパン、オムレツ、キャベツ、スープ、とろろ汁。
夜　のりまき餅、煮豆、白菜漬、とりスープ。
建具屋支払、一万三千円也。
今日は一日中、アルプスがすっかり見えた。アルプスには雪が降っている。

十一月二十五日

★午前一時ごろより雨、あたたかし。原稿が書けていないので、心ぐるしい。停電と接着剤の遺臭のため也。そのかわり夜半起きていても電気ゴタツのみにてストーブ不要。

——泰淳記す——

十一月三十日　晴

十一時少し前に東京を出る。甲州街道は公開取締りの白バイが走りまわっている。仙川のキューピーマヨネーズを過ぎた下り勾配のところで白バイに寄られ、停められる。スピードも出していなかったし信号も守ったはずなのに、と思いながらもドキリとする。これでまた免許取上げ、機動隊へ出頭ということになるかな。

白バイの人は「うしろのブレーキ灯が点いていない。うんと深く踏みこめば点くが、それでは後からすぐ来る車に追突される危険がある。近くの修理工場へすぐ入れて直しなさい」と丁寧な口調で注意した。山梨へ行って二、三日滞在する、というと、そのあとでいいから車をもって野方の白バイ機動隊まで、直したのを見せにくるようにといわれる。「故障」という赤紙を前の硝子に貼られ、白い紙二枚に、故障のため注意はしてあるが、東京山梨間を往復する、という証明をしてくれた。「点検不備ということになるが、まあ、それは許してあげますから直したら見せにくればそれでいい」と言う。追突されるのはイヤだから、府中までの間に、スタンド兼用の修理工場があったので入る。白バイにつかまったから早く直してくれ、というと、ゲラゲラ笑いながら「それはスイッチがわるいのだから、スイッチを取り替えればいいのだ」といって、二人掛りですぐ取り替えてくれる。三百八十円。証明書に工場の名と判を貰う。ここの人たちはお揃いのグレイに赤の格子縞のウールのワイシャツを着ている。

大分時間をとられてしまったので、途中、ツアールインという看板の店で、卵入りうどんを頼んで食べ、みかん二袋買う。私はコーヒー牛乳も飲む。

三時着。入口に松の杭が沢山積んである。うちの庭で使うのらしい。

お赤飯をふかし、めざしを焼く。それと、わさび漬など。

スイッチ取替三百八十円。みかん二袋二百四十円。うどん百四十円。牛乳二本五十五円。

十二月一日　晴

今日は列車便なし。朝食のあと、関井さん、庭作りのため三人連れてくる。三人のうちの一人だけ、のべつ歌を歌ったり、浪花節をやったりし乍ら仕事をするので、ポコはそれが聞えるたびに脅えて吠える。主人、その犬の声がうるさく仕事が出来ないと言う。倉庫の中に毛布を敷いた洋服箱を置き、入れる。犬は安心して静かになる。

十一時半下る。ビール三打の空きびんを積む。トヨセットの石油ストーブの芯の入れ替えのため、タンクだけのせる。富士山は四合目まで雪。キラキラしている。のしかかるように近く見える。一番はじめに肉屋に行く。肉屋はまだ肉をウインドーに出してない。庭をやりにきている人たちのお茶うけに、串カツでもしようと、豚もも肉四百グラム、馬肉二百グラム、四百三十円買う。次に金物屋に行く。定休日で白いカーテンを閉めている。この辺の店は殆んど閉まっている。水曜日はこの辺の定休日だった。三番目に五軒ほど先の葉茶屋に行く。ここは一枚だけ硝子戸が開いていてカーテンはおろしてある。中に入っていって「ごめん下さい」と五回ほどいうと、奥からおばあさんが出てくる。定休日でも売ってくれる。「――さんのお人かね」と訊くので「ちがう」と答えると、不思議そうに、じいっと顔を見ているので「一合目の下のゴルフ場の近くから下ってきたら、定休日でどこも閉まっている」と言うと「山は寒いかねえ。おフジさんに雪があると、あの辺は寒い風が吹くでねえ。えらく寒いかねえ。何しにきていなさる？」と訊く。

ほうじ茶二百グラム百三十円。今日は、この通りは電話工事で、道の半分の幅を所々掘りくり返し、黄色と黒の板で囲っている。女の人は皆、ハンテンを着ぶくれて歳末のようだ。

次にビール屋に行く。ビール三打とさつまあげ二枚、ハイミー、豆腐、苺ジャムを買う。

四千九百五十円。「苺ジャミが食べたい。苺ジャミが食べたい」と主人が言うので買った。おばさんは自家製の白菜漬半分と、カライリ南京豆一袋を呉れた。「この間の夜、河口湖の向う側からゴルフ場の方をみたら、灯りが綺麗についとって、ありゃあ、ずい分住まっとりなさると言ったら、あれは道路についとる灯りじゃそうでなあ、今ごろは寒いで、もう誰も住まっとらんでと言われた。奥さんはずーっと来とんなさったかねえ」と言う。「昨日来たばかりだけど、うちのほかは誰もいません」「車で一度NHKの富士山中継塔のところまで上ったら、いろんな家が建っているので、あれがいい、これがいい、と回って見てきた。奥さんのところも、あの中の家かねえ」と言う。「夏になったら、来年は遊びにいらっしゃい」と言うと、おばさんは大きな声を一層大きくして「是非なあ。是非、よばれたいでなあ」と喜んだ。そして葉茶屋のおばあさんと同じく「山は寒いかねえ。いまごろは」と訊いた。これは、この辺の人の、冬になるとする挨拶のようなものかもしれない。今日は誰もいないから、一寸こたつで休んで行ってくれろと、おばさんは強硬にすすめたが、上りたくなかったので断わる。

次に石油ストーブ屋に寄る。真赤な頬をした若い男が三人、事務机に向って四角い弁当箱をひらき、顔だけこっちに向けて、口に頬ばったまま返事をする。お弁当がおいしくておいしくて嚙みしめているので、一刻も席を立ちたくない様子なので、私は遠くの入口から大きな声で、どこが悪いかを説明し、明日までに直してくれるように頼む。

次に建具屋に寄る。関井さんは、仕事部屋の防寒は天井に近い欄間のようなところをベニヤ板で塞いでしまえばもっと完璧だという意見だ。そのベニヤ板を買い、ついでに此の間の障子の領収書を貰ってくるつもり。ここもお昼を食べに、少し離れた自宅へ皆行っているという。仕事場にいるおかみさんは、小さい男の子と二人で、うどんだかそばを、茶わんの熱い汁に浸してはすすっているところだった。おかみさんは食べかけのまま、表へ出てきて、建具屋さんの自宅までの道を地面に指で書いて教えてくれる。私も熱いうどんが食べたくなる。おかみさんは煮干の匂いのする咳をし乍ら話すので、食べたくなる。建具屋さんの自宅というのは、その辺の家の中で一番大きくて新しく、屋根が青色だった。そばまで行ったが、折角の昼休みに、また仕事場まで戻ってベニヤ板を切ってもらうのも気の毒なので寄らず、明日またくることにして山へ上る。三打のビールが背負籠の中でこわれそうなので、揺らさないよう静かに運転して上る。

うちへ戻り、すぐ昼食を作って食べる。

三時のお茶のころ、庭作りの人たちは杭をとりにいっていなかった。夕方になって戻ってきた。寒くなったので、食堂に入ってもらいビールをぬいて串カツを出す。煖炉に火を焚きはじめると、急に馴れてきて遠慮せずに食べたり飲んだりする。

その人たちの話では、来年四月にいんげんとじゃがいもを植え、五月か六月にきゅうりの苗を下ろせば、買出しにゆかずに結構食べられるようになります、とのこと。今日は人が出たり入ったり、犬が吠えるし、いつも外で出すお茶を食堂でしたので長びいた。原稿が書けなかったようだ。

朝　おこわ、卵焼、大根おろし、さといも味噌汁、わかめと玉ねぎのサラダ。

昼　トーストパン、とりスープ、ハム、ジャム。主人、待望のジャミを一杯つけて食べる。

夜　ごはん、白菜、ベーコン、豆腐の鍋。

急に冷えてきた。ねる前、止水栓をとめる。今年の冬、最初である。便所に不凍液を流す。

オガライト二袋三百四十円。

十二月二日　快晴、昨夜より急に気温低くなる。

夜中に起きたら、ひどく冷えこんでいるので、煖炉を焚いたり、ストーブをつけたりして家の中をあたためるのに忙しく、原稿の方は全く進まなかった、と主人言う。昨日買ったオガライトを車に積んだままで、私は運び忘れてしまったのだ。薪しかなくて、燃やしにくかったらしい。

今朝は早くに列車便を出しに行く。車のエンジンをかけたがかからない。蓋をあけると、ラジエーターの水はカチカチに凍っている。昨夜冷えこんできたので止水栓の方はとめたが、不凍液を入れてない車のことを忘れていて、ラジエーターとエンジンの水を抜いておかなかったのだ。やかんから熱湯をたらしていると、庭工事のSさんら三人がトラックでやってきて、私の前で降りる。〈山の車は十一月中旬から不凍液を入れている。夜急に冷えてくるから不凍液が入れてなければモロにいかれちまう。昨日の朝この車が無事だったのは、一昨日の夜、めずらしく暖かかったからだ〉という。やかんに三杯、大鍋に一杯の湯を注ぎこんで溶かし、エンジンをかける。ひっかかるような音をたて乍らエンジンはかかったが、次第にホットケーキの匂いがしはじめ、それが焦げ臭い匂いとなり、ボンネットのすき間から、もうもうと煙が出はじめる。

庭の中腹で仕事を始めているSさんのところに行き「何だか匂いがするの」「ヘンだなあ。排気ガスじゃねえけ。チョークを一杯にひいてそのままじゃねえけ」「焦げくさい匂い。ホットケーキを焼いているみたい。車が燃えているようなの」と訴えると、Sさんとあと二人が、あわててきてくれる。ボンネットをあけて調べる。ファンベルトが回っているのにファンが回っていない。摩擦で焦げてきていたのが判る。ラジエーターの氷は溶けたが、エンジンが凍っているのだろうと、エンジンの水を抜いて、また大鍋の湯を入れる。下へもぐって触ってみると、エンジンから出る水は氷水のようだ。「よくエンジンが割れなかったもんだな。運がよかっただよ。もうちっと寒けりゃあ、エンジンまですっかりイカレルところだ」。今度はセルでなく手動でエンジンを動かして様子をみていると、関井さんが「水が漏ってるな」と言う。車にくわしい三人は「今、湯をかけた残りがたれてるだ」「水を抜いたからその水だ」と取り合わないが、車にくわしくない関井さんは「いや、ちごうぞ。ポタポタポタポタポタポタ規則正しく漏っているど。どっかまだ悪いど」と言い張る。代る代る首をつっこんで覗いたが、どうもウォーターポンプのあたりから水が漏っている。「パッキンが悪くなっているかもしれねえ。それならすぐ取り替えがきくだが、エンジンが割れているんだと大ごとだ」「とに角、このまんまスピードを出さずに乗っていって、どこにも寄らずに吉田の日産へ入れる方がいい。そのあいだ位は水が漏っても大丈夫だろう」「原稿を河口の駅で出す位の時間は大丈夫かしら。日産に行ってしまうと列車便が間に合わなくなる」「河口の駅で一度水を足していけばいいだろう。とに角スピードを出したらダメ。旧道は悪路だからスバルラインをそろそろ下って行く方がいい。水がどんどん漏るようだったら、途中で何度も足していかねえと」

やかんに水を用意して車を出す。ゴルフ場から先の舗装路に入って、うしろを見ると、帯のように水がこぼれている。水を足し乍ら走る。御胎内を過ぎたころ、足の下あたりで、カラカラン、カラカランと大きな音がはじまり、そのうちに、ひいっ、ひいっという音が混ってくる。そして、ひっかかるような、バラバラになるような、熱をもちはじめたような音も混り、三種類の音がして、私には何が何やらさっぱり判らない。とに角下って、駅まで着いて、列車便を出すまでもてばいい。その音をひきずったまま、水を足しながら、のろのろとスバルラインを下る。ゲートを通ったころから、ラジエーターが煮えくり返っているような音がはじまった。煙がもうもうと出はじめ、煙にかこまれて私の車は前後左右が見えなくなる。

駅までもちそうにないので車をとめ、私は走って列車便を出しに行く。途中、スタンドに寄り「畑のところに車がとめてある。煙が出ているから助けて‼」といいおいて、また走る。

スタンドまで運んできてくれた車は、四人がかりで覗きこんで修理をしたが、結局、ウォーターポンプにひびが入っていることが判った。ラジエーターの水は三分の一だけ溶けて、あとの三分の二が凍ったまま走ってきたので、三分の一の水はすぐ沸とうしてオーバーヒートを起してしまったのだという。日産がスタンドまで出張して、ウォーターポンプを取り替えてくれることになる。その電話を日産にかけているそばで、おじさんは「この間、広告をみたが、そういうヒビワレには、セメンを熱くして流しこむと、あっという間にくっついて、熔接より手間がかかんねえし、車一台分百五十円（？）だといってたど。それ訊いてみろや」と言う。若い人はうるさがって話に乗らないので「セメン」「セメン」と、何度もその話をする。そのうちに「日産がきたら、おらがセメンのことを訊いてみるだ。それん方が安いど」と言う。そういうのは危ない、と私は思うが、私は黙っている。

十二時半ごろ、日産の車組長の若林という人と若い人が来る。ボンネットをあけて一寸覗き、すぐ「バラせ」と若い人に命令する。またたく間にラジエーターを外してウォーターポンプを取り替える。組長は真赤な頬をして、手首まで毛が生えている人だ。チューインガムを嚙んでいる。若い人は十八位だ。左の人さし指をすぐ切って血が出てくる。そのうちに組長さんも手を切って血がふき出てくる。セロテープをもってきて巻く。「おらたちゃあ、何せ、鉄モノばかりいじるでなあ。怪我ばかりするだ」と、組長さんはイヤがらない。二時までかかって終り、不凍液を入れてもらう。おじさんは大きな声で、感に堪えたように「おら、もう、明日《あした》っからは不凍液を売りまくるだよお。ほかの土地からきて山へ上る車は、たいがい液を入れてねえだよ。押売りのような気がして売らなかったけんど、親切というもんだよお、液を売るのは。おら、もう、どの車にも不凍液を売るだよお」と、直った私の車を叩いて、嬉しそうに決心した口ぶりで言った。日産の人は黙々としている。

三千九百円払って、明日領収書をとりにくることにする。日産が帰ったあと、スタンドの人たちはみんなで「三千九百円では安い」と喜んでくれた。

　車が直る間、店の中には、タイヤのセールスマン、車の仲買、五合目へ上る団体、八十歳位の黒セーターに茶のコール天ズボンのおじいさんなどが、出たり入ったりしていた。「千葉の芋だよ」といって、おばさんはその人たちにフカシ芋をザルに一杯、サービスしていた。八十歳位のおじいさんは石油を石油罐に一杯買いにきたのだが、ストーブにあたり、お芋を沢山食べて、ゆっくりと話しこんでいる。耳が遠いらしく、ときどき見当外れの返事をするが、おじさんもかまわず自分勝手な話をしかけている。おじいさんは広島と伊豆に遊びに行ったことと、息子がオーバーと洋服を買ってくれたことを話す。近頃、金まわりがいいらしい。おじさんは「じいさん、夏には儲かったずら。船があるからなあ。じいさんの名儀だべ。こんだけぐれえ儲かったずら」と大きな声で、片手を全部拡げ、そこに右手の二本を足してみせる。七万円ということらしい。じいさんは「おら、七十でねえど。八十歳になるだ。ババアは一つ上かな」と、得意になる。私はおかしいが黙って下を向いている。おじさんは三回位、こんだけぐれえ儲かったか、とかまわず訊いている。おじいさんは血色がいい。芋を沢山食べて石油罐を提げて帰って行く。もしかしたら、金の話になったので、とぼけていたのかもしれない。

金物屋でペンチを買う。食料品を駅前で買う。石油ストーブの直しのすんだのを引取る。建具屋により領収書をもらい、隣りの製材所でベニヤ板を買う。事務所にいた材木屋の主人は「安くしてあげろ」と会計係にいってくれる。「山はもう寒いべ。ゴルフなんぞ出来ないだろう。何をして一日暮すかね」と訊く。「こういうものを買い集めて、天井や戸など補修したり、薪を作ったりして暮す」と答える。

三時過ぎ、心急いて山へ帰る。門の前の道路で焚火をして、庭作りの三人が杭を焦がしている。朝方の御礼を言うと、車のベニヤ板など荷物を下ろして運んでくれる。台所で、主人が白菜を山のように切って、鍋ものの用意をしていた。買ってきた椎茸も入れて、ベーコン、残りのハム、肉、ねぎ、白菜の鍋。ラーメンも入れる。ビールを出し、庭の三人と関井さんをよんで休んでもらう。寒くなってきたので、大喜びで食べてゆく。

今夜からは用心して、車のラジエーターの前に、新聞紙を厚く重ねていれることにした。新聞紙を沢山持って門まで上ると、河口湖畔の家や旅館に灯りがついている。冬になると刺すようにチカチカと輝く。

夜　トーストパン、スープ、すじこ、サラダ菜とわかめと玉ねぎのサラダ、紅茶。

便器に不凍液を入れるのを忘れてねてしまいそうなので、便所の壁に「不凍液を入れること」と、マジックインキで書く。今日二リットル買った不凍液は、特別上等で「網走刑務所と自衛隊が使っている絶対凍らない高級品だ」とスタンドのおじさんの話。

ウォーターポンプ取り替え三千九百円、ガソリン、不凍液二千（?）百円。

卵十個、長ねぎ一把、生椎茸七十円、ラーメン六個、鯖干物、合計四百五十円。

ベニヤ板、六尺一寸角と九尺一寸角各五本、合計四百五十円。

ペンチ三百円。

列車便百円。

ストーブ芯取り替え百五十円。

十二月三日　快晴
七時前に起きる。早く起きたので朝食前に主人が薪を作っているのを手伝う。

朝　ごはん、鯖干物、大根おろし、味噌汁、海苔。

工事の人は今日は五人きた。今日は用意したベニヤ板で欄間を張るので、長い梯子二本と大工道具を運んでくる。

私はいれ違いに列車便を出しに下る。今日は特別の快晴。三ツ峠の山のひだがはっきりしている。河口湖の村の家が一軒ずつこまごまと見える。山中湖寄りの二合目あたりから煙がゆっくり真直ぐに上っている。何か焼いている。昨日も上っていた。

列車便のあと、罐ビールを買い、吉田の日産に領収書をとりに行く。昨日からヒートゲージが動かないので見てもらう。サーモストランスミッターがわるく、それを取り替える。やはり昨日の凍結が原因。替えているうちにオイルエレメントが漏っているのも判る。オイルがすぐなくなるのはそのせいだった。それも直し、ついでにオイルも交換。その間、三十分ほど枯れ田んぼを散歩してくる。まだ直っていないので待合室に入っていると、先客に大工さんが一人いて、山の家の水洗便所は冬はどんな風か、と訊くので、その話などしている。

トランスミッター七百円、オイルエレメント五百円、オイル（4）千円、取り替え工賃五百五十円、合計二千七百五十円。

吉田の町で、職人さんのお茶用に、いなりずし、ダンゴ、タコ、みかん買う。いなりずし二百六十円、ダンゴ二十串二百円、みかん二百円、タコ百五十円、角砂糖百十円。タコは近海の小ダコだからおいしいとすすめられた。切ってもらう。

この通りには、成人映画館（エロ映画館）が二、三軒ある。一軒はヤクザもの専門で「――任侠伝」と「かも」というのをやっている。もう一軒は「蜜のおとし穴」と「姦婦」というのだ。「姦婦」というのは、モンペをはいた女の人がそりくり返って接吻している写真が出ていた。

スタンドで白灯油二罐買う。

白灯油六百六十円、土産用せんべ百円、山いも三百円。スタンドのおばさんは、羊かん一切れ、私の手のひらにのせてくれて、右手にお茶をもたせてくれてしまう。

山に戻ると十二時半。皆、お昼を食べに管理所へいっている。午後から天井のベニヤを張りだし、四時までかかる。これに三人かかり、あとの二人はトラックでバラスを運んでは、庭のぬかるんだ道にいれる仕事をする。

鮭のコロッケを揚げ、いなりずし、酢ダコ、醬油ダンゴ、ビールを出して一服してもらう。酢ダコは一人を除いて皆大好きで残らず食べた。急いで作ったコロッケが大きすぎたので、いなりずしの方はあまり食べない。

夜　山芋をおろして卵をいれて食べる。それと残りのいなりずし。

六時半、主人眠る。仕事部屋はベニヤを張って暖かくなった。

ベニヤ板や角棒の残りを大切に倉庫にしまう。星は出ていない。あまり冷えこまない。止水栓が庭工事の泥で埋まってしまったので、凍らないうちに手をつっこんで泥をかきだす。爪の中に泥がくい込んでとれない。日記をつけながら、いま爪の泥をとっている。

今日はオガライトも三袋買った。六百円。

明朝、午前中に東京へ帰る。

十二月二十七日　晴

九時半赤坂出発。

雪で下れなくなると困るので、白菜、大根、にんじん、ねぎ、青野菜、おでん材料、ベーコン、菓子など、いつもより余分に積む。鯛の粕漬、さわらの味噌漬の桶も持ってくる。私は昨夜、持ってくるビーフシチューやハンバーグを作ったので午前二時ごろまで起きていた。眠たい。

大月のドライブインで月見うどん二杯、花子は牛乳を飲む。百七十円。おもちゃ屋には正月の凧が沢山出ている。

一時半着く。庭には深々とバラスが敷きこんであり、薪も作ってくれて、床下にきちんと並べてある。すぐ火を焚いて家を暖める。

止水栓を開けると、台所の蛇口が一番早く溶けて水が出はじめる。風呂場が二番目に出る。洗面所と便所のロータンクは、湯を沸かし雑巾をしぼってはパイプを暖める。洗面所の排水口のパイプも凍って排水してゆかないので湯を一杯に張っておくと、しばらくして溶けてどっと流れ落ちる。便所は、便器の中もロータンクの中も不凍液が入ったまま凍っている。ここにも湯を入れて溶かす。水が流れはじめると、蛇口やパイプのつなぎ目から、水が噴き洩れる。

鱒ずしとお茶で一休み。管理所へ行って、水まわりの故障を話す。パッキングなど、直るところは全部直してもらい、部品のいるところは明日とりかえることになる。

網走刑務所でも絶対凍らないという不凍液の筈だったが、凍ることもあるのだ。これからは一晩中ストーブを風呂場に入れておくことにし、不凍液は使わないことにしてみる。

夜　パン、ポタージュスープ、サラミ、ハンバーグ、サラダ。花子だけ湯麺。

十時半ごろ主人眠る。

品川アンカを一人一つずつ入れる。車の床のブレーキのところにも一つ入れてやる。品川アンカを入れ、ラジエーターの前に新聞紙を入れ、カバーをかける。星は気味わるいほど近くに見える。夜霧が凍って車は真白になっている。

十二月二十八日　雪一日中降る

主人、六時頃起床。

百合子、花、ひる頃起床。

昼ごろ、雪は三十センチ位つもって、まだ降っている。

朝　味噌汁、ごはん、鯛粕漬。

昼　パン、シチュー、サラダ。

夜　ごはん、(白菜、ベーコン、竹輪、さつまあげ、ねぎ、豆腐)の鍋。

スキーを持ってきた花子は滑りに行くが、ワックスがかけてないので滑れず、門の石垣に上って雪団子を作ったり、雪の中にみかんを埋めて凍らせたりしている。私は主人と犬が散歩に出たあと、足跡を追って、ひと回りしてくる。キジが林の中から飛びたつ。兎や別の動物の足跡があったりする。門まで戻ってきて石垣の上にしゃがみこんでいる花子に「花ちゃん」と呼びかけると、震え上って驚く。雪で足音がしなかったのだ。

夕方、花子はワックスをかけて、またスキーに出掛ける。私もビニール布に座ぶとんをのせて滑る。雪はだんだん激しく降ってくる。暗くなってきてからは、門から勝手口までの急斜面を、くり返し滑る。ポコのお腹の毛は長いから、雪の中を歩いているうちに、雪が玉になってくっつき、それが凍ってとれなくなりぶら下って歩きにくそうだ。また足がわるくなったと思ってか、去年病んだ右の後足をびっこを曳いて歩いてみては、不思議そうに首を傾げていた。

管理所とわが家のほかには、人はいない。

門の石垣に佇って、高原一帯と下の部落をみわたす。ラッパを吹きたいほど素晴らしい雪景色だ。

夜、屋根の雪が、ときどき落ちる。落ちるたびに硝子戸が鳴る。車にアンカを入れにゆく。前が何にも見えないほど雪は降りしきっている。

花子は歴史の宿題をやる。犬は、すすり上げるような寝息をたてて、昏々と眠っている。雪の中にいたので毛がきれいになった。今度買ってきたトランジスターラジオはよく聴える。朝鮮放送をやっている。何にも判らないが聴いている。

十二月二十九日　くもりのち晴　朝、霧雨
昨夜遅くから、今日午後まで停電、降雪のため。

昨夜のうちに雪は積り、膝を没する深さとなった。

屋根から落ちる雪は、赤屋根の塗料に染まって、薄ピンク色である。

朝　主人、ごはん、粕漬鮭、味噌汁、海苔。百合子、花、のりまき餅、味噌汁。

ポコの体が埋まってしまうほどの雪のつもりかたなので、花子は庭に犬の歩く道を踏みかためて作ってやっている。「雪で椅子を作って腰かけていたら、そばをヤマネが一匹通っていった」と、花子告げにくる。遠く鳴沢道の方からジープがチェーンをつけて走ってくるのが見えた。巡回の人かと思っていると、しばらくして、いきなり南隣りの林に三人の男が現われる。食堂の椅子に主人も私も腰かけていたときだ。二匹犬をつれているので、花子はポコを抱えて急いで二階の部屋へ入ってしまう。巡回ではなく猟師だった。一人は空色のアノラックを着て赤い帽子、あとの二人はカーキ色と黒いジャンパー。犬は白い日本犬と三毛の牝の猟犬で、三毛の方は首輪をして鑑札を下げている。林の奥の方にまだ二人いて、全部で五人だ。テラスの近くまできて、ここの茂みで兎の足跡が消えているといって、灌木の茂みに向けて銃を構えているが、銃先はテラスの方、つまりわれわれのいる食堂の方に向いている。私が立ち上ると、主人は「百合子」と、スゴイ怖い顔をしてにらむ。黙っていろ、ということなのだ。〈文句をいったら、カッとなられて撃たれてしまった、という話がよくあるぞ、バカバカしいぞ、そんなことになったら〉という眼付きでにらんでいる。私は主人と並んで、また腰かけた。一人の男が「失礼します」といって、それから境のバラ線をまたいで、テラスにひょいと上り、テラスを横ぎって庭に入ってくる。一匹の犬はラッキーという名前らしく、猟師たちは「ラッキーに追わせればいいだ」と、さかんに言っているが、ラッキーはポコの足跡ばかり不思議そうに嗅いで、罐詰のあき罐の入っている箱のところへ辿りついてしまって、尻尾を振っている。男たちはしばらく平然と庭を歩きまわっていたが、銃は撃たないで門の方へ上って去って行った。解禁になっている季節にはこんなこともあるのだ。禁猟区になっているといっても、人が住みはじめて庭として境界や門を作ったとしても、昔からこの辺で猟をしたり伐採したり、茸や木の実や草の芽を採っていた地元の人たちにとっては「俺らたちの山」なんだなあ。怖ろしいから、これからは外を歩くときは、赤い帽子をかぶるか、笑い声をたて乍ら歩くか、歌を歌い乍ら歩くかしないと、獲物と間違えられて撃たれてしまうかもしれない。

停電が終った。安心して夕方スキーをしに上の道へ出る。猟師のジープのタイヤの跡がずっとついているので、そこをスキーで滑るとよく滑れる。タイヤの跡を辿って行くと、二匹の犬の足跡もついていて、ところどころに黄色いおしっこが沢山してある。赤い色のおしっこもあった。一匹の犬は病気かもしれない。ガンかもしれない。猟師は知らないで連れ歩いているのかもしれない。

夕飯前に管理所の人来て「洗面所のパイプの部品を買いに行ったが、年末で店が閉っていて手に入らないし、工事をした人も来年にならないと仕事をしないから、年があけて六日か七日頃、工事をした人と一緒にきてちゃんと直す」と言う。

ジープにチェーンを巻かないで鳴沢道を上ってきたら、ここまでくるのに二時間かかった。雪がやわらかいので車が動かなくなった。今日は二時頃からブルドーザーが上ってきて、道の雪をかいているから、明日からはチェーンを巻けば下まで下りられると思う、という。御用納めになってもジープは巡回するというので、そのときは、うちにも寄ってくれるように頼む。

オガライト二袋、ビールが残り少なくなったし、白灯油もあと二罐なので、下れるようになるといい。一日中、石油ストーブをつけていると、一罐は一日半位でなくなる。食料の方は安心。

浄化槽の煙突は、雪が落ちるときに屋根から外れて半分に折れた。

下弦の月出る。まわりに小さい暈《かさ》が、はっきりとかかっている。

昼　ごはん、粕漬鯛（百合子、花）、コンビーフのオムレツ（主人）、野菜塩もみ、みょうがの味噌漬。コーヒーを飲む。

夜　白菜、ベーコンの鍋の中に粕漬の魚を入れ、うどんを入れて食べる。汁がおいしい。これは主人の発案。主人沢山食べる。

食後、羊かん（中村屋の田舎羊かん）を切って、抹茶を飲む。丁度そのとき、ラジオで北京放送をやっていた。私は羊かんと抹茶が想像したよりおいしかったのではしゃぎ「河口湖でワカサギ釣をしたら面白かろう」と、まるでしたくもないのに言うと「可哀そうだからやりたくない」と、花子は抑揚のない小さな声で言う。「今日きた兎撃ちの人もイヤだ。あんなことはイヤだ」。ずーっと、そのことを思い続けていたらしく、浮かない顔して言う。クリスマス用のオレンジ色の太いろうそくを出して試しにつけると、明るくて字も読める。停電用とする。

ラジオで、山田耕筰が死んだ、といった。

十二月三十日　快晴

富士山に雪煙が上っている。十一時頃、Wさんジープで来て、正月用の買物があれば、してやるといってくれる。買物のメモを書く。

今日ブルドーザーが主な道路の雪かきを終るから、明日一日照れば、明後日はチェーンをつけて下れるだろう、という。

Wさんの自分の車は（ジープではない）昨日雪のため見通しが悪かったのとスリップで、トラックがバックしてきたのにぶつけられた。一万円位かかりそうだ、という。その前には、バス停の手前の坂を登りきったところで、バスに乗ろうと店からとび出してきた婆さんをはね、ボンネットにのられて前硝子を割った。これも一万円かかった。婆さんは肘と頭を少し打っただけだが、念のため病院へ連れて行った。さっさと自分で車に乗りこんだり歩いたりできる程度で、奇蹟的に大怪我ではなかったが、村の人で知っているから二度も見舞に行った。このときは二日ぐらい食事がまずかった。今年の暮はついていない、と話した。

一万五千円渡して、正月用のものと燃料など、必要なものだけに制限して頼む。夕方までに買いととのえて上ってくるという。

　Wさんが戻ってくるまでに歩き易くしておこうと、庭の道の雪かきを花子とする。バラスを入れたのでかき易いが、バラスを雪と一緒にとってしまわないように気をつけてする。

　車のエンジンをかけると、一気にかかる。品川アンカを入れてやっているからかな。門の前の道まで雪かきがすすんだころ、ブルドーザーがやってきて、一息でかいてしまう。精出してかいていた花子はぼんやりしてみていた。車幅だけかいてくれたので、大通りへ出る曲り角だけは、幅ひろくかいておいてもらう。ブルドーザーの人は「今日から二、三軒ここで年越しをしにやってくる予定。車はとても上れないから、下でジープに乗り換えてくるだろう」と高い運転台から言った。

　昼　のりまき餅、松前漬が出来上ったので試しに食べてみる。コーヒー。

　遅い昼飯のあと片づけが終るころ、Wさんが中型トラックでやってきた。勝手口まで荷物を運んでくれる。主人、ビール、オガライトを運ぶ。百合子、背負籠でオガライト三袋運ぶ。Wさん、白灯油、ビール二打、食料品を運ぶ。三人とも三回ぐらいずつ、ヒューヒューハアハアいって上り下りする。

「下の町は暮の買物客で混雑している。警官が交通整理に出ているので、車はなおさら混んだ。駐車もしにくい。煙草を買い忘れたので、山へ上りかけてまた戻った。灯油を買いにスタンドへ寄ったら、おじさんから『カレンダーと白菜の漬物と山芋の藁づと』を届けるように頼まれてきた」とのこと。

燃料もビールもきたので、ゆったりした気分になった。

Wさんが戻ってきたら、鍋ものでも用意してねぎらおうと思っていたが、食事などしていれば真暗になってしまう。冷えてきて道が凍らないうちに下った方がいい。さわらの味噌漬五枚と千円の御礼を渡す。Wさんは、明日大晦日は休んで、元旦の午後巡回に上ってくるという。「よいお年を！」と私は言った。

陽が沈みかけるころ、車にカバーをかぶせに行く。途中で滑って、前に挫《くじ》いた足を、またねじる。頭の先までつきぬける痛さ。雪の中にしばらくしゃがんでいた。カバーをかけ、風が強いので夜中にふきとばされぬよう大きな石を二つ、屋根にのせる。その石を探しているとき、右のポケットに入れておいた車のカギのうち、トランクをあけるカギを失くしているのに気がつく。トランクとドアのカギが同じだから、さっき、そのカギでドアをあけたばかりなのだ。落したとすれば、転んだときに右手で握っていたカギを思わず振って、そのカギだけ外れて落ちたのかもしれない。花子をよび、庭を往復して探し、また、一人になって三回探す。夜、アンカを入れに車までの往復にも、灯りで照らして探す。雪の中に落したので音がしなかったのだ。トランクがあかないと、しまってあるチェーンが出せないので、エンジンがかかっても車は出せないことになる。初詣でにゆきたがっている主人が、つまらながる。

夜　味噌おじや（卵、白菜、ねぎ）、コンビーフ、白菜の漬物（スタンドのおじさんにもらった）、桃のかんづめのゼリー。

足が痛むのでトクホンを貼る。

私「さっき、庭を上るとき滑って、前に挫いたところ、また捻挫した」

主人「百合子は普段でも少しびっこ気味だから、すぐ転ぶんだな」

私「左足だか右足だか、どっちかが少し短いんだって。小さいときに大病してお尻に太い注射したそうだから、それで短くなったのかもしれない。挫いたところをまた挫くと、その痛さといったら。おしっこが出ちゃった」

主人「汚ねえなあ」

私「エンガチョだねえ」

食べのこりの材料のおでんを煮ておく。ラジオは一年の回顧とか、暮の掃除とか、正月用の煮物とか、のべつやっている。

カギを落したことは「厄落しだ」と主人はいってくれたが、明日、雪の中にポツンと落ちているのが見つかれば、どんなにいいか。

Wさんに買ってきてもらったもの。
オガライト千円、白灯油三罐九百九十円、タバコ千円、ビール四千三百二十円、黒豆一袋百円、伊達巻一本百八十円、カマボコ一本八十円、卵十個百六十円、肉ロース四百グラム三百四十円、もも肉四百グラム三百二十円、白菜一個三十円、じゃがいも四十円、食塩五十円、昆布巻一袋百円、タコ足一本百円。

十二月三十一日　快晴
昨夜の冷えこみことにひどく、台所の水道はついに出なくなる。毎晩止水栓を閉じて蛇口を開き放し、空気を吹きこんで管に残っている水を払っているのに、この通り、凍ってしまった。灯油用のサイフォンで熱湯を蛇口から送りこんでも効きめなし。
昼近く、歩いて管理所まで行き「トランクのカギを落したのでチェーンが使えない。下のスタンドでチェーンを買うか借りるかしたいので、ついでのジープがあったら頼みたい」と訴える。管理所までの雪道は、陽なたはとろとろと暖かく、陽かげに入ると震え上る。交換室から年配の女の人が出てきて、雪で電話線がダメだという。丁度ジープが上ってきて管理所用の野菜の箱など降ろす。「東京に行っていて今朝帰ってきたら、こっちは雪なのでびっくりした。下の町から御胎内あたりまでは、こんなに雪はない。ここらだけ特別降ったな」と、乗ってきたTさんは言う。ジープは四輪ともチェーンをつけている。Tさんはジープで様子を見にきてくれたが、トランクは開かない。「ゴルフ場までは電話がやられてないから、ゴルフ場の電話でスタンドへしらせてやる。雪のころの落しものは春にならないと出ない」と帰って行った。

午後、花子と食堂の硝子戸拭く。アルプスや夕焼の見える窓は特別よく磨く。四時頃、車の音する。門のところに、タオルを頭に巻き、半纏をひっかけたスタンドのおじさんと、甥のノブさんという若い衆がいる。もう車のまわりを回って調べている。くる途中、御胎内を過ぎた坂で、ベンツとセドリックがスリップしているのを助けていたので遅くなったと言う。ノブさんは事情をきき終ると、すぐ後の座席をとり外し、そこから手をつっこんでチェーンをひきずり出す。おじさんがチェーンを巻いている間に、釣竿の先に針金をつけ、座席とトランクの境目のすきまから差入れ、トランクの内側からカギの舌に針金をひっかけて蓋を開く。手品のようだ。映画のギャングのようだ。

おじさんは、万が一、トランクが開かない場合には貸してくれようと、車にスノータイヤとチェーンを用意してきていた。ジャッキも積んでいた。ドアにカギをかけたあとでカギを失くしている場合のことも考えて、そのときは硝子をこわしてドアを開け、新しい硝子を嵌めこむのが一番手っ取り早いからと、予備の窓硝子も積んできてくれていた。

めでたくトランクは開いた。チェーンも巻けた。食堂でビールと焼酎を出す。遠慮がちにしていたが、だんだん元気になって、焼酎一升、ビール一打をあける。急のことなので、ビーフシチューの罐詰を鍋にあけ、白菜、ベーコン、さわらの切り身を入れ、鍋料理にする。私は酔払って楽しくなった。「さっき、トランクの蓋がポッカリ開いたとき、おじさんとノブさんが神様にみえたよ」。主人もはしゃいで「そうだ、そうだ」と言った。八時半まで忘年会をした。終りごろ、管理所の人が「スタンドから電話だ。『ひるっから山に上ったきりだが、どうしているか』といっている」と連絡にきた。

○忘年会でのおじさんの話。今日、ここにくる途中で、高圧線に触れて落ちた鷹を捕まえた人に会った。片肢もげているが立派な鷹だ。いつもこの辺の空を気持よさそうに舞っていた立派ないい鷹だ。もげた片肢もそばに落ちていたから剝製にすれば見事なもんだ。「売れ」といったら首を振った。しかし、どうでも手に入れたいもんだ。

それから、おじさんの入選俳句を忘れるといけないので記しておく。

おじさんは愉快になってくると「俳句を作ったら入選したことがある。その俳句を発表したい」と言った。ヨミウリ(?)文芸入選だとかであった。おじさんは咳ばらいをして静かになり、立ち上って「雪となる山家《さんが》しづかに灯りける」と言った。大ぶりな仕草で、俳句の意味をあらわしながら。次に「西瓜切つて祭りの疲れ知りにける」と発表した。私も主人も手を叩いた。次に和歌も発表した。和歌は入選であるかどうか、聞きもらした。「メシヒの人の手をひきて怒濤のふちに佇ちにける」とかいうのであった。ドドイッも発表した。「棄てた故郷は明日から祭り、星の降るよな国境」というのであった。古賀政男の歌のようだと主人がほめると「あんなものよりずっとええだ。ずっと気分がちごうだ」と大不平であった。次のドドイッは「帰省うれしや駅夫の声も国のなまりになってくる」「このドドイッは分るかな?」と、丁寧に解説してくれた。おじさんは次第に酔いが回って、終りごろは入選文芸の話ばかりとなった。「棄てた故郷は」というところを「棄てた墓地《ぼち》は」などと言いだし「あれえ、何だかちごうだな」と、不思議そうに首を振る。三度ぐらい口の中で考え直してから「棄てた墓地には明日《あした》は寄れぬ」と言った。ノブさんは、はじめのうち「うまいだなあ」と、ほめそやしていたが、酔払ってくたびれてきたらしい。煖炉の方に向きを変えて腰かけ、首を垂れてしまう。でも、ときどき頭をもたげて「ああ、思ってるだ。おじさんの俳句のこたあ、いつでも思ってるだよ」と言っては、また首を垂れてしまった。

「なあに、雪道は明るいだよ」。灯りを差出すのを振払うようにして、二人は庭の坂道を前につんのめりそうによろめきながら、大股に帰って行った。転んだかしたらしい笑い声が聞えた。主人が寝てしまったので風呂の火を消しておく。片づけ終って九時半ごろ、餅を焼いて、花子と遅い晩飯を食べる。紅白歌合戦をラジオでききながら、明日のお雑煮の支度。ラジオの除夜の鐘をきいていると、主人「おかゆがたべたい」と起きてくる。おかゆとバターと梅干、いり卵を食べてしまうと、また寝る。

冷えこみきびし。止水栓を閉めに出ると、息がとまりそうだ。

昭和四十一年

一月一日　快晴

八時半起きる。

南アルプス全部見える。はっきり見える。富士山も全部見える。いいお天気だ。

朝　お雑煮（豚肉、かき玉、ねぎ）、黒豆、だてまき、昆布まき、かまぼこ、酢ダコ。

花子はカルピス、主人と私はビールで、新年の挨拶をする。「明けましておめでとう。今年もどうぞよろしく」

昼頃、Wさん巡回、買物の用をしに寄ってくれる。七千円渡してビール四打頼む。Wさん、床屋に行き、半コートの新しいのを着ている。いれちがいに関井さん来る。年始のあいさつに。今日はゴルフ場のハウスで社員全員揃って祝賀式があり、今散会して帰る途中で寄ったのだそうだ。四日から仕事をはじめるから、四日に台所の水道を直しにくる、という。関井さんは、黒に白い縞の礼装用ネクタイをしめ、背広の上にアノラックを着こんでいる。やっぱり床屋に行った顔と頭だ。東京から持ってきていた海苔の罐と、貰いものの下駄を奥さんに、と差上げる。Wさんも関井さんも「今日は道が凍っていて上りにひどく骨が折れた。危ないから、明日下る方がいい」という。初詣ではやめにしておく、と主人いいだす。

風呂を沸かし、明るいうちにゆっくり入る。三人とも下着をすっかりとりかえる。陽ざかりに洗濯ものを外に干してみたら、みるみる凍りついて、するめのようになった。

昼　ごはん、さわら味噌漬、豆腐味噌汁。

夜　ふかしパン、串カツ、きゅうりとキャベツ酢漬、果物のゼリー。

夜、寄席中継をきく。ラジオでは、今夜から、また一層冷えこみ激し、という。主人、花子に百人一首を教えている。二首ほど教えて「あとは一人でやれ」といって寝る。花子一人でやっている。

富士山と南アルプスが、今日は本当に見事であった。

一月二日　快晴

八時起床。

朝　お雑煮（今日は卵とねぎ、のり。主人の注文にて肉を入れない）、黒豆、だてまき、かまぼこ、酢だこ、昆布まき、白菜漬けもの、梅酒（甘すぎて失敗）。

南アルプスの雪は元日よりも更に白い。

陽あたりのよいところで、じっとしていると、とろとろと眠たくなってくる。雪は、ほんの少しずつ解けていっているらしい。

今日は日曜日。管理所のジープもトラックも休んでいるから、ぴたりと車の音は止んでいる。

昼　チャーハン（かに、卵、ねぎ、グリンピース）、とりスープ、アスパラガス缶詰。

　コーヒーを飲む。

ラジオは長唄の「浦島」をやり、終ると「老松」をやる。

一時半ごろ、雪が降ったあと、はじめて車を出す。花子同乗。スバルライン道路まで行く。チェーンの具合はいい。日陰は雪が凍っている。沢を雪どけ水がどんどん流れている。旧道との交叉路に茶色のブルーバードが停っている。静岡ナンバーである。林と富士山を背景に、女の人がスキーをはき、腰に手をやって「ヤッホー」と呼んでいるような姿を、男がかがんで撮している。女は赤いジャンパー、男は黄色いジャンパー。「旧道を上ってきたら、とても悪路だった。二度と通りたくない」と言った。スバルラインへ出ると雪は殆どない。五合目へ向って車が何台もスピードを出して上って行く。この辺りまでくると、ゴルフ場から先の雪の深さはとても想像できない。

家に車を置いてから犬を連れ、花子とゴルフ場へ散歩に。兎の足跡が、広いゴルフ場の雪野原を一直線に横切ったり、乱れたりしてついている。表面が凍った雪の斜面は、お尻をつけるとそのまま、そりのようにどこまでも滑ってゆける。しばらく、そんなことをして遊ぶ。

夜　きつねうどん、粕漬肉を焼く。うどんは太くておいしかったが、ゆでる時間が短すぎて少し硬かった。

明日のカレーを作り、米をとぐ。水が出ないから、料理は簡単なものとなり、片づけるのも簡単になる。

后九時、品川アンカを車に入れに行く。富士山ははっきりと姿を出し、河口湖畔の灯りがキラキラキラキラしている。山にはうちのほか、一軒だけ窓に灯りがついている。関井さんが「武田さんと、もう一軒だけきている」といっていた家だろう。

門の石柱に上って、犬がいつもしているように、ぼんやりと見渡す。西に拡がるなだらかな雪の高原の果てに、ぽつり、ぽつり、と鳴沢村のくらーい灯りが灯っている。一つだけずっと離れて、黒い山の中腹にも灯っている。黒い村有林へ消えてゆく真直ぐの白い道に、雪をえぐって走ったチェーンタイヤの、泥まじりの無惨な跡が二本続いている。心が真黒になってしまう。

一月三日　快晴

花子三度起しても、眠りこけている。そのままねかせておく。

朝　カレーライス（主人）、のりまき餅と正月料理の残り（私と花子）。

十一時、下る。初詣でに。主人嬉しがる。

御胎内手前の旧道交叉路に練馬ナンバーの小型車と管理所のトラックが停っている。チェーンなしでスリップしていた車を、交叉路まで押し上げてきたらしい。ゴルフ場まで、このままトラックに押してもらって車を預け、あとは歩いて上ることにしたらしい。トラックにはWさんが乗っていて、うちで頼んだビールを載せてきていると言う。門のところに置いといてもらうことにして、ここで領収書と釣銭を受けとる。五千七百九十円。

スバルラインに出ると富士山へ上る車がどんどん走ってくるが、ゲートできけば、二合目より上へは積雪と凍結で上れないのだという。スタンドでチェーンを外す。借りていた白灯油の空罐二つ返す。店の中へ入って中華マンジュウを食べる。今度はおでんでなく「フタバの肉マン」と広告のついた蒸し器を置いて、肉マンとあんマンを売っている。みかんも食べろとすすめられる。学校が休みらしく二人の娘さんが働いている。おじさんが出てきて「大晦日はすっかりいい気持になった。反省してるだ」と恐縮する。床屋にゆきたての顔をしている。

大晦日は山を下ってから十二時半頃まで、武田山荘で飲んだ話をしながら、その合間にガソリンの客にガソリンを売って、それから御来迎を拝みに上る客にガソリンやチェーンを売ったり貸したり、スノータイヤを貸してとりつけてやる仕事をした。二、三百台位山へ上ったが、そのうち三分の一かもっと、うちのスタンドへ寄ったから、ずい分ガソリンを売った。日本髪結った女を乗せた車も三台ばかあったなあ。びんつけ油がぷうんと匂うだなあ。いいもんだ。そのあと、御来迎を拝む客たちに頼まれて、スノータイヤ四本つけた車に乗り、一番先頭になって五合目まで道あけに上った。元日の日も寝ずによく働いた。大晦日にはずい分飲んだが、それでもいつもと同じ位働いたなあ。あの日は忙しくて昼飯を食べていなかった。山から帰ってきてから食べようと二時ごろ出かけたら、車二台スリップしているのを助けたりして遅くなり、その上、御馳走になったので空き腹に余計酒が効いた。酔払ったせいかなあ。先生とこの庭を上るとき、いやに苦しい。死ぬのかな、いよいよ死ぬときとなったかな、と思ったなあ。先生とこの庭の道は平《てえ》らだとばか思いこんで歩いていた。暗い上に酔払っていただから、平らだとばか思いこんで、平らな道の歩きようをしたのが原因だった。俺らの心臓が急にわるくなったのじゃなかっただ。えらい坂だなあ。

以上、おじさんは語った。

河口湖駅で五円切手五十枚買い、花子は年賀状に車の中で切手を貼る（花子は四十枚の年賀状を書いた!!　どこへ出すのだろう）。

外川さんの家へ寄り、小さい男の子二人に二百円ずつお年玉を渡す。奥さんは留守。外川さんは甲府へ年始まわりに行っているそうだ。長男が友達と縁側で陽なたぼっこをしていた。床屋にゆきたての丸刈りで、新しい半コートを着ていた。

富士ハイランド駅前は、バス乗用車の駐車で満員。スケートを肩に下げた男女子供が、ぞろぞろと出入りしている。

吉田の浅間神社へ。大鳥居をくぐった少し上で、パトカーが交通整理をしている。坂の下りを五台が玉つき追突している事故。

浅間神社の境内には雪がそのまま残り、小暗い参道を白装束の富士講が七、八人帰ってくる。鈴の音がひびく。御札所に人がいなかったので左の詰所に行く。神主さんは一升瓶を二本しばった奉納のお酒をぶら下げて、札所まできてくれ、お札を売ってくれる。あれこれと考えて、交通安全百円、お守り札三十円。花子、自分のお財布からお金を出そうとして、なかなか財布の口があかない。神主さんもわれわれも待っている。やっとチャックがあけられてお金を出し、自分のお札を頂く。神主さんは白い袖の手をのばして「いい子だなあ。いい子だなあ」と言って花子の頭を撫でた。

吉田の町で。パン、卵十個、ホットケーキの素三百五十円、里芋、ねぎ、きゅうり三本百五円、りんご五個百円、みかん二十個二百五十円、合計六百七十五円。塩鯖、いんげんのきんとん、これはいくらだったか忘れた。

ちり紙百八十円、乾電池百円、かんビール二個百六十円。

肉屋で。とり肉、馬肉合計五百五十円。

八百屋、菓子屋とも、二、三人ずつの客がいて、年始にもってゆく干柿やカステラの包にのし紙をつけさせ、名前を書いてもらっている。八百屋には、大根、トマト、もやしなど、凍ってダメになったのが沢山転がしてある。

白糸の滝へ向う。

紅葉台へ上る入口には、車が十台ばかり駐車している。雪の畑の中に佇ち、富士山をバックにして、家族一同、或いは夫婦で記念撮影をしていたり、雪を投げあったりしている。本栖を過ぎると雪は少なくなり、富士宮市へ入る手前からは、全く雪がない。朝霧高原の牧場には、今日は沢山牛がいた。有料道路のゲートには「明けましておめでとうございます　道路公団」という色付きポスターが貼ってある。通行料金往復二百六十円。

白糸の滝は駐車満員。おでんの匂いとゆで卵の匂いがたちこめている。花子は米粒で出来ている七福神と、鶴亀の人形を買う。富士伝説という本二百五十円。羊かん二本二百円。三時帰途。ずっと通ってきてみると、鳴沢のあたりが畑に一番雪が深い。雪のあるところを走ると車の中でも寒い。

スタンドでガソリンを入れる。またチェーンを巻く。

その間、主人は正月の新聞を読ませてもらう。娘さんがまた、肉まんをくれようとする。さっき食べたばかりなので謝絶する。

ガソリン代千五百三十五円。ゲート料金二百円。

陽が早く暮れる御胎内のあたりは凍りついていてスリップすること甚だし。車のうしろ半分は左右に揺れ動きながら上る。

家へ入る前に、主人、ダンロの焚きつけを箱にとり入れる。花子手伝う。

夜　主人、ごはん、鯖塩焼、大根おろし。花、百合子、カレーライス。里芋と鳥肉甘煮（これは皆が食べた）。

ラジオでは、山梨及び富士五湖地方、夜半になって、みぞれ又は俄か雪、という。

車にアンカを入れにゆくと、中天の月に大きな虹のような暈がかかっている。星はあるかないかほどに。ついてきた犬は、沢の向うの暗闇に向って啼く。するとコダマになって、何匹もの犬が啼いているように聞えた。一軒だけついていた灯り、今日は消えた。
花子、夜は宿題。家庭科「私の家の正月用おせち料理」について二分間で話せる作文とのこと。

一月四日　雪

★朝六時から雪降り出す。ラジオの予報で「山ぞいはクモリ、にわか雨または雪あり」と知っていたが、降りはじめると不安。豪雪となるらしい。こまかい雪で、ガラス戸越しには降っていないようでいて、降っている。二人が起きたころには、ベランダも台所の外のコンクリートも白くなっている。昼すぎ止んだので、門までの坂を雪かきする。フワフワと軽い雪だが五十センチはある。雲は垂れこめ、または大きく迫って動いて行く。赤みがかったり、うす青くなったりする空は、たちまち灰色にかくされてしまう。管理所の人が三人来た。よその客の車が動けなくなり、それを手伝っていたのだ。冷え切っているらしく、煖炉の火をつよくしてあげると大いによろこぶ。電気ナベにてラーメンと東坡肉とを入れて御馳走する。明日から三日間休みなのに、ぼくらを送り返す責任があるので相談する。「ブルを出すか」「ブルでかいたあとが凍りついたら、却って氷の上のようなものだから、ブルを出す前に下りた方が安全だ」「今度くるときは、下で車を預ってもらって、ジープに乗せてきてもらった方がいいだ」

――泰淳記す――

昨夜ラジオの予報では「夜になって俄か雪、またはみぞれ、雨」となっていたが、朝から降りだしている。眼が覚めて小窓をあけると、フワフワの雪が庭の坂を埋めてしまっている。今日降っている雪は、本当に細かく軽くフワフワしていて、綿虫のように、広い灰色の空から、きりもなく落ちてくる。車にはカバーをかけてあるが、まだ、二、三日は動かせそうもない。今朝は早くゴルフ場のスロープに行って、お尻をついて滑るつもりだったが、こんなにフワフワフワフワと降りつもってしまっては、そんなことも出来ない。花子、つまらなそうに起きてくる。

三時過ぎ、スキーとソリを持って、坂の上バス停の道路へ出る。ジープのタイヤの跡をスキーで下って遊ぶ。ソリ（ゴザの上にダンボールの大箱をのせたものだ）は重みで埋まってしまう。雪がやわらかすぎる。場所を変えることにし、ゴルフ場へ向うと、富士山中継塔の急坂の下に、トヨペットクラウンがスリップして動けないでいる。ジープが坂の上に二台きている。神奈川ナンバーのクラウンはニシキノさんという人の車だそうだ。八つ位と十二、三歳位の男の子が車の中にいる。スキーを屋根に乗せている。山を下りようと、御主人の運転で家を出てきたところらしい。奥さんは車の外にいる。緑色のネッカチーフで頭を包んだ四十五、六の奥さんは、左脚にポリエチレンの袋をかぶせてくくっている。「夕方には着くからと自宅に電話してから、お昼ごろに車を出したのにねえ。家から三十メートル位動くのに三時間以上もかかりました。やっとここまできたら、全くスリップばかりでどうしようもなくなった。すぐそこの家、あれが私のところなの。三十メートル動いたきり、四時間近くもなるのに」と、寄ってきた私に嘆く。「二日にきて、雪が今朝から積りだしたので、子供はスキーが出来るといって帰りたがらないけれど、予定もあるから、どうしても帰らなくちゃならない。あまり積らないうちにと車を出したらこのざまで。雪道の運転はスキーに行ってるから馴れているつもりだったが、ここの雪と気温の上り下りと地形は一種特別らしい。寒い中で四時間近く立往生。今やっとジープがきてくれて、ひっぱってもらうところです。私は暮に骨折したので、山にはきたくなかったが食事係がいないのでついてきました。こんなことになると私は足手まといで役に立たなくてね」と話しながら、妙な恰好で坂を上る。ジープにロープをつけ、後から三人で押して、車は坂を上りきった。奥さんはそこで車に乗りこみ、牽引された車はノロノロと下っていった。運転台の御主人は必死の面持で、一言もしゃべらなかった。

クラウンを曳いていったジープが戻ってき、管理所の三人やってくる。今度はうちが山を下りるときの相談だ。皆、靴が濡れて寒そうにしている。代りのサンダルを出し、煖炉に火を沢山焚く。ビールを抜く。白菜鍋の中に罐詰の東坡肉と家鴨肉を入れ、ラーメンも入れて食べながら「明日なら下れる。明日を逃すと、また豪雪となって閉じこめられる恐れがある」と、皆の意見が一致する。

〈何故、明日がいいか。今日は夕方、陽が沈んでから空が晴れた。雪は降ったままで、日中の陽にあたって解けていない。だから今夜は凍らない。表面の水分が多いと厚く凍ってしまい、氷の上を走ると同じで、チェーンを巻いても全く効かず、スリップがひどい。ジープで曳いても旧道の下りではブレーキが効かないから、ジープに追突してしまう。この分でいけば今夜は絶対凍らないから、明日早くにブルを出して雪をかき、陽が当って少し解け加減のところをジープを先に立てて下ろう。ジープを先に立ててゆけば、向うから車がきて避けるとき、ジープに車の入る場所を作ってもらえる。それでないと雪に踏みこんで動けなくなる。今日はスバルラインは除雪してないので通行止めだったが、明日は通行不能ではないだろう。しかしスバルラインが通れても、とっつき（旧道の交叉路より御胎内を通ってスバルラインへ出る間の道）がかいてなければ、旧道を下るよりほかない。旧道を下るときはロープで曳き、ロー又はセコンドでエンジンブレーキを使って下る。今日のニシキノさんの車は、旧道を下るよりほかなくて、旧道をロープで曳いて下ったが、スリップがひどくて大へんだった。明日スバルラインがかいてあれば、とっつきは管理所のブルでかいてしまおうか？　そうすればスバルラインへ出られるから楽だ。とっつきはこの管轄でもないし、スバルラインの管轄でもない道で、悪路だし、誰もかきたがらない。しかし気張ってブルを出してかくか〉

　このような話を三人はした。

　今、山に残っているのは、ニシザワさん（？）といううちと、うちだけである。ニシザワさんは車でこないで、下からジープを使って上っているから、車の出入れの心配はないそうである。主人と私は恐縮して畏まって話をきいた。

　八時ごろ食事をする。夜は台所の食物を整理、衣類も整理。なるたけ荷物を少なくする。遅くなって風が吹きだし、軽い雪は勝手口のコンクリートのたたきに吹き溜り、扉が開かなくなる。凍らないように夜半起きてシャベルでかく。

　一月五日　晴

　今日は帰ると思うから、煖炉にオガライトをふんだんに焚く。今日は帰ると思うから、いろんなものを、ふんだんに食べる。朝のうちに荷物の大方を車に積む。

　十一時ごろ、花子と犬を連れてゴルフ場に滑りに行く。兎は五メートルほども跳ぶらしく、足跡がとても離れてついている。ゴルフ場の一番高いところの亭に置き放しにした、段ボール箱とゴザのソリをとりにゆくと、小さな奇妙な足跡がはっきりついていて、それが便所に消えている。やまねか、カラスか。

犬をソリに乗せて手を放すと、何とも不思議そうな顔をして首をのばし、おとなしくして、風を切って滑ってゆく。自分から箱の中へ入って、何度もくり返して滑りたがる。

残りのパンと、けんちん汁で昼飯。

一時ごろ、迎え来る。ジープが先頭、次がブルドーザー、うちの車の順。緑色のサングラス、厚い手袋のブルドーザーの人に、お礼の気持の千円を渡し「天皇陛下みたいでわるいわね」と、運転台を見上げて詫びる。中継塔の急な上りを、ブルドーザーがのろいので、ゆるゆる上っていると後のタイヤがわきの雪に踏みこんでスリップ。下までバックして、ブルドーザーとの間を離してから上る。旧道の交叉路までは、凍った雪で車の腹をすりながら、それでも無事通過。御胎内への下りにかかると、上ってきたコロナが一台スリップして雪につっこみ、三人の男が車から降りて、シャベルや手で、雪をかきだしている。こっちのバックは、とてもきかないから、ジープの人は降りていって交渉し、コロナにスバルラインへ出るところまでバックのまま下ってもらう。男たちは愛想よく応じてくれたが、車の中に乗ったきりでいた女は、私が礼を言って詫びても一言もいわず、眼から火を噴きそうににらんでいた。スバルラインへ出たところでジープに別れる。「なあに、すぐにジープが戻ってきて曳いて上ってやるから、という条件でバックさせたから、怒ることはねえだ。その方があの衆たちにもトクな楽なことよ」。ジープの人は私たちを安心させるように言った。

スタンドで先日の礼を言い、チェーンを外そうとしたら「山ぞいの道は雪があるかもしれないから、途中で外せ」と、楽な外し方を教わる。おじさんは「もう帰るか。今度はしばらく東京かね。今晩トラックで上って、明日下る道をならしてつけておいてやろうと思っていた。今晩こっそりやっておいて驚かしてやろうと思っていたによお」と、一寸淋しそうに残念がった。おばさんは、羊かん三本、板チョコ三枚を花子の手に持たせてくれる。大型車がゴルフ場まで上ろうとして御胎内のところでやっぱりスリップし、諦めてスタンドまで引き返してきた。

大月までの道、車は皆、チェーンの音をさせている。聞き馴れてくると、いい音だ。雪の町では、人が道のまんなかへふらふらと寄ってくるように歩いているので、ひいてしまいそうだが、山の雪道の運転は、体の中の細胞がぱあっとひらいてしまって、シャワーを浴びているように、楽しい。

上野原でチェーンを外す。風が強くてタイヤのところにしゃがんでいると、ジャンパーのフードが前へかぶって眼が見えなくなり、外しにくい。

相模湖駅を過ぎて、後からずっと尾いてきたオートバイが追い抜きをかけながら、指でうちの車を指して通りすぎた。とめて見ると、後の右タイヤがパンク。クチャクチャよれよれになっている。チェーンを外して少し経って一寸ショックがあったが、パンクとは思えなかったので走ってきた。ジャッキで上げても車体は下ってきてしまう。ジャッキの具合がわるい。近くのスタンドまで歩いてゆき、ジャッキを借りてきて交換。トラックがとまって若い男三人手伝ってくれる。

スタンドでムシをつけ替える。三百円。空気を入れる。この間にあたりは真ッ暗になった。風が冷たく、犬はカゴの中で啼く。主人と花子、じっとしていた。

八王子の並木道で乗用車が人二人をはねた直後に通りかかり、気分重くなる。

七時半、無事赤坂に着く。主人、長椅子に寝ころび「皆でうなぎ食べよう」という。うな丼をとる。風呂をわかして、主人の頭を洗う。体も洗ってくれという。風呂から出ると、拭いてくれという。また、階下にきて長椅子にねころぶ。何となく、いつまでも私に話しかける。

東京の水道が、ひねれば出るのが不思議だ。

三月二十四日（木）　晴

早く出るつもりだったが、朝日の書評原稿ができていないので、書き上るのを待ち、管理室に預けて、午前十一時半、赤坂を出発。

雪が深いとジープに乗り換えることになるから、荷物を少なめにしたが、それでも、リュック一つ、ボール箱三つ、かばん二個、花子の荷物一つ、となる。食料は、東京の残りの野菜（キャベツ、じゃがいも、玉ねぎ、大根など）、パン、かんづめ、トイレットペーパー、かんビール、菓子など。

出がけに、乃木坂で車の事故一つ見かける。甲州街道は混んでノロノロ運転。日野を過ぎて走りよくなる。八王子まで二時間かかった。相模湖のあたりの桜、少し咲いている。大きなUカーブのところで（そこは、古い大きな桜のあるところ）、赤いスポーツカーと乗用車とワゴンが三重衝突して、スポーツカーは大破、血がおびただしく流れている。よくみないようにして過ぎる。

大垂水峠には茶店の新しいのが三軒位出来た。

大月の町は、修業式の済んだ学生たちが歩いている。

大月から左折、桂川に沿った道に入ると、薄ぐもりの真白な富士山が見える。正月にきたときから、ひさしぶりの富士山。

駅前の事務所で、上まで上れるか、訊く。受付の女事務員は山の管理所に電話をいれ、大丈夫だという。丁度、二階から関井さんが降りてきて、昨日大岡さんの息子さんが車でみえたので、案内して上へ行ったが、雪がなかったし、道もくずれていないから大丈夫だ、と口添えする。ゴルフ場の脇の道が少しわるいだけで、あとはくずれていなかった。三時半頃着く。

荷物を家まで下ろしながら、梅の苗を見て歩く。二本ばかり、小枝が大分落ちている。自然に落ちたのだろうか。

台所のドアを開けると、八分目ほど水を汲みおいたままになっているブリキのバケツのなかに、小さなさといもみたいなものが、カビカビになって浮いている。よくみると長い細いしっぽがついていて、桃色のプラスチックのような小さい足がある。やまねが溺れて死んでいる。戸棚の中の米やうどん粉や油や、籠に入れ放しにしてあったじゃがいもや玉ねぎは、まるで食べた形跡がない。どこも荒されていないで一匹だけ死んでいる。やまねは、人の食物が食べられることを知らないのだろうか。穴を掘って埋めてしまう。陽はよく射しているが、風はうなるように吹きわたっている。

水道、電気、ガス、異状なく使える。台所の凍結した蛇口は直っている。洗面所の凍った蛇口も直っている。便所のタンクから水洩れしている。

庭のにんにくは二本芽が出て、あとは出ていない。バラスをいれたので、もぐってしまったのだろうか。

西の廂にきている電線が一本、とめが外れて、低くぶらぶらしている。便所のエントツが折れている。雪が屋根から落ちるときに、こんなになったのだろうか。この二つ、はやく直してもらうこと。

夕陽が遅くまで射しこんで、久しぶりに陽に一杯あたりながら、昼と夜兼用の食事をとる。錦松梅入りのやきにぎり、サラミソーセージ、しそとしょうが塩づけ、タラコ、味噌汁。

山にくるとお茶がおいしい。お茶がおいしいので、ごはんのあと、クローバーで買ってきたアマンドパイを一切れずつ食べ、まだ、お茶がおいしかったから、チョコレートとポテトチップを食べる。ポコには魚のソーセージ一本。

今晩は、台所を少し片づけただけで、のんびりと遊んでいる。ねずみの糞がペン皿の中にまでしてあるが、今晩は掃除しないで遊んでいる。

風が夜になっても強く、星が空一杯にある。西に低く、下弦の月というのか、鎌の刃のような薄い細い月が出ている。

品川アンカを三個いれる。私と主人と花子。

三月二十五日（金）　晴ときどき曇

品川アンカを入れて寝ると夢をみる。

椎名麟三さんとエス様がでてきて歌を歌っている。歌は「明《あけ》の目《め》？」という題であることが、何となくわかっている（こんな、へんな題の歌は、ほんとはないはずだ。でも夢のなかでは、ハテナマークのところまでが歌の題だった）。椎名さんは一生けん命歌っていた。椎名さんの奥さんが私の耳のところへ口をつけて「いま、椎名は五十万円いるんですよ。本当は五十五万円だけど、まあ、ざっとすれば五十万円よ」と、にこにこして教えてくれる。「でも心配なことはないのよ。椎名もあの人も歌がとてもうまいの」。椎名夫人は、すっかり真白にお化粧して、急に肥ってしまっている。私の隣りの人も、その隣りの人も、しいんとしている、という夢であった。夢の中のエス様は、聖画のエス様よりも、アメリカ超大作映画のエス様よりも、ポチャポチャと肉づきがよかった。

起きだしてみたら、陽はすっかり高くなって、テラス一杯に射していた。

朝ごはん　ごはん、うに、海苔、かれいの煮付（東京で煮て持ってきた）。

泰淳、花のふとん干す。二階と食堂と仕事部屋の掃除。

ときどき黒い雲がきて急に暗くくもるが、通り過ぎると、すぐ陽が照ってくる。

ひる　パン（トースト）、バター、ジャム、ハム（かんづめをあける）、玉ねぎスープ、サラダ。

三時、紅茶と菓子。

花子、松の小枝で、たきつけの薪を、大かご一杯作る。

夕方、去年の暮の二十八《（ママ）》日に、腰までの深い雪の中に落してしまった鍵（車の）を探しながら、庭をゆきつ戻りつした。見当らない。バラスを敷いたので去年の雪どけの頃のようなヌカルミが出来ず歩きよい。沢の向うの家のあたりで、子供の声が一寸した。富士山は上の四分の三位まで雲が巻きついていて、下の方が四分の一見えるだけだ。三時ごろ風が一だんと強くなり、五時ごろぴったりと止む。

去年、勝手口の窓の戸袋に巣をかけた鳥がまたやってきた。朝、戸袋に入ろうとして台所の人影に驚いて飛び去り、またやってくる。十羽ほどの団体でくるが、その中の二羽の巣であるらしい。一羽が見張りで高い枝にとまり、一羽が戸袋に近いところ近いところと順々に枝を移ってきて、やがて、パッと戸袋めがけて、ぶつかるようにはばたいてくる。見張りの一羽はじっと高い枝に動かず、鳴きつづけていて、危険を感じると、調子をくずして声の限りに知らせる。気の毒である。

朝と、夕方陽のおちる少し前、その鳥が鳴く。うぐいすはまだこない。

四時頃、さつまいもを電気鍋で焼いて食べる。私は食べたくなかったが、主人の提案でやる。しかし、一番沢山食べたのは私。

夜　錦松梅をいれた、海苔のおにぎり二個ずつと味噌汁。

三月二十六日（土）　晴ときどき曇

朝　ごはん、海苔、うに。

ひる頃、花、百合子、車で野鳥園へ行く。スタンドで車に水を入れる。水しか入れないのに、アイスクリーム二個くれるので、ようかん（百円）買う。スタンドは土曜日で、だんだん繁昌してきたので、大きな日の丸の旗を揚げた。今まで気がつかなかったが掲揚塔がある。

山を下る前に――忘れていた。右へ上って富士山へ上ってみたのだっけ。花子は夏以来、上っていないので、三合目のマリヤ像のところで駐車して、マリヤ像まで登ってみた。誰もいないと、うす暗い林の中でこのマリヤ像はとても大きくみえる。花子「このマリヤ様、怖いね」という。風が寒い。三合目を過ぎると道には雪が残り、つららもだんだん太く、すだれのように下っている。雲がないので、下の方はすっかり見渡せる。四合目の大沢あたりに落石が大分ある。大沢パーキングまで行くとバリケードがあって、それより先は通行禁止。大沢パーキングに、五合目の店屋が下ってきて出しているらしい土産ものを売る車がとまっている。とても寒い。すぐ引き返す。

河口湖駅前の事務所に管理費その他、一年分二万三千三百六十円支払う。一万円少なく勘違いして、お金を少ししか持って来なかったので、電気代は明日にまわして、これだけ支払って籠坂峠へ向う。

野鳥園の前へ車をとめて、あまり人がいないので、花子を受付へやって、やっているかどうか、訊かせる。

入場料　大人百円、小人七十円。

中へ入ると、ぼつぼつ人影がある。「野鳥かご」という、緑色の金網で出来た大ドームの中に野鳥がいるらしい。そこで、また「野鳥かご」入場料一人五十円ずつ払って入る。ここの番人兼説明役のおじさんが、有名な野鳥好きの人らしい。空色のアノラックを着て長靴をはいている。質問をすると、すぐ、こちらの予想の五倍位の量の話をしてくれる。花子は鳥の写真をとる。小野忍さんにばったり逢ってしまったと思ってしまった位よく似た人が、望遠レンズをつけたカメラを胸にぶら下げて「黒つぐみをこんなそばで写せるなんて私ははじめてです」と、感激のあまりか私に話しかけて、また花子のところへ行って、話しかけている。

番人のおじさんに教えてもらった、ここにいる鳥の名前。黒つぐみ、まひわ、こじゅけい、きじ、こうらいきじ、きじばと、うぐいす、めじろ、こまどり、きつつき、じょうびたき、かけす、しじゅうから、あかはら。

ここには暖房の小屋が作ってあるので、わたりどりも一年中、この中で暮している。きつつきがつつくための枯大木もたててある。じゃがいもが二つ割りにして枝に刺してある。どの鳥も、おすの方が色どりがきれいだ。斑らや縞のある鳥は、その柄がめすより一層複雑で、はっきりしている。

ここのおじさんに四十雀の巣がけについて質問したら、教えてくれたこと
○四十雀は、いま頃から四月にかけて巣をかける。群棲の鳥だが、巣がけのときは番《つが》いになって二羽ずつとなる。戸袋にかけるのをやめさせるには、そばに箱を作ってやると、そっちにかける。巣を作って卵を生んで孵るまで二週間位。ひなで餌を養う時期が二週間位。そして巣立って群をなして飛んであるくようになる。卵は九個ほど生む。卵を生んで、そのまま親がいなくなるのは、ネズミなどにおどされたのであろう。卵を抱えだすと気の強い鳥だから、滅多なことでは巣を変えないで子を巣立たせる。巣箱の巣は、巣立ったあとすっかり掃除出来るように、手が入るように具合よく作っておくとよい。去年の巣があると、次の年には巣をかけないから。すっかりとっておくと次の年も巣がけする。

虫を好んで食べる。藁で作った出来合いの巣を入れてやらないで、巣箱だけおいてやって、その鳥の好みの巣を作らせてやる方がよい。一日に一個ずつ卵を生むから、生む途中で、ネズミか人間におどされると、巣をかえて、ほかの場所に移って残りの卵を生む。卵を抱えだせば滅多に巣は変えない。おわり。

三時ごろ、そこから富士スピードウェイへ行ってみる。ひどい土埃りの道で、スピードウェイに着くと、レースは終って続々と車が帰って行くところであった。スピードウェイの隣りが富士霊園である。写真でみるよりよくない。

須走の町で、もやし二十円、夏みかん三個百四十円、小麦粉五十円、煮豆二袋六十円、桜えび三十円、買う。

家へ着いたのは五時ごろであった。

夜　やきにぎり、中味は、うにのと、錦松梅のと、梅干のと。もやし味噌汁、煮豆。

夜、品川アンカを二つ入れる。私は品川アンカを入れると、夢を沢山みて朝寝坊するので、今夜は入れない。

三月二十七日（日）　晴

朝　ごはん、うに、海苔、卵、鯖の味噌煮。

十一時、三人とも車に乗る。番茶を魔法水筒につめ、ゆで卵四個包んで持つ。

事務所に電気代を払いに寄ると、日曜で休みであった。しばらく外川さんの顔をみないので、どうしているか訊ねようと外川さんの家に寄ると、車、オートバイは庭先にあるが、誰もいないで、玄関も縁側も開け放してあった。物置で痩せた犬が吠えて番をしている。中を覗くと、奥さんのよそゆきらしい着物が壁に掛かっていた。新しい運動靴が廊下に置いてあった。

酒屋で。ビール二打、卵十個、納豆一個、マッチ（大）三箱、コロッケ三個、計三千八十円。

酒屋で花子はアイスクリームを貰う。ＰＴＡ仲間らしいおかみさんが五人ほどきていて、学校の先生に持ってゆくらしい進物用の包（砂糖）を買って、寸志としようか、御礼《おんれい》としようかと相談している。「御礼にした場合、いままでのことはありがとうという意味になる。しかし、寸志といった場合は、いままでのことはありがとう、これからもよろしくおねがいしますという二つの気持が入っていてトクちゅうことだから、寸志の方がいいのではないか」と一人が言いだしてすぐ決る。お菓子をあれもこれも少しずつまぜて千円の包にしてもらって、待たせた車にすぐ乗りこむ、せかせかした男もいる。混んでいてなかなか番がまわってこない。酒屋は新しいステレオを買った。おばさんは、つけまげをして、冬の頃より若々しくみえた。娘もきれいな半コートを着ていた。

本栖湖を過ぎて有料道路に入り、花鳥山脈入口という看板があったので、そこに行ってみることにした。その村の入口の養鱒場のそばのガソリンスタンドでガソリンを入れる。二十八リットル、千四百円。そこのおばさんは、スグだといったが、花鳥山脈までは相当の道のりだった。

花鳥山脈入場料、大人百円小人五十円、合計二百五十円。みやげもの百円（小魚姿やき）。帰り道の沢で、主人、赤い大石と、花子、四個ばかりの小石を拾う。白糸の滝のそばへ出る。

白糸の滝の入口で、野鳥園で黒つぐみに感激していた小野さんに似た男の人が、四、五人のグループで歩いているのを、車の中から花子がみつけた。有料道路に入って戻る。三時半。

河口湖のスタンドで、白灯油三百三十円。ふき佃煮と味噌漬のみやげもの風のもの。フィルム一本（百八十円）、軍手（五十円）、合計五百三十円。アイスクリームもこのなかに入る。

スタンドのおばさんは、アルマイトの弁当箱におでんを入れてくれる。こぼさないように走って、赤松林のところで食べる。

夜　ごはん、豆腐味噌汁、まぐろ油漬、もやしとわかめ三杯酢、ふき佃煮。

花鳥山脈で陽に一杯あたったので、みんな顔が赤くなった。


三月二十八日（月）　くもり、夜になって氷雨
今朝はくもり。西の山の方に雲が厚くかかっている。

朝　ごはん、うに、海苔、卵、いか煮付、玉ねぎ味噌汁。

一昨日、まいたパン屑のところに、ほおじろに似た鳥がきてつついている。庭の上の方の段々のところには、それより少し大きい鳥がいて、段々を一段ずつ順に上って、土をつついている。土を歩いてつついている鳥は、つぐみ類、うずら類で、虫を食べるのである。これは野鳥園の人の話。

ひるごはん用に、のりまきにぎり六個（梅干、錦松梅入り）と、卵焼、ふき佃煮、サラミ、番茶を仕込んで、十一時ドライブに出る。今日も三人とも行く。

スバルラインを御胎内より右に上って富士山へ。エンジンをかけながら、出がけに門のところでみると、二合目あたりから三合目あたりの林が霧氷で雪がかかっているようになっていた。あの辺まで上ってみようか、といっていたところまで上ってみた、そこから更

に四合目まで上ってみた。門からみえた霧氷は二合目三合目位のところで、そこは草まで霧氷がかかっていた。車には、ほとんどすれちがわない。四合目の駐車場に入ると晴れていて、本栖から白糸の滝あたりまでの麓の村は、パノラマのようによく見えた。真白なアルプスも見えた。コロナが一台とまっていて、男の子が二人、石を下の道に投げている。両親らしき大人は車の中にいる。危ないので注意する。男の子二人は、少し間をおいて、帰りがけの私に「クソババア」という。「クソは誰でもすらあ」と、振向いて私言う。主人に叱られる。

富士は頂上まですっかり見えた。車の中でおにぎりを食べる。下りは、樹海台のマリヤ像のあたりから、急に霧が深くなり、一合目までは手探りのようにして下る。

スタンドに弁当箱を返して、事務所に電気料を払い、関井さんに雪の被害のあと始末、電線がぶら下っているのを直す、浄化槽の折れたエントツを立て直す、便所のロータンクの水洩れの修理を頼む。

ついでに外川さんの家に寄ると、外川さんは長男の就職が決ったので、連れて東京へ出かけていて、明日帰るとのこと。奥さんは、上れ、というが、上らないで、すぐ車に乗る。外川さんは、四月から山の方の仕事に上るといっていた。外川さんの家には親戚らしい人たちがきていて、こたつでそばを食べているらしく、音がしていた。外川さんの家では、人がいるときは、大ていのとき、そばを食べている。その音がしている。

河口湖を左回りで湖岸を一周する。御坂峠へ行く途中から左折して少し行ったところまでしか走ったことがないので、一周ははじめて。大石という部落のあたりは桜の老木の並木がつづき、蕾がふくらんでいる。湖岸は入りくんで長い。部落がいくつもあり、思いがけないところに別荘が建っていたり、建ちかけていたりする。昔建てた別荘が廃屋となって、そのまま桑畑や林の中に残っている。

家へ着く前に、小雨降りだす。冷えこんできて、また雨が止む。霧が一層深くなって、村有林のあたりは霧で見えない。

四時ごろ、お好み焼（やき豚、ねぎ、桜えびを入れる）を電気鍋でする。

夜　おかゆ、ふき佃煮、なす油いため、梅干、バター。花子は電気鍋でヤキソバを自分で作る。新キャベツをいれたら、おいしかった。食後、夏みかんを食べる。

その頃、雪まじりの雨となった。今日は鳥がしきりと餌をあさっていた。〈そういう日は、あとで雨か雪となる〉というが、本当であった。

有料道路四百円。電気代（一年分）三千二百九十三円。

明日、九時頃、東京へ帰ると主人言う。ここにきてから、犬の毛はふさふさとしてマツケムシのようになった。

十時半ごろ、寝室の小窓をしめるとき、雨は雪にかわっていて、五センチほど積っていた。

三月二十九日（火）　朝くもり時々雪、午後晴

雨戸はすっかり閉っていても、床の中に入っていても、なまぐさい匂いのような気配のようなものが暗いうちからあって、朝起きてみると三十センチは積っていた。雪の匂いだった。水気の多い春の雪だから、すぐ解けるとは思うものの、今日帰ることにしているので、外ばかり気になる。午前中は、西の空がいくぶん明るくなったと思うと、また雲がやってきて、すると雪がちらちらふりかかってくる。ラジオの天気予報では御坂峠十五センチ、富士吉田五センチ、山岳地方二十センチから三十センチという。ここは山岳地方のうちに入るらしい。主人、今日は帰るのをやめると言う。

ひるごはんのあと、犬を連れて三人で散歩に出る。ポコは埋まってしまうので、跳んでみたり、ずぶずぶともぐりこむように歩いたりして、雪だらけとなる。兎の足跡ともう一つ何だか判らない獣らしい足跡あり。バスの通る道に出ると、ブルドーザーが煙を出して上って行く。そのあとから管理所の人が一人歩いてついて行く。昨日管理所に車を置いて山を下ったら、今朝車が出られないで難儀をしたので、いまブルドーザーでかいていると

いう。今日帰るつもりだったが、一日延ばして明朝帰りたいというと、では、ついでに今日のうちにブルドーザーを門のところまでいれて、車が出られるようにしておくという。

自分でチェーンを巻くつもりだったが、ブルドーザーがきたときに、ついでに巻いてもらおう。家に戻り、門の前の雪かきを皆でする。そのうちジープがきて二人降りて、チェーンを巻いてくれる。正月にきてチェーンを巻いて山を下ったとき、下のスタンドで、余分のぶらぶらしている部分を切ってしまったので、今度はきつすぎて、男手でもなかなか、かからない。ジャッキであげて、やっと巻く。「今度、チェーンのくさりを一個ずつ、全部で四個ふやしてもらわないと、タイヤも傷むし、女手ではとてもかからない」といわれる。

そういえば、正月に帰るとき、相模湖の手前で雪がなくなったので外そうとしたら、なかなか外れなかったのだ。ブルドーザーもやってきて雪をどけてくれる。

三時のお茶代りに、ブルドーザーとジープの人三人に、やきそばを作って、ビールを出す。Sさんは、何だか元気がない。この正月から、目方が四百匁減ったといった。もう一人の背の高い人は「のんきそうにみえるが、田舎の村でも、色々といやなことがあって、苦労が多い」と私に言いきかせる。ついでに便所のロータンクの水洩れを直していってくれる。パッキンが悪かったそうである。

夕方になって西が明るくなり、残りの陽が射してきた。すると主人は急に、今日帰りたいといいだした。それからバタバタと、やきそばの鍋だの皿だのを花子と二人で洗い、荷を作る。こういうときには花子は手助けになる。

正月の帰りのときとはちがい、春の雪だから、車の腹をすらないし、きしまない。スタンドまで下って、チェーンを外してもらう。おじさんは、スノータイヤが余っているから、替えて行くか、といってくれたが断わる。アイスクリームをまた三個くれる。味噌漬二箱、ようかん二本、四百円を買う。

スタンドを出るとき六時半になった。日が長くなった。

大垂水峠あたりはトラック多し。八王子から先はすいていた。

九時半に赤坂の部屋の椅子にこしかけた。主人「宮川でうなぎとろう」と言う。うなぎ（泰淳）、三色丼（私）、きじ丼（花子）をとって食べた。

四月八日（金）　くもり時々晴

書評の原稿が書いてないので、朝出かけるのをのばし、一時ごろ終ったので、食事をしてから二時に赤坂を出る。

今日の荷物。

大根、キャベツ、じゃがいも、さつまいも、にんにく、ねぎ、パン、はちみつ、のり、赤坂もち、菓子、かんづめ、かんビール、トイレットペーパー、おこわ、お盆、鯵の干物一枚、牛肉の煮たの、ひらめのでんぶ、錦松梅、キクラゲ、コンセント一個、スタンドのソケット一個。主人の仕事の本。もんぺの洗ったの、セーターなど。ギター。

荷が多いと、車から家まで運ぶ、上り下りの庭の道が大へんなのだけれど、東京で買物してしまった方が、食事はおいしいし、スバルラインのゲートをお金を払って通って買出ししなくていいので、ついつい多くなってしまう。

今日はバカに私は空腹で睡気がくる。途中のドライブインに、あんパンでも買おうかと寄ったらパン類はない。食堂の方へ行けばパンを食べさせている、という。何にも買わないで「元祖へそまん」まで走り、へそまんで一番小さい折り百五十円のを買う。すぐ食べるからというと、湯気の立つのを折りに詰めて、紐をかけないで、輪ゴムをかけてくれる。観光バスが何台も停っていて、その車掌も二人、へそまんを買っていた。その人たちは、おとくいさんであるらしく、百五十円のを二箱で二百円にしてもらっている。車に戻って四個食べたら気が落ちつく。

今年の桜。八王子あたりまでは盛りを過ぎて散りはじめている。高尾山あたりから、満開のつづき、つづき。大垂水峠から相模湖にかけて、こんなに桜があることに、はじめて気がついた。それは、地面に一ひらも花びらの散っていない、満開のほやほやのところだった。大月から富士吉田にかけての山麓電車の沿線の道も、お宮様の桜、小学校の桜、山の道の桜、発電所の桜、警察署の桜、忠魂碑の桜、すべて満開だった。大月の駅の手前の町はお祭りでしめ飾りをしていた。町の外れの、桜で囲まれてしまっているお社に屋台が出て、お面や綿菓子を売っている。そこの満開の桜は、お社と屋台に箱のようにおおいかぶさっていて、大きなぼんぼりのようであった。

五時半に着く。梅の木は小さな芽が出ている。庭の桜も芽が出ている。

おこわをふかして、牛肉、ひらめ、海苔で食べる。私は大根の味噌汁を二杯のんで、らっきょうを十個ほど食べる。

「今夜のラジオの北京放送は、ベトナムのことを話していた」と主人、眠る前に言った。美国《メイクオ》〔米国〕と蘇聯《スーリエン》〔ソ連〕、美国と蘇聯と繰り返しながら寝室に入った。八時半。

今日は、いいお花見をしました。桃の花も一緒に咲いていた。今年は桜が遅れたので一緒くたになってしまったらしい。今日の私の感想——みわたせば柳桜をこきまぜて都ぞ春の錦なりける（これは私が作ったのではない。小さいときに覚えた琴唄）。

へそまん一折り百五十円。スバルライン料金二百円。

四月九日（土）　晴、午後よりくもり夕方雨

ここにきて、二段ベッドの方の部屋でねると、いくつも夢をみて朝寝する。昨夜は、死刑囚になっている夢をみて、それにつづいて、もう一つ夢をみた。その中では、〈死刑になるのは夢だった、よかったなあ。でも胸とお尻がバカに冷たいなあ〉と思いながら、桜の花が一杯に散ってふとんのようになっているところにねそべっているのだった。

陽が高くなっていて、主人は自分のふとんを干して、それによりかかってビールを飲んでいた。雪で外れた電線をうちつけに管理所の人がきている。〈あしたは天気が悪くなるから、今日が絶好のお花見日和だ。湖畔の桜はまだ咲いていない。この辺では山麓電車の沿線の東桂の発電所の桜がいい〉と教えてくれる。昨日来る途中で、走り乍ら見た桜である。去年も発電所の桜がいいと教えてくれたのではなかったかしら。

朝ごはん　ごはん、海苔、うに、ひらめでんぶ、牛肉の煮たの、味噌汁。

花ぐもり。あたりは、ぼーっとして、遠くの山もうっすらと見えるだけ、それでも、とてもいいお天気なのだ。うぐいすの声をきく。庭の富士桜のつぼみは米粒ほどになっている。から松の芽は鮮やかな緑色に。庭の木は、どれもこれも、さまざまな形や色の芽をふ

きかけている。

ひる　お好み焼（中味は、さくらえび、牛肉の刻んだの、ねぎ、青のり）、スープ、キャベツ炒め。

そのあとで、へそまんの残りをふかして食べる。

午後、くもりがちとなるが、くもっても暖かい。主人、ひるねをする。

暖かくなったので台所と物置の大掃除。硝子戸を拭く。この前植えたところに、じゃがいもとにんにくをまた植える。二十個ほど。鍬を出したついでに倉庫の整理をする。

夜　ごはん、塩鮭、さつまいも味噌汁、夏みかん。赤坂もちを食べる。黄な粉の残りをポコは喜んでなめる。

夕飯のときのラジオ。〈南ベトナムの反政府運動はますます盛んとなり、今夜から明日は危険な状態となっている。ダナンの反政府運動についた第一軍団の対空砲は、つつ先が米空軍基地に向けられている〉

夜、高原一帯に点在する街灯が急に見えなくなる。霧が深くなり、雨となり、降りつづく。トタン屋根の雨の音は大きい。赤坂の家はアパートだから、雨の音を聞いたことがない。珍しい音のように、頭の中にまでしみこむように聞く。

八時半、主人ねる。

四月十日（日）　くもり時々晴、夜は星空

朝、暗いうちから主人が煖炉で燃やした木が、バカに燻って、食卓も、煖炉の上も二階の手すりも、スタンドの笠も煤をかぶった。私が眠っているうちに煤は私のところまでやってきたらしく、鼻の中も頸も真黒であった。

朝　トースト、スープ、キャベツ巻。

ひる　グリンピースとバターの炊きこみ御飯、佃煮、味噌汁。

ポコは、この御飯もわけて貰ったし、キャベツ巻も喜んで食べた。

ひるの支度をしているとき、Rさんがきて、前に話のあった、桜だかもみじだかで作ったタバコ入れを持ってくる。大黒さんの後姿にみえるキザミ入れは桜のコブで出来てい、キセル入れはもみじ、根付のところはけやき、キセルの柄はまゆみだそうである。値段は一万五千円。もちろん買わない。Rさんは「よーく見ていると、大黒さんが向うへ歩いてゆく後姿に見えるでしょう」と、何度も、その角度にキザミ入れを持って、言う。Rさんは「しばらく置いて飾って眺めていてもかまわない」などといいだし、置いていってしまう。早速、押入れの中へしまう。Rさんは先だって、大磯の大岡さんの家まで、家を建てる打合せに行ったそうだ。

メキシコのだという古い汚ないお盆（東京の古道具屋がくれた）に、主人が黄色の絵具で色を入れたら、とてもきれいになったので、二階の廊下にかける。

三時、富士山へ上りにスバルラインへ出る途中、御胎内の手前で車をとめて林の道を散歩しようとすると、左の方で男の人が「一寸、おねがいします」と叫んでいる。静岡ナンバーの車がぬかるみにのめりこんでしまっている。ジャッキも使ってみたが駄目らしく放り出してある。若い女の子の連れにハンドルを持たせているが、男一人の力では車が押し出せないらしい。主人が「この道を前進すれば、奥の方はもっと、ひどい道だよ。わるいことはいわないよ。バックで戻った方がいいよ」と、とめる。私と主人と男と三人で押しながら、女の子にハンドルをきらせて、具合のいいところまで戻す。男は連れの女の子を「お前」「お前」といって、ハンドルのきり方や、アクセルのふかし方を、どなって指図する。女の子はおどおどして、ナイロンの靴下に木の枝がひっかかって裂けたり、スカートに泥がはねても見もしないで、足をふるって、運転席と、男の間を走っていったりきたりして、いうことをきいている。押し戻った車はスバルラインに出て左へ、河口湖の方に一散に下っていった。私たちはスバルラインから右へ、富士山へ上る。

三月末の雪で、二合目位から、まだ日陰の沢や森の中に雪が残っている。それでも、もう風は冷たくなく車の暖房もいらない。三合目からは霧が巻き下りてくる中を上る。大沢の駐車場も霧の中である。机龍之介が石に腰かけていると、実はその石は悪女大姉の墓石であった、という映画の場面のような、暗いそそけだつ霧の中だった。

夕方から陽が射してくる。管理所で小麦粉、ミツカン酢、パイナップルと桃のかんづめを買う。計三百七十円。

夜　やきそば（キャベツ、牛肉、桜えび）。

私は一皿食べたあと、二皿めを食べていたら、急にいやになって、残りは明日の犬のごはんにやることにする。「百合子はいつも上機嫌で食べていて急にいやになる。急にいやになるというのがわるい癖だ」と主人、ひとりごとのように言ったが、これは叱られたということ。

夜は星空となる。遠くの灯りと星とは、同じ位の大きさにみえる。色も似ている。

この頃、やきそばやお好み焼をするので、桜えびを沢山使う。今日納戸の整理で出てきた、かびた桜えびに熱湯をかけてざるにとり、夕方西陽のあたっているテラスに出して干してみた。

四月十一日（月）　くもり後氷雨、夜は雪
朝　ごはん、大根味噌汁、たらこ、のり、卵。

ひる　カレーライス。
夜　ぶどうパン、コンソメスープ、山芋のとろろ、夏みかん。このぶどうパンは、ただのぶどうパンではない。とてもおいしいぶどうパンだった。干ぶどうが、プクプクふっくらとしていた。

朝から霧がおりてきている。家のまわりを霧が巻いてゆっくり動いている。

一時半ごろ、私だけ下る。スバルラインは中学生団体のバスが五台続いて上って行く。中学生は皆、くたびれ果てたように首を折って眠っている。出がけ、ぽつぽつ白かったのが下は雨。

酒屋で。ビール一打千四百四十円、サンマ干物二枚二十五円、ねぎ一束、焼酎一升三百四十五円、白ぶどう酒一升四百七十円、夏みかん百円、合計二千三百八十円。

オガライト屋でオガライト二束四百円。オガライトは今日はよく売れたらしく、私の買ったのは出来たてで、持つと熱いほどだった。吉田へまわる。古道具屋で車をとめ、花を挿す竹かご四百五十円、昔のお金三百六十円、昔の鏡六百円。鏡は植物の模様で、藤原定通、とおごそかな名前が彫ってあるが、富士吉田にいる藤原定通という人が作ったのだろう。その人の本名は渡辺とかオサノとかいう苗字なのだろうと思う。文鎮に丁度いいほどの重さと大きさだ。

スタンドで白灯油三百三十円、ガソリン千五百五十円。山芋が並べてあったので買おうとすると、四本袋に入れて、もっていけ、という。どうしてもお金をとらないのでもらう。帰りは霧が深くなった。自分の車しかみえない。白いもの、雪よりも音が少しする、アラレのようなもの降ってくる。

五時頃から雪となる。はじめは地面やテラスに落ちると、すぐ水になって解けていたが、いつのまにか、うっすらと白くなる。ラジオでは、三月はじめの気温だという。どの辺のことなのだろうか、クリコ峠というところはチェーンを巻かないと上れないし、大型トラックは、なだれの危険を注意しろ、といっている。

雪の降りはじめに、例のパン粉好きの鳥が啼きながら食べにきたが、だんだん降りだすと、こなくなった。

ポコは夜のとろろを、待ちかまえていたらしく、残りをぱくぱくと噛むようにして食べてしまった。

八時、主人眠る。

私は、昨日の桜えびの洗って干したのを、またもっと、ストーブのそばで乾かしているうち、食べたくなったので食べてしまった。

◎とうとう、去年の暮、雪の中に落した車の鍵を拾う。今日、買物から帰って、荷物を下ろして歩き出したら、チャリンと音がした。足の下に鍵があった。少し茶色くさびていた。めでたし。

四月十二日（火）　晴、風あり

快晴。富士山は五合目より上は雲の中。下の方には雪が真白い。全体は紫がかっている。

朝　カレーライス（泰淳）、お好み焼（百合子）。

ふとんを全部干す。犬のも干す。ねぎを土に埋める。食堂のじゅうたんをテラスではたく。風は西南から吹き上げてくるので、ほこりは庭の上の方へ上ってゆく。去年買って忘れていた花の種子を庭先に蒔く。犬の小屋、シャベル、鍬、ゴム長靴、雪や冬の間に汚れたもの、泥を水洗いする。梅の木に肥料をやる。セーターも脱いで半袖となる。

うぐいす、しきりと啼きはじめる。

ひる　グリンピース味つけ御飯、さんま干物、くらげ酢のもの、きゅうり。

夜　トースト、スープ、やまいものとろろ、鰺油漬。

ポコは珍しいものずきであるから、とろろを食べ、トーストのきれはしをたべ、鰺を食べ、舌なめずりをして満足した。

明日、帰る予定。

からまつの芽が日に日に緑になってくる。この次、来るころは、丁度一番、からまつの芽立ちの美しいころだ。富士桜も湖畔には咲いているかもしれない。そわそわする。雨や雪が多かったからか、庭先の杉苔は青々として夜光塗料をかけたようだ。

四月十三日（水）　晴、くもりがち

午前十時山を下る。

帰りがけ、残りの食パンをちぎって庭にまいてやる。

スタンドにより、不凍液を抜く。五合目へ上る車はまだスタンドで不凍液を入れて行くそうだが、もうこの次来る頃は暖かくなっているだろうし、スピードをあげて東京へ帰るにはオーバーヒートしそうなので抜いてもらう。

山芋二百円買う。おじさんは、この次来る頃は富士桜が咲いているだろうといった。

おじさんは〈五月はじめ頃、二人ほどで山へ上って、もろこし、南瓜など蒔いてやる〉といってくれるが、そんなに畑にするところもないし、十本か二十本植えればいいというと、〈十本位では受粉して実が出来ないだろう。まとめて五十本位植えなくては〉という。〈もろこしもカボチャもじかまきでいい。カボチャは姿《なり》は小さいが実のしまった、うまいのが出来る。カボチャも女も同じこと〉などという。おじさんは今日は、はしゃいでいる。

自慢の剝製もみせたいという。去年の暮だかに高圧線にとまって落ちて死んだ鷹の剝製だが、あまりよく出来ていない。野菜の腐ったのが積んであって、その上に置いてあるので、その臭いと一緒になって、へんな臭いもしてくる。

御殿場まわりで帰る。山中湖には一、二本富士桜が咲いている。富士小山あたりは桜が盛りを過ぎている。御殿場、山北のあたりは一めんに菜の花が咲ききっている。

四月十九日（火）　くもり時々晴

午前十一時半東京を出る。くもって小雨でも降りそう。昨日から気温低く、昨夜、群馬の沼田では二十センチの雪であったそう。私は梅の芽のことが心配だ。

野菜、パン、クリーニングした毛布、新しいふとんカバー三枚、シーツなど。花の種子（百日草、けいとう、コスモス）など積みこむ。

御殿場まわりで行く。山北あたり菜の花がまだ盛り。富士桜も満開。

須走の自衛隊学校前の神社の桜は富士桜が大きくなったものらしい。その桜と枝垂桜が、うす桃色の霞のようだった。

スタンドに寄ってガソリンを入れる。おじさん留守。おばさんは、漬物を持ってゆけという。すぐ食べられるようにしてやるから、といって、洗って刻んで折りに入れて、新聞紙に包んでくれた。沢わんである。「この次は菜ッ葉のをくれてやる、それもすぐ食べられるようにしてくれてやる」と言った。すぐ食べられるようにというのは、刻んでくれることだった。

ガソリン三〇・七リットル千五百三十五円。

うちの桜は、夕方、陽が落ちるまで一杯に射している場所のが、一番桃色になっている。ぼけも沢山蕾がついて赤く咲きかけている。色んな草の芽が土の中から出てきている。夕方、うす暗くなって霧がおりてきて、何も見えなくなる。すると、うぐいすが啼きはじめた。

夜　早めにごはんを食べる。味噌汁（新じゃが）、スタンドでくれた沢わん、ひらめのでんぶ、おこわ。

七時半、主人眠る。私も今日は、夜ごはんのときから、しんしんと眠い。

今夜も寒い、とラジオはいった。山ぞいでは霜もおりる、といった。

四月二十日（水）　うすぐもり、時々晴

昨夜、眠かったのに「沈黙」という本を読みだして、二時半まで読んでいたら、朝十時まで寝てしまった。

うぐいすよく啼く。

十一時頃、中央公論の常田さん来る。「世界の名著」のことで。ハイヤーを待たせてある。ビールを飲んで、庭を大へんな早足で見てまわって帰る。運転手にバームクーヘンと紅茶を出す。長く待たされて、ふくれっ面をしていた。私が「らんぼお」にいた頃からの、常田さんは「人間」編輯部の頃からの、三人とも二十年近く前からの知合い。「あの頃は三人とも、へんな洋服やオーバー着て、いつも夜みたいに酒ばかり飲んでいたわね。中央公論の人になって、常田さん、いい洋服になって紳士みたい。私も自動車なんか運転しちゃって。長生きしたわね」

常田さんは「『世界の名著』が完結するときは、ぼくは定年ですなあ」と、困ったように笑った。

昼　お好み焼とスープ。

夕方、ポコは門の石垣の上で、入り陽の方に向いて、風に吹かれ乍ら、じいっとして動かない。犬の眼には、黒と白にしかあたりが見えないそうだのに、何を考え、何を見ているのだろう。

外川さんとその一隊が車でやってきた。仕事が終えて、山を下りる帰りがけである。外川さんだけが降りて家へくる。女衆は、車の中から笑っているだけで降りてこない。

外川さんは食堂の椅子にこしかけて、ビールを飲む。

○息子が電電公社に就職したので、池袋にある妹の家から一、二分のところにアパートを借りて住まわせた。三畳間で四千五百円で、そのほかに電気代をとる。埼玉の方からきていた学生が卒業して空いたのを借りた。妹のところで食事をするので、そこに六千円払って、そのほかに一ヵ月、一斗五升、米をやる。損してるか、トクしてるか、いいような悪いようなあんばいである。東京に一ヵ月に一度は見に行かないと心配だ。そのときは、車に乗れるだけ定員の人数の東京に行きたがる人たちを乗せて行くので、それも大へんだ。

この間は東京からの帰り、うす暗くなった頃、烏山のバイパスを、八十粁で走っていて、前のスポーツカーが信号で止っていたのに追突してしまった。信号が黄色に変ったが、スポーツカーだから止らないでつっきるとばかり思っていたら、そうでなく、ちゃんと止ったので追突してしまった。そのスポーツカーは自分のではなく、社長が十日前に買ったばかりの車を黙って持ちだして運転していたので、お巡りさんにきてもらっては困る、という。お互いに困るので、二粁ばかり先の修理屋まで行って、一万円出して話をまとめた。向うは会社へきてもらうと明るみに出るから、今、きりをつけてもらいたいらしいし、こっちも手持ちの金できめてしまった方がいいので、お互いに住所も名前もきかず、一万円渡して済ませた。(外川さんの) 車は、一万七千円ばかりかかった。スポーツカーの傷は五万円位の傷だろう。「損をしたような、トクをしたような、いいような悪いようなあんばいだ。東京で運転するのは怖《こえ》えな。東京へ往復すると二、三日肩が凝って首が苦しくて頭が病む。寿命がちぢこまる」と言った。

外川さんは、ビールを飲むとき、眼をつぶって、顔中しかめて、ぐいと飲む。頭でも痛いのではないか。顔が真赤であった。外川さんが帰ってからも、しばらく西陽が食堂の中にまで射しこんでいた。

夜　グリンピースのバター味つけ御飯、塩鮭、味噌漬を刻んで、おかかをかけたもののり。

ポコはグリンピースの御飯を大喜びで食べる。動物が下を向いて御飯を食べているとき、その頭を撫でていると気が和む。しゃがんで動物に御飯をやるときが好きだ。

夜、星空。

四月二十一日(木)　晴ときどきくもり

快晴ではないが、汗ばむほどの暖かさ。

持ってきた種子、コスモスを門のまわり、けいとうを石垣の上、百日草を庭先に蒔く。うぐいすは、今日は食堂のすぐ近くの木まできて鳴いた。積んである薪の上までもきて鳴いた。

関井さんが北隣りの敷地に来たので、梅の木をみてもらう。もう大丈夫だという。〈植えて二年ほどは寒さでやられてしまうことがあるから、本当は冬になる前にワラでかこってやれば完全だった。この次の冬はワラでかこうか、根元だけでもワラを敷いてやると、ずっと違う。枝は枯れたのを伐るとワキから芽が出てくるから、もう少し経ったら余分の枝を伐るとよくのびる。こんな寒いところで梅がついて珍しい。しかし、花が咲いて実が成ることはあるかどうか〉という意見だった。

北隣りの買主は、うちの西隣りまでカギ形に買い足した。うちの西隣りまで買うと、その地形は「ヒツジ何とか」という土地の形となって非常にいいそうだ。縁起をかつぐ人なので、そんな風に買ったのだそうだ。

関井さんは、近くの沢にある白樺の株を庭に移してみたらどうか。木の代金はタダでいい。人夫代を頂けばいい。いまが移す時季だから、よければすぐする、という。

沢の白樺を見に行き、庭の中ほどに移す場所をきめる。

バターをきらしたので管理所まで買いに行くと、また関井さんにあう。管理所の外に置いてある一枚板の大きいテーブルのようなのがほしいというと、いい木があったときに作ってやるという。こういう一枚板は、一石、二石といって買って、そうして、ひかせるのだそうだ。

四時ごろ、犬が吠えたてる。外川さんが来る。外川さんはポリ袋のわかさぎをくれる。いまは、わかさぎの小さなときなので、大きなのを選《え》ってきたという。湖畔の大石部落の先で、奥さんの兄さんが曳いていた網から買ってきたらしい。天ぷらの用意をする。外川さんはビールをすすって、わかさぎを食べながら「湖畔は今日か明日が桜の満開だ。東京の上野や飛鳥山の桜は大したことない。東京の桜は花の色がへんだ」と感想をのべる。昨夜は山を下りてから消防の寄合いがあって、馬肉のバーベキューをした。盛岡からきた特上馬肉、百グラム八十五円のを六キロ買って、油をしいて、その上で焼いてから、バーベキューソースというのをつけて食べた。二十人ばっかでやった。「馬肉はさしみでもバーベキューでも、何でもかんでも、俺《う》ら、好きだ」と、その肉の味を思い出しているように語る。外川さんの天ぷらの食べ方は、汁の中に五匹ぐらい、ギューギューにおしこんで浸してから、しばらくして五匹一ぺンに食べる。

そのほかの今日の外川さんの話

○鳥のとり方。雪の降ったとき雀をとるには、ネズミとりでとる。一等面白いのは、アドルムのような睡眠薬を湯呑に水を入れて溶かし、その中へ粟や米粒を浸しておいて、それを撒く。鳥は雪のときは餌がないから、すぐ食べにきて、しばらくするとヨタヨタして羽をバタバタさせても飛べなくなる。それをつかまえる。アドルムの代りに酒や焼酎に浸してやった者もいるが、それで酔払うということはなかった。雀は酒で酔払わないものらしい。

○にわとりは、この辺では一羽二百五十円で買える。それをむしって四つ位に切って、からあげにするとうまい。石の仕事にきている女衆の一人で、ここにきてもよくしゃべる女衆は、前にとりを飼って売っていたから、むしるのがひどく早くてうまい。一時間に十羽もむしる。羽をむしるには湯につけてからむしる。

○釣りは、鯉を釣るには、サナギか、とうもろこしのタネを水にふやかしたので釣る。

○東京に下宿させた息子を、ときどき帰宅させて、いい空気を吸わせるには、車を買ってあてがおうか。二十万円の車を月賦で買えばいいいと思う。

五時になると、外川さんは、工事場に連中を待たせてあるといって、あわてて帰りだす。食べきれない天ぷらを「持っていってやるか、それとも皆をここに招んで食べさせたら」

と主人がいうと、自分の持ってきたわかさぎを食べさせるのは気に入らない風であって、帰ってしまう。

夕方からくもり。夜、ラジオは、明日から天気はくずれる、ところによって明日雨の降るところもある、という。

バター百九十円。

天ぷらを一杯食べたら、ただただ眠い。

五月一日（日）　晴、風なく時々うす曇

八時、花子を学校の寄宿舎まで送り届け、そのまま山へ。

なぜ急に今朝くることになったかというと、「サクラが咲いているかどうか、気になる。一寸行ってきたい。又すぐ帰ってきてもいいから今日見に行こう」と主人が言うからである。去年は富士桜の見頃には来られなかったような気もする。明治屋は昨日は春闘で臨時休業だったので、食料品もあり合せだけ。

本、東洋文庫を二十冊ばかりとかんビール。

メーデーの行進があるので、テレビでは交通止めの個所を放送していたが、朝ごはんの支度で見逃してしまう。行きあたりばったりに車を出したら、神宮外苑も千駄ヶ谷も規制がなくて、代々木あたりに一箇所あっただけ。今年はオリンピック村がメーデーの会場だった。

立教女学院の門前で花子を降ろし、甲州街道を走る。

国立あたりから車の列の速度はのろくなり、左側を赤旗日曜版を積んだ自転車が赤旗をたてて何台も追いぬいて行く。府中の交叉点でメーデーの行進にあう。多摩川の橋まで行進が続いている。高尾山の駅前から登山口にかけての通りは、両側とも、レクリエーションの家族、若い男女が列をつくって歩いている。「へそまん」で、へそまん一箱。へそまんの便所に行くと、地方からきたばかりらしい店員風の男三人が用を足しながら、ワイセツなことをいっている。若い女の子はいやだから、また一段低いところにある古い便所まで下りて行った。「へそまん」では、へそまんのほかに、つつじ、もみじ、つげ、松などの株を売っている。小さいのが二百円位。つつじは今まで走ってきた道の右左にも、花ざかりだった。

大月を左折、谷村にくると交通巡査がいく人もいる。商店街通りでメーデー行進をやっている。交通規制をしないので、往復の車とメーデー行進と三重になって、こっちが待ったり、向うが待ったりを、相手の表情を見合って自分たちで判断してやる。郡内一帯のメーデー行進らしく、河口湖精密とか富士急などの旗があった。一番うしろに都留文科大の生徒が三、四人いて、そのうしろが警察の車であった。お巡りさんはただ、ついて歩くだけである。商店はどの店にも「第三十七回歓迎メーデー」というビラが貼ってある。「キケ、万国の労働者」を繰り返し歌っていたが、小さな静かな声だった。

スバルラインに入って両側の赤松林には、赤紫色の山つつじが満開で、それはゴルフ場の入口まで続いていた。高原一帯の富士桜も満開。山に着くと、隣りの門口のサクラが満開。車を降りて庭に入ると、わが家のどのサクラも、どのサクラも満開。風が吹いてくると、ちらちらちらちら散りだす。髪の毛が枝にひっかかっても、ちらちらちらちら散る。

うぐいすは啼き方が上手になってしまった。

ひる　ごはん、生鮭バター焼、さやえんどうバターいため、味噌汁、のり、うに。

この前まいた花のタネは芽を出した。すみれが庭中に咲いている。一杯咲いているから、すみれも匂いがする。パンをむしって庭先にまく。ポコはむしったパンを一つ一つ熔岩や枯れた羊歯の間からくわえてテラスの下に入り、土の中に埋めている。自分は食べもしないで。眼のふちまで泥だらけになって、せっせと一つ一つくわえていっては埋めている。鳥に食べさせたくないために。

夜　お好み焼。私はやきそばをする。

へそまん小一箱百五十円。有料道路二百円。「花が咲いてみると桜がどの位あるか、わかった。大きいのが二十本。小さいのをまぜたら四十本位、うちには桜があるな」。今日、数えてみたらしく、ビールを飲みながら主人言う。

台所の窓からみえる背の高い桜は、酒を呑んだように紅い。紅く見えるのは、花の芯がことさらに紅いからで、そういう花を咲かせているサクラの木は、幹も紅っぽい。

暮れ方のサクラは一番きれいだ。何度も視てやる。これはみんな私のものである。

五月二日（月）　雨、朝のうち霧

今朝になって地面をよく見ると、蒔いた花のタネのほかに、ありとあらゆる草の芽が出ている。午前中、霧が深くなって雨となる。雨になるとサクラは下を向いて咲いている。少しぐらいの雨では、鳥は平気で水を飲みにきて、パン粉をついばんでゆく。メジロに似た小さな鳥はサクラの花の中に入って花芯を食べている。風がないので雨は沁みこむように静かに降る。ラジオで「四季の眺め」をやっている。そのお琴は、台所の窓からみえる二本の紅いサクラにぴったりする。雨の中でもうぐいすは啼く。サクラが咲いているせいか、雨が降っても妙に明るい。

夕方になり風が出てきて雨がひどくなる。

ラジオでは、山岳地方は今晩暴風雨となるから登山している人は注意するように、といった。山梨県の交通事故は、このゴールデンウイークに入ったとたんに多くなった、注意するように。今、ドライブイン祭りというのを各ドライブインでやっている、と、これもラジオでいった。

夜　おじや、生鮭バター焼、つけもの、牛肉大和煮（これは百合子食べる）。

十時過ぎ、犬を庭に出してやる。外は風が吹きわたるだけで雨は止み、雲がどんどん走っている。空の三分の二は晴れて星が出ている。月も照っている。風はなま暖かく、外は家の中より暖かい位だった。今日、湯殿のタイルの壁はびっしょり濡れていた。

五月三日（火）　晴、風強し

昨夜、一晩風が吹いていた。昨夜は寝室の扉が、何度もあいてしまって、そのままにしておくと、それがまた風で閉まる音にびっくりして眼が覚める。四時頃まで、何度もそれを繰り返して、少ししか眠らなかった気がする。

十時半、山を下る。主人は、昨日外に出し放しにして置いて濡れたボール箱にビールの空きびんをつめて上まで運んでくれた。すると門まできて底がぬけて、ビールびんは十本ばかり割れた。今日は富士山は、洗い上げたように濃く姿をみせている。雪はずい分少なくなって、大沢くずれのあたりに、鳥の形のように残っている。あれが農鳥《のうどり》というのかもしれない。駅前のポストで、花子へ葉書を出す。

河口湖を一周、大石の桜の並木は若葉がふさふさしている。西湖へ行く道は工事をしていた。西湖荘で昼食。主人、わかさぎの天丼。私、牛乳とトースト。わかさぎの天丼の中味は、わかさぎ、椎茸、わらび、小さな海老の天ぷらがのっていて、ていねいに出来ていて、おいしそうであった。私たちが入っていると男二人連れが二組入ってきて、全員ラーメンをとった。西湖は風が音をたてて吹いていて波が白く高い。湖岸の道は荒れているが、道幅が去年より広くなって走り易くなった。魚眠荘の前の入江で車をとめ、水を眺めて休む。水は澄んでいて、わかさぎが沢山泳いでいる。水ぎわには死んだわかさぎが浮いている。糠のようなものをまいて魚を寄せては竿を垂れている男が一人いたが、一匹も釣れていないらしかった。樹海へ入る手前の根場部落の外れには桑畑の間に桃畑があって、満開であった。仙人が佇っていそうなほど、うっとりと咲いていた。

樹海の中も、歩いている男女や、すれちがう車もあって、今日は人臭い。本栖へ向う道も車の列で、風穴の入口には綿菓子の店も出ている。本栖湖の夏泳いだ入江まで行ってひき返す。帰り、大嵐入口で衝突事故を二つ見た。

酒屋で。ビール二打二千八百八十円、夏みかん二個百二十円、豆腐一丁七十円、煮豆一袋三十五円、さつまいも四本五十円、ほうじ茶一本百円。

この辺りの豆腐は、一丁といっても東京の一丁より大きいのが二つもくる。一丁買うと、この豆腐を毎日食べこなさなくてはならないのだ。

おかみさんはタクワンの袋入りをサービスにくれる。

河口湖の肉屋で。馬肉上八十円を四百グラム、豚肉上八十円を四百グラム、計六百四十円。馬肉は犬に食べさせるのだから並を買おうと思ったら、上しかないといわれたので。

ゲート料金往復四百円。

夕方、柏の下枝を払う。西の空に大きな長方形の紫の雲がひろがって、形もくずれず、そのまま動かない。

「お金持の親戚と春の夕方は、くれそうでくれないんだって。ラジオでいってたぜ」。テラスに立って西の方を眺めながら、感心したように、苦笑したように主人は言う。

夕方、湯豆腐だけ食べて、夜、また食事をする。

夜　ふかしごはんをお茶漬にする。たらこを焼いて、のり茶漬の袋入りをあける。

大きな月が出た。

ポコは二、三日前から、吐いたりする。元気がないので馬肉を焼いてやってみる。うなだれて、いかにも気持わるそうにしている。ワカマツをやったら、吐いてしまったので、ラロという胃腸薬をのませてみる。これは前に石工のおじさんが血を吐いたときに飲ませたら、よく効いたのである。しばらくすると元気になって馬肉を食べだした。

谷川岳で今日は人が死んだ。小山の富士サーキットでグランプリレース中にブレーキをあやまって柵を乗り越え、全身を打って死んだ法政大学生があった。籠坂峠では大学生の乗用車がトラックと正面衝突して二人重傷、二人十日の傷。山梨のラジオ放送は、事故のニュースと選挙違反のニュースと気象通報が多い。

あす早朝、高冷地では霜をみる、といっている。

五月四日（水）　晴

朝　ごはん、牛肉大和煮、のり、卵、うに。湯豆腐の残りにケチャップを入れる（泰淳発案百合子反対、私は食べない）。

うらうらと晴れて、風がない。頸が汗ばんでくる。庭の斜面の一日中陽があたるところには、すみれや黄色い小さい花や、はるりんどうが咲いている。正午近くなると、すっかり花びらを開ききって、空に向って細い花茎をぴんとのばす。ぼけも満開。月見草を、移植した白樺の根元に植える。

関井さん、白樺の植え賃について話しに来る。

〈植え賃には二種類ある。移した白樺が枯れた場合、もう一度そっくりの白樺を持ってきて植えるというところまで――つまり補償の約束までみこんだ植え賃と、あとで枯れてもかまわない、かかった人夫代だけ払うという植え賃とがある。どっちがいいか〉という。補償こみの値段は人夫代だけのより二倍高い。人夫だけの方にする。「枯れたら、そのときに、もう一度金を出して植えてもらうよ」と主人笑う。もしかしたら枯れないのだもの。六千円支払う（人夫四人で一日がかりであった由）。〈そばにならの木が根を張っていたので、掘り起すのに思いの外、時間がかかった。こういうものの根を掘るときは大根（元根）は或程度切ってもいいが、元根のまわりに生えている小さい沢山の根を切らないように掘る。元根はもうあまり養分を吸わないが、小根から養分を吸い上げているのだから〉と関井さんは説明した。

「北隣りの敷地の松の根が掘りかけてあるよ」と主人が言うと、関井さんは、びっくりして「それは事件だあ。近頃、車を持ってきて松の木を盗んで行くのがある。すぐ、ここの下の原の松の木も、いい枝ぶりのが、三米近い大穴を掘って、ごっそり盗まれた。管理所の前を通らなくてすむ、鳴沢へぬける旧登山道から近いところのを盗むらしい。雪解けの頃盗ったらしい。犯人は見当がついている。K入口バス停の一寸手前の道路から見える家だ。そこの家には前には松の木がなかったが、この頃、急に松の木が生えている。伐られた松の枝が落ちていたから拾ってとってある。それを持ってその家に行って『ごめんなせえ。いい松の木ですねえ』とそばに行ってから、急にその枝を出して、その松の伐りくちと合わせてみれば、すぐ同じ松かどうか分る。五、六人で行ってみる」といった。七人の刑事のような話である。

ひる　鮭茶漬。私はさつまいもを焼く。

一時半頃、私だけ車でわらびを探しに行く。隣りの敷地には一本もないので、ゴルフ場の先まで行って探すつもりが、探し探し、四合目の大沢くずれまで行ってしまった。大沢くずれの手前の林は一昨日の風で木が沢山倒れていた。大沢からは、今日は本栖湖も田貫湖も見えた。この前行ってみた開拓村あたりには野焼きをしているらしい煙がひろがっていた。

わらびは、どこにも一本もなかった。

三時半ごろ、管理所の人、三人で岩つつじを三株運んできて植えてくれる。穴を掘ってバケツで何杯も水を入れてから植える。つつじの株についていた五葉松の小さな苗を別にわけて、熔岩のくぼみに大切そうに植えてくれた。ビールと、馬肉とキャベツ、桜えびを入れた焼きそばを出す。〈こういう暖かい日のあと、雨が降ると、山の中はぐんと冷えこむ。するとタネを蒔いて芽が出たものや移植してやっと根づいたものは、やられてしまう〉と管理所の人の話。

陽なたで鎌を砥いでいると「ユリ子、ユリ子、ちょっと。へんなものがある。ちょっとでいいから見てごらん」と、そばへきて、小さな声で主人が言う。秘密くさそうに、いそいそと言う。主人が案内してくれたのは、勝手口の草むらの中の松の根もと。高山植物らしい花が咲いている。葉も茎も花びらの外側も、銀色に光る産毛のような毛で、びっしり掩われている。つりがね草のように下向きに咲いていている花の中がわは、濃い、黒血のように濃いえんじ色で、奥の方にオレンジ色の蕊がある。下を向いているから、そのえんじ色は外からは分らなくて、産毛のような銀灰色に花も茎も葉も包まれた。花でないような花、植物でないような植物なのである。いつから、ここに出てきて咲いたのだろう。触ってみても、花の中を覗いてみても、底知れない不思議な思いがする、宇宙からやってきた動物みたいなのだ。

夜　ふかしパン、スープ。

明朝東京へ帰ることになる。

今日は銀色の大きな月が出た。下の原っぱ一帯に照っている。下の原のプレハブに人がきていて、あかあかと灯りをつけている。家の中でテレビをつけて見ているのまで見える。

五月十八日（水）　晴

九時東京を出る。二、三日いて帰るつもりなので、冷蔵庫の中のものと、残りの野菜を持っただけ。あと、卵、コンビーフ、ひらめのでんぶ。

本（井伏鱒二全集、秋田雨雀日記）。

クリーニングの終った冬ものセーター類。

青葉で風が吹いていて気持がいい。松田の茶店で休み、犬をトランクから出して座席に移してやる。ここから先は、あまり混まないので吠えたてないから。ポコは座席に移ってから、外を見ておとなしくしている。茶店で、かにコロッケと御飯二人前五百円。主人生ビール一杯とる。夏みかん四個入り一袋百五十円。ここのかにコロッケは大型で、サラダもキャベツもたっぷりついている。入ってくる人は、大てい、かにコロッケを注文している。もう、どこもかしこも青葉がふさふさだ。須走口には戦闘服の自衛隊員が沢山いた。山中湖から吉田までの松林の道にも自衛隊の列が歩調をとって歩いていた。ラッパ隊だ。

二週間来ないうちに、庭はまるで変ってしまった。草が生え、木の葉が大きくなって青々としている。梅も葉が出た。白樺もついたらしく葉がひろがってきて、その下の月見草も根づいている。山りんごの葉も、うす赤くひらひら光っている。わらびはもう遅いらしい。この前、咲いていた動物のような不思議な草は、すっかりとうがたって、花は銀色の長いひげのようなものに変っていた。

一休みしてから、主人は、すぐ松の下枝を伐ったり、葉の茂りすぎた木を刈りこみはじめる。すぐ下あたりに石工事にきているらしく、男女の声がしている。今は一番、青葉が美しいとき。何もかも、のびのびとしている。しんしんと眠くなり、早寝。九時半。

五月十九日（木）　快晴

私が目を覚ましたとき、主人は、朝の散歩に出て、わらびを二つかみほど採り、庭を下りてくるところであった。三時ごろより起きだして仕事、あけ方は寒く、ストーブを焚いたとのこと。

朝　ごはん、コンビーフ、味噌汁、のり、卵、大根おろし。

今日はきらきらするほどの夏のような陽射し、頭が禿げそう。私のふとん干す。冬オーバーを干して茶箱にしまう。ハチが出てきた。

まひるま、しばらくは、ハチのうなる音がするだけである。

ときどき高射砲らしい爆発音が硝子戸をびりびりさせる。家全体が揺れる。北富士の演習がはじまったらしい。

ひる　精進揚げ（茄子、さつまいもと桜えびかき揚げ、わらび）、ごはん。

午後から私もわらびを採りに行ってみたが、五、六本しか採れない。もう日中は暑くて、歩いているると汗がにじんでくる。頸や腕の汗にハチがとまろうとして、どこまでもついてくる。

口述筆記（筑摩評論集あとがき）十一枚ばかりする。

夜ごはんの支度（やきそば）をしていると、外川さんと女衆二人、石工のおじさん一人が仕事の帰りに遊びに来た。ビールと焼酎、罐詰のみかんにカルピスを入れたのを出し、やきそばをお皿にとる。外川さんは焼酎は飲まない。ビールだけである。ほかの人は焼酎を飲む。女衆はぶどう割りにして飲む。

石工のおじさんの話

○下の原の茂みに夜鷹が巣をかけているが、人がときどきくるから卵を孵さないかもしれない。夜鷹は、キョ、キョ、キョと、夜鳴く。

外川さんが負けずに話した話

○夜鷹の鳴くときは、次の日は晴れる。必ず晴れる。おわり。

この辺はまだ田植をしていないらしい。女衆の一人は「うちはいつも節句の頃するだ」

と言った。節句なら六月五日だ。みんなは、今度植えた、うちの白樺をほめた。

かえりがけ、外川さんは主人の耳のそばで、内緒ごとのように何かしゃべって出て行った。やきそばを全部出してしまったので、もう一度作って食べる。主人、もう、眠たくて、少し食べかけて、眠ってしまう。

今夜もすばらしい星空となった。冷え冷えとして昼間の暑さが嘘のようである。そして松の——松脂《まつやに》だろうか、そのほかの樹も精分を吐きだすのだろうか。庭には、その匂いが一杯だ。

空襲で焼け出されたのが五月の三十日で、六月のはじめの晩、焼け残った荷物を一つずつ背負って提灯を提げて、弟と山の中の一軒家へ登って行くとき、この匂いが一杯していたので、そのことを思い出すのだ。それからあとの胸苦しい羞かしい色んなことが、わっとやってくる。自然がいやになる。

五月二十日（金）
昨日、外川さんは帰りがけに、明日は何時ごろ東京に帰るか、と二度訊いた。十時頃だと答えた。外川さんは主人の耳もとで「明日十時前に、そばを打たせて持ってくる。うちのはとてもうまい」。そう言ったのだそうだ。

九時ごろ、重箱（去年花火のとき、外川さんが見せてくれた、頭バカの人から買った、当時三千円だったという重箱）に一杯手打そばを届けてくれる。早速、汁を作って食べる。外川さんは向い側に腰かけて食べないで見ている。「うまいか」と言うから「とてもおいしい」と言う。しかし、少し多すぎる。外川さんは満足そうに二人が食べるのを見ながら、もぐらの話とキツネの話をする。

○もぐらを退治するには、土が動いているところを叩いても、もぐらは早いから、もう五、六米も十米も先をもぐって走っている。土が動いているところより、五米も十米も先を鍬で叩けば、ぶちあたって死ぬ。

「うちの庭の梅の木に食物の残りを埋めると、穴を掘り散らかして食べていくものがある。何だろう」と訊くと、「それは大方きつねだろう」と言う。「ここらに住んでいるのかしら」と訊くと「きつねは夜中に百里もとんで走ってくる。遠くからでもやってくる」と言う。

十時半に山を下り、御殿場をまわって帰る。

六月八日（水）　くもり時々晴

梅崎春生さんの文学碑が坊津に建ったので、鹿児島まで旅行したりして、しばらく山へ来なかった。

朝六時半赤坂を出る。御殿場まわり。

山北のトンネルは古く狭くて、中は暗い。いつも上から水がぴたぴた落ちてくる。舗装は傷んでいて、大小の穴が沢山あいているがよく見えない。前の車の尾灯を見ながら、尾灯が傾いたり、左右に急に揺れたりすると、そこには穴があるから注意して、ブレーキを踏んでていねいに走ることにしている。今日はすぐ前が大トラックだったので大きな穴が分らず、ブレーキを踏まないまま、右タイヤがガクンと落ちこみ、そのはずみに、うちの車の何かが外れたらしく、カランカランと転がって行く音が大きく響いた。上り下り前後、ひっきりなしにダンプが疾走している。停ることは無理なので、トンネルを出てから隅に寄って停めると、右後のタイヤホイルカバーがなくなっていた。車の下の状態をのぞきこんだり、ほかのタイヤをみまわったりしていて、ふと気がつくと主人がいない。ひとことも言わずに、トンネルの中へ、すたすたと戻って行くのだ。しかもトンネルのはしっこでなく、まんまんなかを歩いて入って行くところだ。「あんなものいらない。なくても走れるよ。歩いて入っちゃ危ない」。私が呼び返しても、大トラックが轟音をたてて連続して出入りしているので聞えない。ふり向かないで、真暗いトンネルの中に、吸いこまれるように、夢遊病者のように、大トラックに挟まれて入って行ってしまう。何であんなに無防備なふわふわした歩き方で、平気で入って行ってしまうのだろう。死んでしまう。昨夜遅くまで客があり、私が疲れていて今朝眠がったからだ。ぐったりしている私の、頭を撫でたり体をさすったりして、しきりになだめすかして起してくれたのに、私が不機嫌を直さなかったからだ。車の中で話しかけてきても私は意地の悪い返事ばかり返した。私は足がふるえてきて、のどや食道のあたりが熱くふくらんでくる。予想したことが起る。トンネルの中で、キィーッと急ブレーキでトラックが停る音がし、入って行く上りの車の列は停って、中でつかえている様子。バカヤローといっているらしい運転手の罵声が二度ほどワーンと聞えてくる。私はしゃがんでしまう。そのうちに、主人は、またトンネルのまんまんなかを、のこのこと戻ってきた。両手と両足、ズボンの裾は、泥水で真黒になって私の前までくると「みつからないな」と言った。黄色いシャツを着ていたから、轢かれなかった。ズボンと靴を拭いているうちに、私はズボンにつかまって泣いた。泣いたら、朝ごはんを吐いてしまったので、また、そのげろも拭いた。

富士小山の辺りで車がつかえる。大トラックの正面衝突で助手席までつぶされ、運転席がやっと半分ほど残っている事故、道には硝子が散乱、血の痕がある。

スタンドにホイルカバーを頼んで、単行本になった「十三妹」を、おじさんに置いてくる。

しばらく来ないうちに、草も木も茂って、夏の匂いがしている。桜は丸い光った赤黒い実をつけた。くまいちごは白い花を散らしはじめている。咲いているのは、白いすみれ、あつもり草、オレンジ色のつつじ、なるこゆり、ちごゆり。

ひるすぎ、夕方まで私はぐっすり眠った。

六月九日（木）　雨

朝のうちくもり、のち雨。

やまばとが朝から鳴いている。うぐいすも鳴いている。トッキョ、キョカキョクと鳴く鳥も鳴いている。昨夜、クイクイクイクイと鳴きだしてはしばらく黙り、また鳴きだす鳥があったが、あれが夜鷹だ。四十雀は勝手の窓のそばの松の木にきて、しきりに鳴く。戸袋の中にはひながいるらしく、窓のふちにとまってから戸袋の中へ入って行く鳥は、小さい緑色の虫をくわえている。昨日は気がつかなかったが、戸袋の中では、短い小さい子供らしい鳴き声がしている。親が松の木までくると、鳴き声やはばたきで判るらしく、その鳴き声はにぎやかになり、親が入って餌を与えて戸袋から飛び去っても、しばらくは続いている。雨がひどくなっても、親は餌をとってきては戸袋に入る。椅子に乗って戸袋の中を覗いたら、二羽のひなが巣からおりて、よたよたとしている。羽は斑らの黄と白とねずみと黒だ。雨戸を半分押し入れてあるので、雨戸と巣の間に挟まれた恰好だ。雨戸を出して戸袋の中を広くしてやると、ひなは急に鳴くのをやめて、体中で息をして、ふらふらしている。かわいいような、可哀そうなような、そっとしておいた方がいいような、手をつっこんでひっぱり出してみたいようなひなだ。

一日中、雨は降り続いた。

朝　ごはん、味噌汁（キャベツ、卵）、牛肉、でんぶ、うに。

ひる　お好み焼、スープ。

夕　ごはん、塩鮭、キャベツバター炒め、茄子とかき玉のおつゆ。

お汁粉を作って食べた。

今日は戸袋の中を覗いてばかりいた。はじめ二羽だとばかり思っていたら、四羽いて、四羽だと思っていたら、巣の中にも二羽いた。夕方には六羽とも巣から出てしまって餌を待って鳴くようになった。犬の毛をすいて玉にしたのを窓のふちにのせて置いたら、親が戸袋の中に入れた。夜覗くと、二つの毛玉にそれぞれ二羽と四羽に分れて体をくっつけていた。目がまだ見えないらしい。

六月十日（金）

朝七時出発。御殿場まわりで東京へ帰る。スタンドでホイルカバーをつけてもらう。注文しておいたのに、おじさんは有り合せの寸法の合うのを見つけて、勿体ないからこれをタダでつけてやるという。タイヤの空気も足す。丹前姿の男の人がそばにきて、おじさんだけではアヤフヤなので手伝ってくれた。おばさんは、蜂蜜入りアイスクリーム（大）を二個とバナナ二本をくれる。

折角つけてもらったホイルカバーは、また、例の山北のトンネルの穴にタイヤを落して、すぐ外れてしまう。外れたのを知らないでいると思ってか、うしろのトラックがトンネルを出てから大声で教えてくれたが、もう一昨日のこともあるので、拾いに降りない。片側通行が三個所もあり、渋谷まで車の列であった。家へ帰らず、直接、日比谷へ。ドクトルジバゴの試写会十二時半有楽座。きっちりに間に合う。

六月十七日（金）　晴のちくもり、夜雨

甲州街道経由。朝六時半に赤坂を出る。

身欠きにしん、かんづめ、パン、ベーコン、野菜、お茶、のり、カルピス、かんビール二打、トイレットペーパー、室内物干器など車に積んだ。大月あたりで登校時間になる。ぞろぞろ列を作っている女学生たちは夏服にかわった。川ぶちの尼寺のそばで一服。犬を外に出してやる。桑の葉を枝ごと伐って積んだリヤカーやスクーターをみかける。この道すじには、まだ田植の終っていないところもある。

スタンドに寄って白灯油を三罐頼む。夕方までに届けてくれるという。おばさんは、また蜂蜜入りアイスクリーム（大）を二個くれる。白灯油三罐千円でいいという。

戸袋の鳥の仔は四羽死んでいました。ころころころころと四羽ころがって死んでいた。よく覗くと蛆がいたので、棒を入れて巣ごと出して箱に詰め、火葬にした。仔はこっけいなへんな顔をしていてまだ変色していない。犬や猫の仔の死骸のように生ま生ましくない。背中の羽が親に似てきて、尾もちゃんと長く伸びてきていて、足も体の割合には大きなしっかりした足になっている。二羽は巣立って、あと、親に見すてられたのだろうか。どうして死んだのか、ちっともわからない。しかし、何となく私がわるいことをしたような気持がする。覗いてばかりいて。人間の眼で視られるということだけで、もう人臭くなって弱ってしまうか、親に見棄てられる、ということもあるかもしれない。

巣は、大方は、うちの犬の毛で出来ていて、三分の一ほどが杉苔で、ところどころに赤や黄の糸屑や格子縞の洋服地のきれはしなど混っていた。

一時過ぎ、管理所から、電話があった、と知らせてくる。潮出版より、二十一日の座談会に出られるかどうか、返事を一時間後に電話をするから、とのこと。二時少し前に管理所に行って潮よりの電話を待ち「前に返事した通り二十一日には出席する。二十一日には必ず東京に帰っているから、電話連絡も東京の方へするように。管理所にはなるたけ連絡の電話をしないように」という。

五時ごろ、スタンドから、ノブさんとめがねをかけた若い衆が、石油会社の名前の入っている制服のようなつなぎを着て、白灯油を持ってくる。焼酎一升とブドー酒一升をお礼に持たせる。ノブさんはすぐ抱えこんだ。帰りがけに「この下の原に、フキが一杯生えている。この間上ってきて、うんと採って帰った。一年食べられる分くらい煮た。日陰のが柔かくていい。ワラビもうんとあるだなあ」と言った。食べられるものが、今はこの山に一杯生えている、と教えてくれた。帰りがけに、また採ってゆくつもりらしく、スタンドの車は、下の原の方へ下って行き、しばらくあちこち走りまわっているのが庭から見えた。

夜　ごはん、いわしのかんづめ、のり、うに、パイナップルのかんづめ。

夜になって、梅雨どきらしい降り方となる。外は、地面から煙がたちのぼっているように、やわらかく煙って何も見えない。

私は今日は、ひるねを二時間ほどした。

「この辺の人は、そばをよく食べる。外川さんの家へ行っても、オガライト屋へ行っても、建具屋でも、ひるどきに行くと、障子や硝子戸が閉っていて、中でずるずるッというそばを食べる音がしている。三時ごろ行っても、その音がしているときがある」という話を主人にしていたら、夜八時ごろだったが、急に二人とも、そばが食べたくなってきたので、台所を探したがなかったから、早々と寝てしまう。

六月十八日（土）　くもり、夕方より雨

朝　お好み焼、茄子かきたま汁。

ひる　おかゆ、オイル漬のいわし、のり、さんまのかんづめ。

夜　ごはん、ひじきと大豆油揚げの煮たの、ソーセージ、大根味噌汁。

カッコーが朝からよく鳴く。右の方で鳴いたり左の方で鳴いたり、下の原の方で鳴いたりしている。晴れたら富士山へ行こうと思っていたが、一日中曇り、時々雨が降った。昨日、庭から見える三角屋根の普請場が大岡さんのところではないかと話していたら、今朝早く、私の眠っているうちに主人は行ってみた。しかしカジイという家だったそうである。ノハナショウブが蕾を五つほどつけた。それを青虫が喰いちらしているのでつぶしてやる。去年道ばたから採ってきた山おだまき草は、まわりにタネがこぼれて大きな株となり、蕾をつけている。思い出したように雨が降るが、隣りの敷地にきている人夫たちは仕事をやめない。仕事をしている間中、話をしつづけている。お互いに飽きたようになっても、まだ話をつづけている。

私はひるまからギターをひいて、夕方までひいて、夜もひいた。

夜になって、下の原のプレハブに人が来ているのがわかった。灯りがついて、テレビの小さな澄んだ音の間に、けたたましい嬌声が聞える。

六月十九日（日）　くもり時々雨

十一時、ビールを買いがてら下る。

御胎内から有料道路へ出る角には、踏切りを置いて、そこの小屋には二人の男がいる。踏切り番用らしい便所が二つも出来た。右折してタダで富士山へ上らせないようにしたのだ。

河口湖の金物屋の前で主人だけ降りて草刈り鎌を大小二つ買う。草刈り鎌はいつのまにか失くなった。庭のどこかに置き忘れてあるらしいのだが、草が茂ってきてみつからない。金物屋の愛想のいいお婆さんが、しきりに使い方を教えてくれているらしく、長いこと待つ。

酒屋でビールと食料品を買う。今日は、この町に三田明が歌いにやってきているらしく、二人のおかみさんが三田明の話をしていた。行くとか行かないとかいう話だ。酒屋の男の人は、三田明は嫌いだそうである。二人のおかみさんのうち、一人は小作りだが整った顔だちで、血色もよく、この辺りの美人だろうと思われる。そのおかみさんの子は、そろばんが級でとても上手だとかで、もう一人のおかみさんと酒屋のおばさんに羨ましがられていた。

静岡県との境を過ぎて開拓青年学校（？）の辺りまで走って帰ってくる。富士山は見えないが、一面緑の広野となっていて美しい。赤い熔岩を十個ほど拾う。

スタンドに寄ってガソリンを入れる。おじさんは、今度は「無料点検」という看板を「洗車無料」の隣りに並べて出した。サボテンが沢山仕入れてある。沼津から持ってくるのだという。「この辺にもサボテンをやっている人があるから、今度その人に教わって、サボテンの勉強をせにゃ、お客さんにも説明が出来ない」と、おばさんは張り切っている。おじさんは車を洗って、座席につける枕をくれる。栗せんべいを買うと、おばさんはタダでいいという。二箱もくれてしまう。「あんないいものを貰ったからタダにしてくれる」と言う。いいものというのは、本のこととノブさんに持たせた焼酎とブドー酒のことらしい。おじさんは「日本全国に読まれる本に、おらのことが書いてあって光栄だ」。おばさんは「飲むものまで貰ってなあ」とつけ加える。そのうちに、裏の母屋へ行って二冊本を持ってきて「サインしてくれや」とおじさんは出した。おじさんの苗字と名前がはじめてわかった。

車にのりこむとき、例の蜂蜜入りアイスを二個くれた。

ひると夜を兼ねた食事をする。ごはん、かにのコロッケ、トマト、のり佃煮、夏みかん。

夕方、トランクに入れたままの熔岩をおろしに車まで行くと雨が降ってきた。霧とも雨ともつかない、マブタを濡らすとかマツゲを濡らすとかいう形容の、だんだんしとってくるような雨だ。屋根には音をさせないで、外に出ると煙って降っている。

庭に咲いている一面の黄色い小さい花は、ウマノアシガタとキツネノボタンというらしい。これの見分け方はむずかしく、花びらのうちがわが、ラッカーをかけたようにつやつやしているのがウマの方だという。図鑑による。

六月二十日（月）　くもり時々雨

朝五時半帰京。

六時半ごろ上野原ドライブインの手前にさしかかる。カーブの下り坂を下りきったところに大トラックがパンク修理で赤旗を出して停車していた。車の下には二人ばかり這いこんでいる。逆方向からはトラック二台のあとに五、六台乗用車が続いてきて、追い越しできる状態ではないので、男の出している赤旗に従って停車し、車の通過を待っていると、何ともいいようのない、大きないやな音で、後からぶつかってきた。石を満載した小型トラックが追突してきたのだ。ハンドルも握っていたし、ブレーキも踏んでいたので、前の車につっこみもせず、助手席の主人も何ともなかったが、私の頭が揺れ、胸の骨がコキンと鳴った。車のトランクは右半分がつぶれ、蓋があいた。タイヤには異常がないので、ドライブイン前の広い原っぱにお互いの車をもってゆき、交渉をはじめる。トラックの運転手は五十がらみの男で、ひたすら自分がわるいと謝ってばかりいる。

〈朝早かったので少々居眠りをしていた。カーブの下り坂だったので見通しがわるく、赤旗が出て車が停っているのを見てブレーキは踏んだが遅かった。一方的に自分がわるいことは認めるから警察を立会いによぶのだけは勘弁してくれ。免許停止になると食いあげになるから、それだけは勘弁してくれ〉と言う。それなら、東京の出入りの修理屋に入れて直すから現金で支払え、というと〈富士吉田に住まっているから、地元の修理屋で直させてくれ。それを現金で支払う。今、金は持っていない〉と言う。警察をよばない以上は、この人を信用するということになるが、東京の修理屋に入れることも出来ないのでは、いい加減なことで済まされてしまう怖れもあり、吉田の近辺の人に立会ってもらうことにする。主人は私のそばに立って終始黙っていたが「少し待つことになりそうだから、くたびれるから車の中にいて」と言うと、車の中に入った。

ドライブインに行くと、事故を眺めていたらしく、女の人がすぐ局に番号を問合せて、河口湖のスタンドに急報を入れてくれた。おじさんが出て、少し待てばすぐノブをやる、という。

事故現場のそばにあるトンネル工事の飯場から、代る代る人夫や子供連れのおかみさんがやってきて、車のまわりをまわって眺めてゆく。朝早いので、ねまき姿のままでくる人もあるが、黒めがねをかけ、黒シャツをちゃんと着込んでやってくる人もいる。黒めがねは「奥さん、こんなに朝早く、一人で旅行でもした帰りかね」「警察よばないなんて危ねえなあ」「女一人に男二人の車がぶちあたったか。向うがへんなこと言いやがったら、俺出てやるからな」「話まとめてやってもいいがな。うまいよ、俺」などと、私につきまとって低声で言う。私が聞き流していると、今度は相手方の車の方へ行って、小さな声で何か言っている。ドライブインに出勤してきた男女も店の中で話し合っては、一人ずつ代る代る見にくる。「ひどくやられてるから警察頼んだ方が無事ですよ」と忠告してくれる。また、黒めがねが戻ってきて「女一人に男二人じゃかなわないよ。向うは車にのりこんで平気の面して笑ってやがるぜ」といいつける。たしか、ぶつけてきた車には男一人が乗っていたように見かけたけれど、さっきからヘンなこと言うなあ、と思って、トラックの運転席をみると、主人が助手台に乗っている。「あのうちの一人は私の主人よ」と答えると「あれ、旦那なのかあ、奥さんの。向うの車に乗ってビールかなんか飲んでるよ」と呆れたように飯場へ帰って行った。

トラックの運転台の下まで行くと、主人はかんビールを手に持ってすすり、おじさんにもすすめている。男は恐縮して断わっている。当り前のことだ。すると主人はタバコを出して男にやり、男はマッチを出して主人と自分のタバコに火をつける。「——しかし、人間というものはそういうものなんだなあ」。そんなことを言って主人はおじさんと笑っている。おじさんも少し安心した風に笑っているのだ。

十時近く、ノブさんは若い衆を連れてブリスカでとんできた。電話が入ったとき、人夫を運んで行く仕事で五合目へ上っていたので、下りてきて、すぐとんできた。河口から四十五分できた、という。

警察の立会いは頼みたくない、修理は吉田でする、この二つの相手方の意向を入れる代りに、ノブさんの知合いの地元警察のO部長を非公式に立会わせ、修理屋はいいのをノブさんが選んでそこに入れさせ、納得ゆくまで直させる。車は荷物もあるので、このまま東京の自宅までノブさんが運転して行き、吉田へ回送して修理屋へ入れる。——ノブさんは、おだやかな低い声で、さっさと話をつけた。

東京までの道のりを運転しながら「よくよく考えてみりゃ、相手方のいいなりになってやったわけだ」とノブさんは言った。

二時前に東京に着く。ノブさんにうなぎをとって食べてもらう。

〈今日六時前に吉田の修理屋に車を入れて、修理個所を調べて、話を今日中につけてしまわなくてはいけない。万が一、相手方と話がつかない場合には、事故が起きてから二十四時間以内なら警察に届けられるが、それ以後は無効となるから、今日中に修理屋が開いているうちに吉田へ着くようにする〉といって、ノブさんは食べ終るとすぐ立ち上った。

后七時半頃、河口湖より電話がかかってきた。「今、相手方のおじさんもこの電話口に来ている。一時間ほど前に修理屋に入れて、話もついた。土曜日までには直って東京へ届けられる」と。

追記（六月三十日に書く）

事故のときは、格別のこともなかったのに、三日ほど経つと、私の頸はつっぱったようになり、左右にまわらない。鏡でみると頸が太くなっている。医者のレントゲンでは異常はないといわれたが、名倉堂に行くと、頸椎と脊椎が二個所ずれていた。ひっぱって入れてもらい、はれている頸に湿布をした。名倉堂では、この種の事故は後遺症がこわいという。

土曜日、Kさん（相手方）は、后七時すぎ、直った車を持ってくる。ビール二打を玄関の隅に置いて「おらの気持だ」と言う。今日は、水色の買いたてのシャツを着ている。私が頸にほうたいをしているのをみて、医者の金だといって、くにゃくにゃした財布から、千円札を一枚、ていねいに膝の上でシワをのばして出してくれる。

「もういいの。話はあのときついたのだから。頸がはれたのは、三日経ってからだから。心配しなくていい」と私が断わると「気持がすまない」と言うので、貰う。

新宿発八時の便の、仲間のトラックに乗せて貰うからすぐ帰る、というので、晩の炊きこみかに御飯を、二人前ほど弁当箱につめて、トラックの中で食べるように渡す。

六月三十日（木）　くもり時々晴

朝五時半出発。

残りの五目ずし、野菜など積む。

昨日、中込電機が、トランジスタテレビとカーアンテナを試しに貸してくれたので、持ってくる。

追突事故のあとなので、ブレーキを踏むたびに、反射的に後の車が気になる。後が小型トラックだと、この車もブレーキがきかないのではないかと思い、追越しをさせる。それも、まだ頸のほうたいがとれないからだ。頸のあたりはまだ重苦しい。そのせいか、バカに眠くて吉田から河口湖までのあたりは、時々、急にもうろうとする。靴を脱いでみたり、膝をさすってみたりする。

スタンドに寄って御礼を言う。

おじさんは〈あの車はよく直した。この辺では最高の技術のところを選《え》って、板金はこの店、塗装はこの店、と替えてやらせた。東京だったら十万円はかかるところだが、この辺だから五万円足らずで出来た。Kさんは前に、盗んだ石（熔岩のこと）を運んで新聞に出た。罰金を分割で払い終えて、この旧の節句で厄払いをしたばかりのところで『今度の石はマジメの石（盗んだのではない）だが新聞に出ると、またにらまれるし、村の衆にもカオムケが出来ないので警察に出されるのがいやだった』と、スタンドに来て一部始終を話して行った〉と、話した。ノブさんは〈熔岩は、荷台一杯いくらで、カサをみて値をつけるから、出来るったけ、カサの大きいようにタテにしたり、斜にしたりして、グサグサに積んで多いように見せかけて売る。ブレーキを急に踏んで停ったりすると、熔岩が動いてグサグサがつまってカサが小さくなってしまうから、熔岩売りの車は、ブレーキはなるたけ踏まないようにして運転して買主まで届ける。あん時も、その癖でブレーキを踏みたくなかったずら。しかし、やさしくしてやってよかっただ。Kさんのうちまで俺は行ったけど、金なんぞ、さかさにひっくり返しても出ねえうちだ。何かありゃ一家心中でもしかねねえうちだ〉と説明した。

大岡さんの家は、屋根が濃い水色に出来上っていた。庭から屋根だけが、樹の間に光って見える。

高原は白い野ばらが盛りで、香水の匂いが流れている。庭も野ばらの匂いが一杯である。アザミと山おだまき草が咲きはじめている。

持ってきたテレビはよくうつる。

ひるねを三時間ほどした。

夜寝るとき、名倉堂で教わった通り、頸椎がずれないように、ビール瓶を枕の代りに頸のくぼみにあててねる。夜中に痛いので外してねる。夢五回みる。

七月一日（金）　くもり時々陽が射す

九時半に朝食　ごはん、のり、味噌汁、卵。

午前中、大岡さんの家を見に行こうと車を出して、途中の凹地にタイヤを入れてしまう。

ジャッキを使ったが駄目。しばらくするとトラックが通りかかり、男二人が降りて押し戻してくれる。この前の台風で、この辺の道は荒れ放題なのだという。トラックも鳴沢道の修理工事に行くところだった。

大岡さんの家の前には、テントが二つ張ってあり、プロパンガスの小さいボンベを置いて、色々な調理道具を並べた前に男の人が坐って、キャベツを切りはじめようとしているところであった。外では少年が壁土をこねていて、奥の方には三人ばかりいる様子だった。いつごろ出来るか、と主人がたずねると、少年は、わからない、と答えた。

ひる　ベーコン入りのコロッケ、ごはん、キャベツ。

かにのコロッケをするつもりで「今日はおひるは、かにコロッケだよ」と主人に宣言してしまってから、納戸を探しても台所を探しても、かに罐はなかったので、ベーコンのコロッケにした。「あれ？　これ、蟹か？」と主人はけげんそうに食べる。「たしかに、かに罐が十位あると思ってた。でも探したら一つもなかった。かに罐が十位ある夢みたの」。申しわけなく私は答える。

午後、庭の木の枝の重なり合って茂っているのを伐る。うるしを伐ったら、唇のはしが少しかぶれた。石段に桃色の野ばらが這っているが、それは切らない。こでまり、ぎぼし咲いている。うつぎも咲いている。

夜になって雨、風をともなう。ビートルズ公演をテレビでやっていたので見続ける。

今日は山開きの日。

毎年、今夜から富士山の山小屋には一斉に灯がつき、登山の人の灯りもちらちら動いて続く。今年は嵐気味で何も見えない。

七月二日（土）　朝のうち風強くのち快晴
夜の間、雨風はげし。寝室のドア三、四度音をたてて開閉する。

眼が覚めると陽が当っている。風が強く快晴。テレビの朝の気象予報では、富士五湖地方は雨のちくもり、時々雨、といっている。みるみるうちに西の方がうす黒く曇って霧が上ってきた。予報の通りだと思っていたら、また忽ち晴れわたって、それから夕方まで快晴。

十一時半ごろ、下る。富士山も快晴。雪が白ペンキのように上の方に残っている。赤っぽい夏富士だ。

酒屋で。ビール一打千三百八十円、かんビール二打千九百二十円、タバコピース二十個八百円。夏みかん三個、メリケン粉、ふき味噌漬、煮豆、いんげん一袋、豆腐一丁、塩鯖一本、焼酎一升、バター、チーズ、計千三百九十五円。

肉屋で。豚肉六百グラム四百五十円、カツ肉二切二百円。

豊茂への道を入り、樹海の中で赤い熔岩を三十個ほど拾う。

スタンドに寄り、豚肉と焼酎を車の修理の御礼に置く。おばさんは、かんビールを三本くれる。

鳴沢道も夏に入った。まわりの山が青黒くくっきりとして、畠はきらきらと輝いている。

夕飯の前に冷やっこを食べる。

夕飯　ごはん、とんカツ（私）、たらこ（主人）、サラダ。

茶箱から夏ものを出し、冬ものをしまう。

七月三日（日）　くもり時々晴
朝　ごはん、昨夜のとんカツでカツ丼（主人）。

霧が多い。霧は小雨のようにふきかかってきて寒い。庭の下枝刈りと草刈りの後始末。

門の前の道で焚火をする。水色のワゴンが焚火のすぐそばまできて停る。犬は車の真正面へ駈けて行って吠えたてる。外川さんは会うたびに違った車に乗っている。十一時頃だった。

ビールと残りのトンカツを出す。早速、箸を割って食べはじめた。外川さんは、御坂峠の方の御影石の山が二百万円ばかりの損で、バクチですったようだ、という。やたらと顔をこするのは、その不愉快のせいらしい。外川さんの払っているのは、石工たちの労災保険と失業保険と、あとはＮＨＫの聴取料だけだという。「税金なんどは知らねえなあ。あんまり」と頭をかしげる。それで、外川さんの石工たちは失業保険がとれるから、冬の間は仕事をしないで、一週間目一週間目に取りに行っているそうである。

ビールを飲んでしまうと「うぐいすの巣を見に行くべえか」と誘う。主人と私は外川さんの車に乗って、旧登山道の方へ下る。車を降りて村有地のから松林の中に入って行く。下枝がよく刈ってある。外川さんは「この辺はわらびの本場だ。わらびを採りにきてめっけた」と、林の奥へ入ると、ことさら声を小さくして話す。

ほっくりと凹んだ窪地の草むらに枝を横広に拡げた灌木があり、その木の中ほどに、藁を丸めたような巣がかかっていた。

「うぐいすってやつは、気むずかしくて、人に巣をみられたら、へえ、もうどっかへ移ってしもうだ。卵なんどにさわりなんどしれば、人間の匂いがついて、へえ、もう巣に寄りつかねえ。だから、うぐいすの巣っちゅうもんは珍しいってわけだ」と、ささやきながら、外川さんは、もう巣を手にとってしまう。四十雀の巣よりずっと無造作な、藁だけで丸めた巣だ。うぐいすは、ほかの動物の息のかかったもの——洋服ぎれとか、犬の毛とか、絹糸とか——そういった動物質のものはキライらしい。私たちは息がかからないように息をしていると、よけい三人の息の音ばかり聞える。外川さんは高血圧だから、一番、シューシュー息を吐いたり吸ったりする。

卵は五個。チョコレートボールそっくりだ。〈一個は枕卵といって孵らないから、四個は孵るはずだが、この間から何度見にきても、親鳥がいたためしがなかったから、人に見られたのを知って、孵さないのだ〉という。触ってみると温かかった。手にとってしまったのだし、元へ戻しても、せんないことだから、外川さんが「やる」というので、貰ってしまう。

外川さんは門のところまで送ってきて「実は、この巣は石仕事の女衆たちときて、女衆たちと一緒にみつけたもので、女衆が『とるでねえぞ。とるでねえぞ。そっとしとくだぞ』といって、そういう約束だから、女衆たちには黙っていてくれ」と言う。「女衆が『誰かとっていったぞ』といったら『知らねえだ。何《なあ》も知らねえだ』と言っていれば判らねえだからな」と、さきざきのことまで、女衆や私の声つきまでいれて注意する。

机の上に置いてよくみると、二個ひびが入っている。やわらかい殻である。つつくと血の色の黄味がしみ出てきた。土に埋めてしまう。のこりの卵を一つずつうす紙に包んで巣の中に入れ、それをマッチの大箱の中に納める。花子に見せたいので。明るみに出された巣や卵をみると、哀れだ。みただけでも、わるいことをしたようだのに。

ひる　ごはん、塩鯖を焼く（主人）、塩鮭（私）。

いい方のストーブを掃除して、しまう。下の町で買ったのだけ出しておく。まだ寒い日がありそうである。

うぐいすの巣を見に行ったときも、霧が雨のようにふりかかって寒かった。

外川さんの車は「俺《う》らの車は乗っているとキャアキャアいう」と言っていたが、本当にキャアキャアいった。キャアキャアいうのを直すために、部品を買いに工事場から町へ下るつもりで出かけてきて、門の前で焚火をしている二人をみかけて、つい、うちへ寄って、ビールと豚カツを食べたら、つい、うぐいすの巣の秘密を洩らし、とってくれてしまったのである。夕方、庭で焚火をする。刈草のしまつ。

夜　手製クッキーとコーンスープ。

ニュースで。八合目の登山道から三十メートル転げ落ちて重傷。

七月十四日（木）　くもり時々小雨

つみ荷。かんビール二打、キャベツ、じゃがいも、玉ねぎ、グレープフルーツ一個、お中元のかんづめ三箱、お中元のカルピスと味の素詰合せ一箱。

主人と私と朝日の森田さんとカメラマンの人とで北海道旅行をしたので、その間にポコは小松医院でフィラリヤの注射をした（北海道旅行は「舞台再訪」というような記事のためで、主人だけでいいのだが、「十三妹」の原稿を列車便で出す役をしたから御苦労さん、といって、森田さんは、付録の私を紛れこませて連れていって下さったのである）。

松田の食堂で、かにコロッケライスを食べる。小山のあたりから霧が出て、須走では視界十メートル以下となる。

昨夜別れ話を相談にきたE夫人と十二時近くまで酒を飲んでいたので、私は眠気を催す。忍野のあたりではいよいよ眠くなったので、チョコレートを出して口の中へ入れる。

庭はあざみの盛り。

花子の部屋の窓下に、小さなかたまりがある。犬は来るなり匂いを嗅いだが、くわえもしないで、ほかへいってしまった。荷物を運びながら、よく見ると、鳥の仔が仰向けになって足を時々動かしているのである。巣から落ちたらしい。羽はむしれて赤裸で、内臓まで薄く透きとおってみえる。呼吸するたびにバカに大きく内臓が動く。眼はつぶっていて嘴《くちばし》も開かないが、苦しそうだ。羽が折れて、折れ口には一寸血がついていてアリがたかっている。五十センチも離れたところに柔かい羽毛がかたまって落ちていて、体はすっぽりと赤ムケになっている。浅い穴を掘って柔かい葉を敷いて、その中にうつむけに移し入れてやると、体のわりに大きな、成鳥のようなしっかりした足で夢中で歩こうとする。背中の方も赤ムケ、頭にも毛がない。足も骨折をしているらしい。漿液のようなものがにじみ出ている。じいっと見てから土をかぶせて埋めて固く踏んでやった。

夜　持参のおにぎり、キャベツとピーマン炒め。

かにコロッケ二人前四百円、ビール二百円、松田の食堂にて。

冬の間の凍結で裂けたところに泥を入れて、管理所のブルドーザーが道をならしている。

七月十五日（金）　くもり時々晴
朝十一時　トーストとスープ。
昼　手製クッキーとスープ、コンビーフ。
夜　卵入りおじや、塩鮭。
夕方になって、山りんごの下の水飲み場に、ひらひらと黒いものが、いくつもいくつも舞い下りたので、蝶々かと思ったら、鳥の群だった。今年孵ったばかりらしい小さなのもまじっている。それらは柄も小さく、黄色っぽい羽で懸命にはばたくが弱々しい。丁度サナギから羽化したばかりの蝶々やトンボのはじめてのとび方に似ている。ひらひらひらひらと舞い下り、水を飲み、怖わ怖わと水浴びをしては舞い上って、また順番を待っている。

七月十六日（土）くもり時々晴

昨夜は時々小雨が降った。

十一時半ごろ下る。河口湖駅で、かけそばを食べる。駅前広場の五合目行のバス乗り場には長い行列ができている。六角の登山杖も、桃色や緑色のリボンと鈴をつけて売出しはじめた。今年になって一番のにぎやかさ。

本栖湖を半周。開拓青年学校の前でひき返す。豊茂へ行く道に入り、赤い熔岩を拾う。トランクに一杯入れた。蓋がしまらないくらいで、少し減らす。主人嬉しがっている。

スタンドに寄り、ガソリンを入れ、グリスアップとオイル交換を頼む。五時近くまでかかる。主人はテレビの相撲を観て待っている。おばさんは罐ビール二本あけてくれ、お菓子も出してくれる。相撲がはじまる時間に、裏の母屋から、おじいさんがやってきて、主人と並んで椅子に腰かけてじいっとしてテレビを観ているが、おばさんはお菓子をやらない。ほかの人にはすすめても、おじいさんだけぬかしている。終りごろにお茶を一杯ついでやった。

うちの車がグリスアップをしていると、隣りにトヨペットがきて、ジャッキがあくのを待ちはじめた。ジャッキで上げて二本の支えをした車の下にノブさんが仰向けに入って仕事をしているのを、トヨペットの男は私と並んで見乍ら「危ねえなあ。すぐそこの修理屋はジャッキだけで車を支えて修理中によ、車が落ちてきて、へえ、下敷き」と私にでもなく、ノブさんにでもなく言った。その話から思いだしたのか、車の下から顔だけ出したノブさんと、トヨペットの男は、代る代る「外川さんは近ごろ奥さんのところへ顔みせないでしょ。いま具合わりいことがあってなあ」「外川さんの石山で、石がくずれて、石の下敷になって使われている人が死んだ」「死んだ人はおれのうちの隣りの人でなあ」「業務停止にならねえように走りまわらねば」と石山事件を教えてくれた。

家に帰って湯豆腐をする。そのあとお茶漬を食べる。湯豆腐の中にベーコンを入れた。

明朝、帰京するつもり。

今日使ったお金。

酒屋で。豆腐一丁六十円、水蜜四個百二十円、クリープ三百円、チーズ、煮豆、二級酒四合壜、トマト二個。全部合計千四百二十円。

スタンドで。ガソリン千百二十五円、グリスアップ百五十円、オイル交換（ギヤーオイル千五十円、エヤエレメント九百六十円、ダフニデラックス千五十円、STP九百円、オイルエレメント四百円、ヘッドライト電球七十円）、合計五千七百五円。やはりスタンドで絵葉書六百円、なめこ茸茶漬二百円。

七月二十四日（日）　くもりのち晴

四時起床。昨夜のうちに、花子と私のスーツケース三個とリュックサックは積んでおいた。花子寄宿舎より帰り、夏休みとなる。夏の間使うものを――野菜その他残りの食物のかご、テレビ、ギター、主人のボストンバッグを座席につめる。屋根にも食物の箱（その中には玉木屋佃煮、えびすめ、のり二かん、味噌、らっきょう、ようかん四本、チーズ、ぬかみそ桶などが入っている）とマットレスをのせる。スタンドのおばさんと関井さんにお中元にあげる浴衣地二反もいれた。

五時出発。渋谷大橋から二子玉川までの通りには白バイが出ている。追突されて以来、車に馬力がなくなって、どんどん追抜かれる。いびつになっているのか、ドアに空間《すきま》があるらしくへんな音もする。

野鳥園前で一休み、犬を放してやる。広場にはどんどん上り下り両方の観光バスが入ってくる。下って行くバスは山梨の小学生、上って行くのはおばさんたちの観光バスである。夏休みになって、みんな笑いっ放しのような顔をしている。籠坂峠を下る。林の中にある別荘や寮から、パンツや水着姿でサンダルをつっかけて現われ、湖に向ってぞろぞろと坂を下りて行く男女が、やっぱり笑いっ放しのようになっている。湖にボートは出ているが、朝なので泳いでいる人はいない。

スタンドの向いは、庭に冷蔵庫を持出して、いままでしもたやだったのに、ジュース屋に早変りした。冷蔵庫は台所のをそのまま運び出して使っているらしく、窓から長々とコードをつないでいる。

九時着。門の月見草が咲いている。

今朝出がけに作ったやきにぎりを食べてから、私だけ眠る。ぼんやりと眼が覚めたとき、さくさく、バラスを踏む音がして、犬がなく。大岡さんがみえる。

「奥さん昼寝？　起すなよ」と主人にいっている。いつも私は昼寝しているのだなあ。ビールと漬物とコンビーフを出す。大岡さんはホワイトホースを下さる。

三時ごろ、車でお送りしがてら、主人と二人大岡邸を見に行く。門のところで、外川さんのところの女衆が二人、セメントをこねていた。石工のおじさんが、庭と玄関の間の、めかくし用の装飾石垣のようなのを、薄い板状の熔岩を積んで作っていた。この薄い板状の熔岩は、熔岩のうちで一番高いのだと、ずっと前に関井さんがいっていた。

ビールをぬいて下さる。一寸いたと思ったら、主人は「おい、おいとましよう」と言うので、もう少しいたかったが帰る。

管理所に寄り、明日から牛乳二本と朝日新聞を頼む。ついでにキャベツ、卵、ハイライト、計二百円買う。

夜　ごはん、味噌汁（さつまいもとねぎ）、さつまあげ、いわしかんづめ、キャベツバターいため。

十時就寝。

七月二十五日（月）　快晴

朝　ごはん、佃煮、まぐろ油漬、サラダ。

花子と買出しに下る。旧道は去年より道がわるい。屋根の荷台が半分落ちかかっているのを、追越して行ったトラックが注意してくれた。猛暑で、富士山はすっかり煙って姿をかくしている。高原一帯も煙っている。

荷台をスタンドに預ける。スタンドでは、長いホースをひっぱって、水を出し放しにして、観光バスがとまると、ホースから水をコップに溢れるようについで、窓から飲料水のサービスをしている。それは、おじさんがしている。おじさんははだしである。おばさんに反物を渡す。母屋へ持って帰って、ひき返してくると「こしまきを貰ったと思ったが、中はユカタだったので、勿体ねえようだ」と言う。買った店の名が包紙に「赤坂こじま工芸」と、くずし字で書いてあったのだ。

あまり忙しそうなので、いつぞやいた女事務員は辞めたのかと訊くと〈今年の一月二日に三ツ峠入口の街道で小学五年の子供を車でひいたので、そんなこんなで辞めた〉という。おじさんが、そのてんまつを話す。「保険金が百万円下りて、スタンドで三十万、娘の家で三十万出して、百六十万払った。死んだ子供はてんかん持ちで、その子がいるために、その家はひどく貧乏していたが、百六十万入ったので、入った次の日から茶碗も新しくして、襖なんども張り替えた。親も村の衆も『大きな声じゃいえねえが、あの子は親孝行もんだ。いいときに死んでくれて、金まで入れてくれた』といっている。はじめ、百六十万持って行くと、二百万といっていたが、現金を目の前に見たら、やっぱり百六十万で手を打っただ」

夜　ごはん、ハム、なすの中華風炒め。

テレビで。富士山五合目の夜の気温は四度で真冬と同じである。サンダルばきでくる人があって、その上無経験なので、高山病で倒れる人がとても多くなった。日曜日の八合目の道は東京の盛り場よりも人で一杯である、と。

コタツをしまう。

夜十一時近く、月が出ている。月は大室山より東寄りの林の上にかかっていて、半月。だいだい色に煙っている。

七月二十六日（火）　晴

朝　ごはん、野菜五目炒め、卵焼、味噌汁（じゃがいも）。

昼　トーストパン、バター、ジャム、コンビーフ、スープ。

夜　ごはん、精進揚げ（なす、さつまいも、ピーマン、さくらえびのかきあげ、かぼちゃ）、佃煮。

ポコ食欲なし。草とスルメだけ食べる。

ほたるぶくろ（つりがね草）咲きだす。庭の月見草のつぼみ大きくなる。主人は草刈りのとき、ほたるぶくろも一緒に刈りとってしまう。キライなのだという。全然きれいじゃない、陰気臭い、という。

テレビで。甲府市内の集中豪雨の被害の特別放送をしている。積翠寺という所の国有林が濫伐で地盤がゆるみ、山くずれが起り、木が流れ、川（アイカワ）が氾濫した。今日、やっと道が開通した。今日は富士五湖では水死が多かった。

本栖湖では自衛隊が作業中（バケツを洗っていた）に湖水におち、ショック死。バカだなあ。

七月二十七日（水）　晴
今日は一日、草を刈った。
朝　ごはん、味噌汁、のり、卵、トマト。
昼　ふかしパン、ピーナツバター、紅茶。
夜　かにチャーハン、スープ（玉ねぎ）。

七月二十八日（木）　晴
富士山は今日も暑さに煙る。

十二時少し前、花子と私だけ下る。鳴沢道を下る。途中の林が、不動産センターの社有地となっていた。

農協で。ビール一打千三百八十円、麦わら帽子二個四百円、サンダル三百円、木綿軍手五足、ゴムびき軍手二足、三百四十円、合計二千四百二十円。

朝日の森田さんあて、速達原稿百三十円。

山中湖へ。旭ケ丘ボート場で花子泳ぐ。水上スキー、ボート、モーターボートが出ている。真夏の盛り。去年の修道院の尼さんたちに会う。四十分ほど泳いで帰る。

吉田のパン屋で。食パン三十五円、アンパン六十円、チョコレートパン三個百五十円。

吉田の八百屋で。きゅうり五本、なす五個、さつまいも一袋二百五十円、トマト五個五十円、納豆、大根、ねぎ、にんじん、合計五百八十円。

肉屋で。とりのささみ十本、豚肉六枚、計四百五十円。

はきもの屋にて。運動靴二足七百円、サンダル二百五十円。

ガソリン千四百四十円。

三時帰宅。留守中に大岡さん御夫妻がみえて、今夜ごはんに招待して下さるとのこと。

ポコはお客様に吠えくさって困ったとのこと。

七時、大岡さんのお宅に三人とも伺う。

ビール、ハム、チーズ、鰺酢のもの、なす煮付、牛肉バター焼、トマト、きゅうり。

なすの煮たのも、牛肉も、鰺もおいしかった。トマトときゅうりも、おいしかった。

大月の町の通りのトラヤ（？）の牛肉は松阪肉で、それなのに百七十円でおいしいそうである。大岡さんがみつけた。

でも、今日の牛肉は、大岡さんが東京駅の三ツ輪から、わざわざ買ってきて御馳走して下さったのである。


七月二十九日（金）　朝のうちうす曇のち晴

朝　ひじきと油揚げの煮たの、ごはん、豚しょうが焼、サラダ。

昼　カレーライス（主人のみ）。

夜　ごはん、魚（銀ダラ）のフライ、つけ合せは茄子とじゃがいも、キャベツ千切り。

　とりささみフライ（明日の分も揚げてしまう）。

午前中洗濯。昨夜、ポコを留守番させて大岡さんのお宅に三人で行った。二階のドアが開いていたので、ポコは主人の寝室に入り、かけぶとんにおしっこを一杯ひっかけて留守番の仇《あだ》をした。フトンカバーを洗って、ふとんを干す。

一時ごろ、三人で本栖湖へ行く。鳴沢局で筑摩書房へ魯迅選集の原稿を速達書留で出す。郵便局の向い側の雑貨屋で、画びょう二かん四十円、セロテープ十円、マッチ二個十円、洗剤（ブルーダイヤ）百円、キッコーマン醬油を買う。

　水打ちぎわまで車が乗り入れられる、トンネルの向うのキャンプ場で三人とも泳ぐ。キャンプの人が釣りをしている。渚までワカサギが泳いできている。小さいワカサギの子も一杯泳いでいる。水は濃紺に澄んでいる。三時ごろになって帰る。

勝山村の店で。魚（銀ダラ）三枚百五十円、水蜜桃四個百円、おだんご五串五十円、蚊取線香百二十円。

　夜のフライを作るとき、花子に教える。

午後十時、月がよく照っている。冬、風で屋根のとんだ家に、灯りがついている。網戸をたてて、中まで青ずんで明るく見える。虫籠のようだ。
今、庭に咲いているのは、月見草、なでしこ、ほたるぶくろ、トラノオ、コスモス、ひるがお。

七月三十日（土）　くもり時々晴
朝　ごはん、とりのフライ、納豆、ひじきの煮たの、佃煮。
昼　ごはん、かに玉、サラダ、ふかしいも。
午前中、うちのなか全部ふき掃除。管理所へ牛乳と新聞をとりに行くと、東京から転送の第一便が届いていた。読書新聞一通のみ。くもっているが暑いので、花子と本栖湖へ泳ぎに行く。鎌倉往還はバス、乗用車の列である。紅葉台の入口のバス停にも男女十五人ばかり立っている。風穴を過ぎたところで車がつかえている。車の事故があり警察のジープが三台きていて通行止めである。長い長い車の列だ。私の前と後の車の人は降りて、しゃがんでタバコを吸い乍ら「あああ、ここの警察はのんびりしてるなあ。この位の事故なら東京なら片側通行でさっさと通すのになあ」と話している。まもなく片側通行となる。事故現場には、小型車が三台で、二重衝突、無残な潰れ方をしている。一台はひしゃげてちぎれて、樹海の熔岩の中にとんでしまっている。

昨日の場所で泳ぐ。西洋人の夫婦が子供二人連れてきていて、車の横にゴザを敷いて、旦那は日光浴をしている。奥さんは浮輪をはめて湖水に浮いている。水から上ってくると、奥さんは旦那の背中に白い塗り薬を塗ってやっている。水から上ったら、奥さんは小柄で少年のような体つきだった。

車の中で水着に着替えて出ると、キャンプの若い男四、五人が寝そべっていて「汚ねえ車だなあ。あとで掃除しなきゃあ」と私の車のことをいう。「そうお、汚ない？　これ」「汚ねえなあ。女の人が乗っているとは思えねえ」という。「そうかなあ」といいながら、水に入ってしまう。沖まで行って、岬のようにつき出たところに上り、遊んでから帰ってくると、車は洗ってあった。御礼を言おうと思ってみまわしても若い衆たちはいなくなっていたので、キャンプ場の方角に最敬礼一つして車を出した。

戻り、精進湖を過ぎてのカーブでバスが停り、客は降りて草むらや石に腰かけている。オートバイをはねたらしい。つぶれたオートバイが倒れている。血を拭いたあとがある。

くもって、雨となりそうなので、ひき肉を買うつもりだったが鳴沢道を上って帰る。

くれ方、ごはんの支度をしていると、若いきれいなお嬢さんが、二人、ショートパンツをはいて、庭を下りてくるのが見える。大岡さんのお使いで、魚を届けにこられた。昨夜は遅くなったので今日持ってきた、とのことで、かますの肥った大きいのを三本頂く。大磯の網。夜のパン食の予定を変更。大喜びで、ごはんと焼魚にする。

夜　ごはん、かます、大根おろし、きゅうりといかの酢のもの。

昨日買った水蜜は、おいしくない。パンを食べているのと同じ味だ。

夕方、水浴びにくるアカハラの群は、気をつけていたら、時間がきまっている。七時ごろに、きっちりといっていい位、正確に来る。アカハラのお腹の色は、だいだい色とうぐいす色の間のような色で、それが背中の方にぼかしになって、背中は濃い薄墨色だ。こんな羽織と着物、大岡夫人が着たら似合うだろうと思う。

夜は霧。

今年は泳ぐとき、麦わら帽子をかぶって泳ぐことにした。去年は秋から冬にかけて、そばかすが増えたから。厳重にする。

じゃがいも五個六十円、バター百九十円、ハイライト七十円、菓子百円、卵五個八十五円、計五百五円。管理所にて。

七月三十一日（日）　くもり時々晴

土用半ばの秋風。朝のうち、冷いやりとした風が流れてくる。

昨夜、十時ごろ、パチパチという音がしてからゴオーンという風の気配がするので、寝室の小窓をあけてみると、焚火をするところに、重ねて積み上げておいた生まの松の枝や木の枝が、焚火の余熱で乾いて、夜になって火がついたらしく、松の木よりも高く、太い火柱となって、火の粉をあげている。怖くなって水をかけに出た。

朝　トーストパン、ベーコンエッグ、ビーフスープ。

昼　ごはん、のり、うに、さば味噌煮。

一時過ぎ、山中湖へ泳ぎに下る。御胎内は、今年の夏から観光会社の手に入ったらしく、屋根をふきかえ、ドライブインも建て、一昨日は、スバルラインのゲートで広告ビラを、来る車ごとに配っていた。

マウント富士ホテルのプールに行く。子供四百円、大人八百円支払う。一時間ほど泳ぐ。主人は「溜り水で泳ぐのはいやだ。プールはあおっぱななんか隅の方に浮いていていやだ」というが、プールの脱衣所は、私だって、いつも気持わるい。びしょびしょしていて、なま温かく、おしっこ臭い。この脱衣所のロッカーの中にも、ネックレスと髪どめが忘れてあって、それも気持わるい。壁の、丁度私の顔あたりの高さのところに、大きな鼻くそがなすりつけてあって、それも気持わるい。

四時過ぎ帰る。ホテルが分譲している、丘の中腹の別荘地は買手があったらしい。名札の立っている区画に、テントを張ってキャンプをしている。土地を買ったら、お金がなくなったから（ここは高い）、頑張ってキャンプをしているのだ。洗濯ものも干してある。

吉田の魚やで。サンマ四本五十円。

河口湖の肉屋で。牛肉ヒレ一切（百九十グラム）二百二十五円、豚ひき三百グラム百九十五円、馬肉二百グラム百四十円。

道ばたにひろげて売っているところで。キャベツ三十円、きゅうり三本三十円、いんげん一袋三十円、大根一本二十円。キャベツは新しいのをくれてやるといって、うしろの畠へ入って一株切ってきてくれた。トマトがもうじき出来るからな、といった。今年は雨が多くて遅いのだそうだ。いんげんもきゅうりも、今朝とりたてだ、といった。

スバルラインゲートにて。回数券二千円。

事務所に行き、回数券を買っていると、アロハシャツの若い男がぶらりと入ってきて、係の人に「ゲートで切りとった券は、どうしちもうのかね。焼いちもうかね」と訊く。係の人は「とっておくだね」と答える。その男は「溜って仕方ねえずら。焼いちもうずら。そうずら」と重ねて訊く。係の人は「ずっと経ってからな。三年ぐれえ経ってから焼くだ」と答える。男はまだ、何か訊きたそうにしていたが、あたりを見回してから、ふらりと出て行った。オートバイに乗ってきたらしい。係の人のうち二人は、札束を何度も勘定し直していた。札は束になって幾重ねもあった。

夜　ごはん、サンマ（主人と私）、牛肉ビフテキ（花子）、じゃがいもといんげんのバター炒め、きゅうりとトマトとキャベツのサラダ。

肉屋は、牛肉ヒレの冷凍を奨めたので試しに買ったが、水っぽく味はわるい。しかし、花子は寄宿舎生活のあとなので、感激して食べた。

ごはんが終りかけたころ、壮烈な大夕焼となる。「神言ひたまひけるは……」。そう大きな声が聞えて、エホバが雲の向うに胸から上を乗りだしてきそうな大夕焼。少しずつ変化して暮れてゆくまで、ただ、おどろいてみているだけ。

八月一日（月）　くもり時々晴

朝のうち涼し。

朝　ごはん、大根味噌汁、豚ひき肉中華揚団子、サラダ。さつまいもを電気鍋で焼く。

十一時、三人、本栖湖へ下る。外川さんの石山の近くまで下ると、三叉路で通行止めになっている。車一台は通れるほど柵が開いていたので、かまわず走って行くと、鳴沢バス停のところで舗装工事をしていて全面通行止め。工事の人が本栖へ出る別の道を教えてくれたので、三叉路に戻って右折すると、行けども行けども林の中。車体が低いので、石が当る。林の中にはぽっかりと草原があって、牛が五、六頭いたりする。道はだんだんひどく、狭くなるばかりで、一向に林を脱け出られないのでひき返し、スバルラインを下って河口湖駅へ出る。教えてくれた道は、車の道ではなく、人や牛が歩く道だったのだ。

駅は登山やキャンプの男女でごった返している。駅でそばを食べていると、改札口の中側から立喰いしていたハイキングの女の子二人が、金を払わないで、ホームの方へ行こうとした。そば屋の親爺はとても怒った。その怒り方があまりひどいので主人と花子おどろく。

そば三杯二百十円。

河口湖履きもの屋で。靴(主人)ゴム底の、千二百円。スリッパ百五十円。

酒屋にて。かんビール千九百二十円、煮豆百円、菓子六十円、チーズ百七十円、厚揚げ三枚三十五円、かんビール八十円(店先で立飲み)、練乳二かん二百四十円、合計二千五百八十五円。

ほうじ茶百五十円。

本栖で三十分泳ぐ。陽が強くなり、冷たい風が吹いていて気持がいい。ピンク色のひらひらしたビキニ風水着の、ふくふくと肥った娘さんが、オレンジ色の布を顔にかぶって、よく焼けるために仰向けにねている。その人のねているところは、すぐそばでボール投げをしている男たちが、ボールをとろうとして、その人の頭をまたいだり、なまなましく出ているお腹のあたりにとんできたボールを、すれすれのところで捕ったりしている、へんなところなのである。オートバイがやってきて、体すれすれのところを土煙をあげてUターンしても、車の土煙をもろに浴びても、平然として、オレンジ色の布をかぶったまま、まぐろのような肉体をほうり出して動かない。主人は「行き倒れみたいだな。白昼の通り魔にやられるぞ」と言う。

河口湖の道ばたで。きゅうり三本三十円、じゃがいも一袋八十円。どっちもとりたてだという。きゅうりは四本入れてくれた。風が吹くので、朝採っても、すぐやわらかくなってしまう、と、小母さんはきゅうりのことをいった。ゴルフ場の近くで、下って行く大岡さんの車とすれちがった。

三時にじゃがいもをふかして、バターをつけて食べる。

夜　ごはん、精進揚げ、佃煮、きゅうり。

寒いので靴下をだしてはく。

八月二日（火）　くもり時々晴

朝のうち涼し。西湖へ行く。西湖荘で昼飯。天どん（主人）、オムライス（私と花子）。

天どんの中味は、にじますの天ぷらと菊の葉であった。

西湖荘の売店で、キノコの形をした盃五個買う。漬物も買う。キノコの形の盃を「大岡にやりたい」と主人はいうのだ。私は「この盃は大岡さんはキライだろうと思う」と反対したが「キライなことはない」といって買う。漬物も買って一緒に持ってゆくのだという。その漬物も私は「大岡さんはこの漬物食べないと思う」と反対したが、買った。この漬物は前に買ったことがあって、まずいのを私は知ってるのだから。

根場村近くの、コンクリートで囲った入江で泳ぐ。水は温かいが本栖より濁っている。コリーを連れてきて泳がせている人もいる。

酒屋で。豆腐一丁、卵十個百四十円、西瓜三百五十円、チューインガム、パン、焼酎一升、ぶどう酒一升、ライポン一本、合計二千百三十円。

スタンドによってガソリンを入れ、この間から馬力が落ちているのでみてもらう。スパークプラグ四本とりかえて、コンデンサーの接触するところが焼けているので、そこをやすりで擦ってもらう。それでもまだ馬力がない。主人を乗せているので、苛々するといけないから、明日また下ってきて、三十分ほどみてもらうことにする。

ガソリンスタンドで。ガソリン三十リットル千五百円、スパークプラグ四本六百四十円、チューインガム四十円。

西湖荘で。天どん（いくらだったか忘れた）、オムライス百八十円、大岡さんのキノコの盃五個二百五十円、漬物二百円。
夜　ごはん、湯豆腐、塩鱒、サラダ。

八月三日（水）　くもり時々小雨
薬屋にて（薬屋でペンキを売っているのだ）。ペンキ、オイルステイン、刷毛、ラッカーシンナー、ニス、合計二千五百九十円。

河口湖の道ばたで。プリンスメロン五個二百円。

雑貨屋で。帽子六百七十円、たわし、ささら、へちま二百五十円。

花子マンガの本百七十円。

食料品店で。ラーメン四個百円、さつまあげ三枚、納豆、袋砂糖百五十円、いりぬか一袋、根しょうが一個、片栗粉一袋、きゅうり二本三十円、キャベツ四十円、せんべい五十円。

肉屋で。豚肉三枚二百五十円、ささみ六本二百円、豚ひき二百グラム百四十円、ギョーザ皮二袋四十円。

霧雨。十一時新聞をとりに行き、大岡さんにお土産もの（キノコの盃と漬物）を届ける。

大岡さんの家は車寄せの敷石工事をしていた。

雨で泳ぎに行かないから、私だけ車を整備に下る。スタンドに車を預けて、河口湖の通りで買物。荷物が多くなったので、薬屋のおじさんがスタンドまで車で送ってくれた。

私の車はノブさんが吉田の修理屋にもっていってくれているが、昼休みにかかってしまって、なかなか出来てこないらしい。おじさんが電話をかけてくれ、しばらく待つ。スタンドは、今度は白樺の柱をたてて、よしずの屋根をつけて休憩所を作っている。薬屋のおじさんは暇なのか、私と一緒に待っている。この人は地元の教育委員をしていて、今度出来る小学校の豪勢な五十メートルプールの役員もしているという。スタンドのおじさんは、湖に泳ぎに行く私たちのことを危ながっているので、花子をそのプールに入れてくれようとして「一人ぐれえ、よそのものを入れてもいいじゃあ」と頼んでいるが「それは一人ではきめられねえこんで、難しい問題で」といって、頑として承知しない。

ノブさんが私の車をもってくる。直っているかどうか、スタンドの車をつれて、御胎内の坂を上ってみてくれる。まだ馬力がない。夕方までにもう一度直してみるからといって、うちの門まで私と荷物を送り届けて、車をまたもって行く。

夜　ギョーザ。久しぶりにギョーザを作ったので、みんな珍しがって食べる。

八時半、ノブさんは、私がスタンドに置き忘れたペンキ類を積んだ、帰り用の車を一台つれて、私の車をもってくる。途中の上り坂で何度も坂のテストをしてみたそうだ。スバルラインも六回上り下りしてみたが、まだ一寸馬力がないという。しかし、三万キロ以上乗っている国産車なのだから少々馬力はなくなっても仕方ないかもしれないという。ペンキを積んだ車には、夏休みのアルバイト学生が三人も乗ってきた。果物のかんづめを出す。ノブさんは「奥さんの運転は荒いなあ。アクセルも一杯に踏みこんである。車に癖がついてるなあ」と帰りがけに注意した。明日からは恐る恐る大切に乗ります、と私はいった。

八月四日（木）　くもり後晴

今日も朝のうち涼し。

朝　ごはん、豚のしょうが焼、ささみバター焼、野菜つけ合せ、味噌汁。

十時ごろ、外川さんが生《なま》そばを新聞紙にくるんで持ってきてくれる。今日のは、下で買ったのだといった。

〈石山で人死にがあったので、後始末で忙しい。警察の調書と基準局の調書にくいちがいがあって、それがまずい。警察の調書は事件直後にとられたから、そのときは精神状態が平静でなかったので少し間違っていたという証明をしてもらおうと思っている。労災の方は年金で下りて、未亡人が死ぬまでは一日七百円の計算でおりるから、その方は心配ない。

罰金の方は管理不十分ということでとられるが、いくら位になるか、まだ分らない〉ということである。はじめ憂鬱そうだったが、話しているうちに、いつのまにか馬肉の話になると、だんだん元気が出てくる。バーベキューにするのが、何といっても一番だ。盛岡肉の百二十円のなら、とてもいい、といってバーベキューのやり方を手真似でしているうちに、もっとニコニコニコニコしてくる。「湖上祭はどうしるかね。今年も俺《う》らが場所をとってやるがね。K園の席なら消防の仲間だから、とれるかもしんねえ」と言ってくれだす。「やっぱ、花火はドドッと音がしてから空を見て、次に花火を見る。その合間合間はビールを飲んでいる。遠くで見てたじゃ、音を聞かねえじゃ、いつ揚がるか揚がるかと心配で空を見ていなくてはなんね。ビールも飲めねえし、首もくたびれるちゅうわけ。ドドッときてから空を見る。次に花火を見る。合間合間にビールを飲む。それが花火の趣味ちゅうもんだ」と力説する。今年は辞退しようといっていた主人が「それじゃ、座敷でなくていい。食堂の小さいテーブルを一つとってくれればいい」と言うと、外川さんは、ぱっと顔中が嬉しそうになって「そんじゃ、これから、おれ、下へおりて話つけてきてやる。そんで夕方、またここへ知らせにくるだ」と言って、椅子をひっくり返しそうな勢いで立上った。

ひる　外川さんのくれたそばを、ざるそばにして食べる。

一時半、マウント富士プールへ泳ぎに行く。スタンドに寄り、サントリー角瓶をお礼に置く。また、ハチミツアイスクリームを二個くれる。前より車の調子はよく、マウント富士の丘へセコンドで上れる。

プールの水はとても冷たく、花子は二十分ほどであがる。

富士吉田の家具屋でソファーをみる。ここで一番いいのは三万円である。昨日スタンドのおじさんは、製造元に頼めば、二万円のが一万四千円で運送はタダでしてくれる、といった。スタンドの方に頼むことにする。

テラスに置くマット八百九十円、ゴムマット台所用九百円。

隣りの魚屋で、サンマ四本五十円、たらこ二腹百三十円。

かじきまぐろの大きいのがあったので切り身を頼んだら、刺身用だから切れないという。うなぎの白焼きもあった。昨日河口湖の魚屋に入ったら、いかの丸ごとが、ごっそりと腐って転がっていて、その隣りにアジが赤黄色になって、ごろごろ転がっていて、その隣りにたらこが一箱かびていて、平気で店の中に置いてあるので、何にも買わないで出てきてしまったが、ここの魚屋は普通の魚を売っていた。

スタンドに寄り、ソファーを注文する。そしたら、また、ハチミツアイスを二つ、手にのせられる。車に乗ったら、ピーナッツとするめの袋を窓からいれてくれる。ハチミツアイスを今日は四つもらってしまった。

道ばたで。きゅうり三本三十円、大根一本三十円、トマト小八ツばかりで三十円、いんげん三十円。百姓のおかみさんは「今年は寒くて、もろこしの穂がまだ出ない。トマトも出来がわるい。皆寒さのために作物がよくない。今日も涼しい。夏の峠は越したから、もう夏も終りだ」と、心細そうに言う。「作物など売らねえで、熔岩菓子の袋入りでも売った方がいい。あれは案外売れるでねえ」と言う。

スバルラインのゲートを通るとき、ゲートの人は「ノブさんが昨日、奥さんの車に乗って何度もここを往復してテストしていたが、車の具合は直ったか」と訊く。まだ少し馬力がない、と答えると「そんな車はそこの林に打棄《うっちゃ》って、ニューのを買いなせえ」「ノブさんは昨日、何度も、スバルラインの上りを猛烈な音をたてて試運転して、その度にゲートをタダで通ったので、奥さんの車の故障はゲートでは有名になっているのだ」と言った。

大岡さんが、白い上着と白いズボンで（とてもよく似合って映画俳優のようだ）大根とじゃがいもとキャベツを持ってきて下さる。

大岡さんと主人、ビールを飲む。私も隣りに坐って飲む。

しばらくすると外川さんが庭をかけおりてくる。K園のグリルに席がとれたという。明日六時に外川さんの家まで行くこととなる。外川さんは、上に車を置いて女衆を二人待たせてあるからすぐ帰る、といいながら、ビールを飲んでいるうちに上機嫌になってしまう。門の前にとめてある外川さんの車のフォーンを女衆が鳴らすので「外川さんはビールを飲んで話をしているから、あなたたちも家へきて一緒に飲みなさい」と、私がすすめに行くと「昨日も遅かったから、子供たちが待っているから今日は早く帰りたい。社長にそう言ってくれ」と言う。下りてきて、外川さんにその通り告げると「なあに」などと言って、ときどき帰りそうにしては、また嬉しくて仕方がないという風に話しだしてしまう。どじょうとうなぎの話をしては、自分で嬉しそうになってしまう。〈うなぎはパタパタとうちわであおいで焼くときが難しい。うなぎは自分の体の四倍もの目方の鯵を食べて大きくなる。だから高い〉という話だ。どじょうとうなぎの比較の意見を述べたりしていると、ますます遅くなって、フォーンが鳴り放しに鳴りだしたので外川さんは立上る。

女衆二人にパイナップルの大罐を一つずつ子供へおみやげに車の窓から渡すと、若い方の人は「いらねえ」と言う。「悪いからいらねえ。こんなもん、いらねえ」と怒気を含んだ声で言いながら、車のドアを半分あけて、かんづめを地面に転がして返してよこした。私が転がってゆくかんづめを黙って見ていると、外川さんは「それなら、おらが貰うだ」と言って抱えて乗った。もう一人の女衆は、笑ってあいさつをしたが、若い方の女衆は知らん顔をしていた。昨日は大岡さんのところへ招ばれて遅くなったらしいし、子供のいる女衆としては無理もないことなのだ。私の車をだして女衆だけ先に下の村まで送り届ければよかったのに、気のつかないことをした。暗くなった地面に転がし返されたかんづめが、いつまでも目のなかに残って、墨を呑んだような気持になる。

夜　ごはん、ハムのかんづめ、のり、おひたし、味噌汁。

八時半近く、勝手口の窓を白いものが横切ったので戸を開けると、さっき、ふくれていた女衆が仕事着のまま佇っている。「どうしたの」と訊くと「さっきは、今日はどうしても早く帰りたいと思っていたで、気が急いて見境いなくふくれっちまって、頂いたものまで置いたりして。外川さんにうんと叱られただ。常識のねえことをしただ。奥さんにわるいと思って謝りにきただ」と一気に言って、しょんぼりしている。「そんなことで、わざわざ、また山に上ってきてくれたの。私が気がつかなくて。私の車で送ってあげればよかったのに。私がわるかったね」と言うと「いいや。おらがわるかっただ。外川さんにいわれただ。『お前ら、何のために婦人会で花や茶なんど習っているだ。華道や茶道ちゅうもんは、そういうことをしねえ人間になるためにやるだぞ』そう外川さんにいわれただ」と言う。暗い庭を外川さんが飛ぶようにして下りてきた。「おらに当るのは当りめえだが、奥さんに当ることは許せねえだ。奥さんが折角下さったものを返して八ツ当《けえ》りするのは、おら、何としても許せねえだ。ものには礼儀と常識と義理人情つうものがあるだ。おらは、それのねえ奴は、きれえだ」と女衆のそばにたって言う。あまり一生懸命言うので、のどが乾いたらしく、大コップに水を一杯ゴクゴクと飲んだ。上まで灯りをもって送って行く。女衆は、まだ、おろおろしている。小型トラックの運転台に乗った女衆と外川さんに「よくわかった。ありがとう」と声をかけると、安心したように帰って行った。

仕事部屋で、まだ起きていた主人は「何だ。いまの騒ぎは」といった。私は顚末を話した。主人は翳った顔をした。

眠るまで、転がったかんづめと、女衆と外川さんの言ったことばが私の胸の中で消えない。やっぱり墨を吞んだようだ。

八月五日（金）　晴

朝のうち涼し。十時ごろより暑くなる。十二時過ぎ、花子を連れて本栖湖へ泳ぎに行くつもりで車を出し、管理所で新聞と牛乳をとっていると、中央公論の近藤さんに会う。タクシーで上って、今着いたところ。管理所で家を尋ねているところだった。そのまま近藤さんを乗せて家へ戻る。穂高の野間宏さんのところへ行き、甲府へ一泊、バスで御坂峠を越えてこられた。ウイスキー、ビール、朝作ったトンカツ、チキンカツ、漬物、鮭のかんづめ、ハムなど、ありったけ、ごちゃごちゃと出す。

五時ごろ、約束の湖上祭に下るので、その車で近藤さんを駅まで送る。近藤さんは、大岡さんの家へあいさつに寄る。

駅前は、もう白バイとおまわりさんが出ている。駅で近藤さんをおろして、スタンドへ戻り、車を預ける。酒屋で、月桂冠一本九百八十円、西瓜四百五十円、を外川さんへのお土産にする。

外川さんの家には子供が七、八人、縁側や玄関から、出たり入ったりしている。行くと、すぐ外川さんは「鯉のアライを自分で料理してくれる」といった。沢山いる子供の中の一人が、生鯉を大切そうに両手で胸にかかえてもってきた。どれとどれが外川さんの子なのか、わからないが、子供が大勢なので、私はもう一度駅前通りの八百屋まで行って、西瓜(五百五十円)を買ってくる。

さしみ、ハム、ビール、ジュース、そうめん油炒め、鯉のアライ、枝豆、の御馳走であった。

子供たちは、ときどき外川さんの耳もとへやってきて、何かささやく。外川さんはにこりともしないで「それッ」と百円札を一枚出してやる。子供たちは歓声をあげて、その子を囲んで外に何か買い食いしに出かける。奥さんが、ゆっくりした調子で「○○ちゃんが、ジュースを飲みたいといってるでねえ」と外川さんのところに近寄ってくる。外川さんはにこりともしないで「それッ」と、ふところからお札をひきぬいて渡し「みんなに飲ませろ。釣りは持ってくるだぞ」という。子供がジュースを何本か買ってくる。その子はジュースの籠を放り出したまま、すぐ縁側にうつ伏せになって胸のところで手を握りしめて、真赤な顔をして力んでいる。「ほれ、釣りをよこせ。とうちゃんがよこせといってるだ。ほう、よこしてみな」。奥さんは、ゆっくりした調子を変えずに、子供の肩をゆさぶったが、子供はくすくす笑いながら、しっかりと握りしめて出さない。「とうちゃん、釣りをよこさねえだよう。この子は」。奥さんがいうと、外川さんは「放っとけ」と、おうように言って、また主人と話を続けた。しばらくすると、また奥さんが「××ちゃんが、金がほしいといってるでねえ」と、他の子供のために、ゆっくりした調子で願いにくる。外川さんは「それッ」といって、札をぬいて渡してやる。奥さんは、ときどき「トマトにはアジシオをかけておくんなって」と、味塩の瓶を撫でながら、特別に持ってきたりして、歓待してくれる。

暗くなって花火の音がはじまった。すると外川さんは、戸棚から水色の紙の湖上祭プログラムを二枚とり出してきて、私と主人に配った。水色の紙は大体次の通り。

第五十一回湖上祭プログラム　主なる行事

八月四日（木）⑴河口湖水難供養　⑵湖上祭前夜花火大会（午後七時より夜空をかざる打上花火二百発で前夜祭の花火を盛大にあげる予定）

八月五日（金）

昼之部　⑴午前四時　二十三センチ玉による祝砲三発　河口湖々上式典　⑵河口湖一周駅伝競走（午前十時県下中学校の湖畔一周約二十キロ駅伝を行う）

夜之部　⑴遊覧船照明コンクール　⑵花火の部（天候、風向等により順序を変更することもあります）

夜の花火開始合図　二十三センチ玉

午後七時〇〇分　祝湖上祭　提供河口湖観光協会

午後七時五分　山梨トヨタ　提供トヨタ自動車

午後七時十分　お買いものは岡島　提供KK岡島

午後七時十五分　連発二台　早打百発

午後七時二十分　三菱石油　提供登り坂石油スタンド

午後七時二十三分　富士急ハイランド　提供富士急KK

午後七時二十五分　日通石油　提供下の水石油

午後七時二十六分　連発一台　早打五十発

午後七時二十六分　富岳通運　提供富岳通運
午後七時三十三分　出光石油　提供出光石油
午後七時三十五分　シチズン　提供河口湖精密
午後七時三十八分　ブリヂストンタイヤ　提供ブリヂストンタイヤ
午後七時四十分　連発二台　打揚百発
午後七時五十分　山梨ニッサン　提供山梨日産
午後七時五十一分　コンクール合図
午後七時五十二分　花火コンクール二十三センチ玉、三十三センチ六組（三十六発）
午後七時五十七分　連発一台　打揚五十発
午後八時十分　朝日生命　提供朝日生命
午後八時十一分　連発一台　早打百発
午後八時十五分　太洋丸　提供河口湖汽船
午後八時二十分　山梨日野　提供山梨日野
午後八時二十三分　プリンス　提供プリンス自動車
午後八時二十六分　川崎航空　提供川崎航空
午後八時三十分　祝文化会館　提供山梨放送

午後八時三十一分　連発一台　早打百発
午後八時四十分　中立電気　提供中立電気
午後八時四十三分　帝国自動車　提供帝国自動車
午後八時四十六分　静甲いすゞ　提供静甲いすゞ
午後八時五十分　連発一台　早打百十発
午後九時〇〇分　おわり花火　連発、滝、早打
※本年は河口湖が増水のため打揚場所の関係でプログラム予定時間が延びることもあります　終り。

以上がプログラムの花火次第。提供の広告主の名は仕掛花火であらわれる。毎年Lホテルの続きの岬に仕掛花火の舞台がかけられる。そして「山梨日産」とか「祝出光石油」という花火の字がその舞台で燃える。去年は金鳥蚊取線香のにわとりが大きく燃えたのが一番よかった。広告主の社員や店員は、Lホテルの仕掛花火の見える食堂や桟敷に席をとって、自分らの会社の名前の字が燃え出ると「待ってました」「日本一」と古風な掛声をうまくかけるのだ。

外川さんは、私たちがプログラムを眺めているうちに消防の恰好となり、K園まで案内

してくれた。東岸の岬近くに小高く建っているK園まで歩いて行く間、外川さんは「よくきたな、先生」「よく来る気になったな」と、話のきれめに主人の顔をのぞきこんでくり返した。湖一面と、仕掛花火が正面に見えるグリルのテーブルにつくと、外川さんは食券売場に行って、また何か御馳走をとってくれようとするので、「ここは私たちが払うから」と私がいいにゆくと、私の胸のところを、すごい力でついて押しのけて、食券売場の前に立ちふさがる。仕方なくテーブルに戻ってきてしまった。

ビールジョッキ二杯、トンカツ三皿、オレンジジュース二杯を券にして置いてから、外川さんは敬礼をして帰って行った。食べきれなかったから、トンカツ二枚は紙に包んで持ってK園を出、K園の下の岬にしゃがんで、しばらく花火を見た。

店が沢山出ている。おでん、やきもろこし、甘栗、綿菓子、お好み焼、お面、造花屋、水中花、ブローチ指輪、つり風船、金魚すくい。

ござを敷いてビールを飲ませている急造食堂もある。もろこしを焼いて、おでんを煮て、ビールを氷水のバケツに浸けて、ござに坐った客に出している。そのビールはとてもうまそうだ。水中花を二本買う。三百円。

帰りみちは身動きが出来ないほどの人出となった。

車を預けたスタンドに戻ると、ワーゲンがうちの車の後にとめてあるので、鍵がくるまで待つ。その間、ここが一番花火が見えて涼しいといって、車庫の屋根に出来ている見晴台に椅子を出して裸電球をつけてくれる。椅子に腰を下ろしていると、自家製のおすしを一皿とかんビールとコーヒー牛乳を出してくれる。ピースを一本くれて火もつけてくれる。「花火の日じゃん。うちのもあがっておくんなって」。何と言われても、もう大満腹で食べられない。無理をして花子と二人で一個ずつ、大のり巻を頂く。酸っぱくておいしい。冷やっこも出してくれた。

九時半過ぎ、花火の音がやんで帰る。

昼ごろから、ずーっとビールを飲みつづけていたので、主人、もうろうとなって、帰るとすぐ、倒れこむように寝る。大いびき。

私も口が開きっ放しのような、手足にもビールがまわって太くなってしまったような感じだ。昼のテーブルのあと片づけを花子がしてくれて、二人が寝たのは十二時近くであった。

八月六日（土）　快晴

久しぶりに快晴。朝から、見わたす限り猛暑で煙っている。

朝　主人カツ丼（昨日もって帰ったグリルのトンカツで）、花子と私納豆、のり、漬物。

昼　トーストパン、スープ、オイルサーデン、ソーセージ、トマトときゅうりサラダ。

夜　ギョーザ、野菜付け合せ（いんげん、トマト、アスパラガス）。

快晴なので洗濯を沢山する。

一時、花子をつれてマウント富士プールへ。スタンドに寄りガソリンを入れる。ガソリン二十六・六リットル。山中湖は今日少し波立っている。マウント富士の丘から、眼下一帯は猛暑に煙っている。花子だけ一時間ほど泳ぐ。三時帰る。プール四百円。

酒屋で。ビール三箱二千八百八十円、かんビール二箱三千八百四十円、油揚げ三枚二十四円、チーズ百円、西瓜四百五十円、ピース千円、トマト八十円、ファンタ六本二百円、ハイライト七十円、計八千七百四十四円。

有料道路二百円。

河口の肉屋にて。豚ひき肉三百グラム百七十円、ギョーザ皮四十円、豚ロース三枚二百五十円、計四百六十円。

昨日外川さんにもらった湖上祭のプログラムを眺めていたら一番裏がわに、ヨットの絵が書いてあり、河口湖に関する歌が三つのっている。どれも三番まであるが、一番ずつ記念に書いておく。作詞作曲者の名前は出ていない。

○湖上祭りの夜

一　あの夢この夢　夜空を飾る
　　湖上祭りの　五色の花火
　君と眺めりゃ　夢見る心地
　　夏の河口湖　あーカーニバル

○河口湖ワルツ

一　富士がかがやく　晴れやかに
　若ものたちの未来のように
　カラーフィルムに石楠花そえて
　君をうつそか思い出に
　ああロマンスの　河口湖

○河口湖おどり

一　ハアー胸のすくよなネ
　ヨイショコラドッコイサノ
　朝焼け富士のよ　ソラフジノヨ
　姿映したネ　アソウジャンソウジャンネ

姿映したネ　アチョイトサ　河口湖
鶯は谷まで愛の唄
　富士の河口湖愛の町

八月七日（日）　快晴
今日も暑くなる。午前中は洗濯。今日は泳ぎを休む。

朝　ごはん、らっきょう、オイルサーデン、味噌汁、わかめ酢のもの、大根おろし。

昼　自家製クッキー、スープ、トマト、きゅうり。

夜　ごはん、塩ます（主人と私）、ごはん、やき肉（花子）、キャベツといんげんと玉ねぎバター炒め。

午後新聞をとりに行くと、管理所の前の家のジャガーが、前をくちゃくちゃにしてとまっている。ライトも潰れ、車体がタイヤにくいこんでタイヤが動かない。車幅だけ石垣がくずれている。管理所から下ってきて、そのまま自分の家の石垣に突進したのだ。

夜テレビでは、今日の日曜日は、最高の暑さ、最高の人出、最高の事故死、と報じている。山中湖では家族の写真を写そうとして、ピントを合わすため後ずさりをしていた人が車にお尻をはねられて死んだ。

八月八日（月）　快晴

快晴猛暑。シーツ、枕カバーその他洗濯。まぶしい暑さ、すさまじい暑さで、却って気持がいい。

十二時近く、おにぎりを作って本栖湖へ行く。主人も行く。湖のまわりの山の木々は、うだってぐったりしている。空も煙っている。

貸ボートに乗って、入江に着けて一時間近く泳ぐ。花子は熔岩で足をすりむいた。水が温かくて今までで一番泳ぎ易い。水底の岩まで見える。入江の熔岩の上で、おにぎりを食べて、お茶をのんだ。トマトも食べた。

二時半帰る。紅葉台までくると東の空が黒くなってきて大粒の雨があたりはじめる。うちについたころには雨は本降りとなる。そのまま夜まで降り続け、止むと霧がかかった。

貸ボート一時間二百円。ゲート料金二百円。

ポコは何も食べないで、エビオスばかり食べる。暑さに弱いのだ。

テレビで。今日は最高の暑さだそうである。まだ一週間ほど続くそうである。

八月九日（火）　快晴、風強し

風が強いので涼しい。

朝　じゃがいもバター炒め、キャベツバター炒め、コーヒー、トマト。

昼　おにぎり。

夜　ごはん、コンビーフ、佃煮、玉ネギとわかめサラダ。

今日も本栖湖へ泳ぎに行く。

スタンドに寄ってラジエーターホースを取り替える。暑さでひびわれがきていて、今にも危なかった。先日の整備修理費を支払う。

萱谷修理所に千円、スタンドにラジエーターキャップ三百円、ラジエーターホース百八十円、ポイント八十円、ポイントアーム百円、合計千六百六十円。

いらない週刊誌をスタンドに置く。おばさんはぶどうの籠二つくれる。

本栖湖は風が強く吹きわたっているので、泳いでいる人は少ない。入江で一時間泳いで三時帰る。スバルゲート料金二百円。

明朝早く帰京する。

夜、少し雨降る。

八月十六日（火）　うすぐもり時々雨

朝五時半起床、荷物を積んで六時半となる。六時半東京を出る。

八月九日に帰京、花子十日に登校日、十二日より十五日夜まで軽井沢の寮へ合宿。十三日中央公論谷崎賞銓衡委員会に主人出席。やっと今日山へこられることとなった。ポコの左の後脚のビッコ治らず、八月の後半は来客の予定が多いので、小松獣医院に十五日夜預ける。小松医院の玄関で、話がきまるまで、じいっと私の顔をみて、どんなことになるのかと思っているらしかったが、預けて帰るとき、悲しそうに三回ほど啼いた。足のうらがわるいらしい。

今回積んだ荷物。

十七日に大岡さん御夫妻をお招びする夕食のための材料。鱒の燻製、いくら（製氷室で凍らせておいてもってきた）、鮭の半生燻製二袋、ピータン五個、牛肉味噌漬、羊かん、キクラゲ。

その他、まぐろのかんづめ、お茶、さんまかんづめ、月餅（十三日に遊びにきた小林やよいさんの南京町のお土産）、おせんべい、レモン、キャベツ、きゅうり、しょうが、みょうが、じゃがいもその他の残りもの全部。

トイレットペーパー、シーツ二枚、掛ぶとんカバー。

朝日新聞社刊中国古典叢書（?）十冊ほど。私は新しいワンピース一枚持ってくる。大岡さんの夕食会のとき着るんだ。

乃木坂を上ったところで、私と花子の水着を忘れたのに気がつき、アパートまで引き返す。主人苛々した顔つきをする。

上野原あたりで空が晴れてくる。が、すぐくもる。犬を連れていないと静かだ。花子はぐったりとねている。

九時半、スタンドに寄る。頼んでおいたソファーが来ていたら山まで運んでもらうつもり。おじさんは鷹の剝製が置いてある土間に案内し、かけてある白布をとってソファーをみせてくれる。特別に大型に作った茶色のソファーベッド、一万八千五百円である。市価は二万二千円位だという。支払う。「晴れたらすぐ持って上ってやる」といってくれる。

ノブさんは「ちょっと」と私を奥へ連れて行って、黄色いフォルクスワーゲンを指して、乗ってみろという。古くてこわれているつもりで客が置き放しにして行ってしまったが、エンジンをいじったらすぐ直った。乗りたければ乗っていてもいいという。カブト虫形のはほしくないので乗らない。

ゴルフ場の横を通ると、雨が降っているのに、キャディを連れてゴルフをやっている人がある。キチガイみたい。

庭にはオミナエシ、キキョウ、松虫草、たちふうろが咲き、すすきの穂が出たばかりで、えんじ色に光っている。東京にいる間にお盆が過ぎて、一度に秋の庭に変ってしまった。ぬかみそは腐っていなかった。昆布がよく漬かっていた。管理所で、留守中の郵便物三包み受けとる。

昼寝をしていると、ソファーが届く。夕方になって雨がやみ、西が夕焼けてきたので、いそいで運んでくれたのだ。

めがねの背の高い少年がアルバイト学生と二人で運んできて食堂に置き、ソファーを動かないようにねじでとめつける。特別大きいので、ソファーのままでも十分ねられるから。フルーツポンチのかんづめを切って出し、運賃の代りの御礼として五百円あげる。おじさんに焼酎一升持っていってもらう。

この椅子は、スタンドの土間で見たときよりも家の中に入れると意外に大きく、昔の上野駅の待合室のような感じとなる。馬を部屋の中へつれこんだみたいだ。めずらしがって花子はここに朝までねてしまう。

ゲート料金二百円、運賃代り五百円、椅子一万八千五百円。

八月十七日　晴

朝　ごはん、味噌汁、ハンバーグステーキ、佃煮、サラダ、さんまのかんづめ。

九時半、大岡さんに、今夜六時からの夕食をしらせに行く。下って、とり肉七百グラム買い、かんビール二打買う。ガソリン二十一リットル入れる。二時ごろから料理をはじめ、全部揃えてから五時ごろ管理所へ牛乳をとりに行くと、丁度、「群像」の徳島さんから電話がかかってきた。これから東京を出て、そちらへ伺うから夜九時近くになるだろう、とのこと。

五時過ぎ、花子とカナッペを作り、食卓に並べる。

今日の献立。

キクラゲとねぎの酢漬、チーズ、燻製（タラ）、ピータン、チーズクラッカー。

とり肉から揚げ、味噌漬牛肉、玉ねぎと鮭燻製油漬。

カナッペ（いくら、ソーセージ、レバーペースト、まぐろ、卵、玉ねぎ）。

「大岡はカナッペが好きらしいぞ。作れ」と主人がいったから、カナッペも作った。ほかのものはどうだろう。お好きかな。少しくどすぎたかな。六時丁度お二人みえる。ビールと食事。九時半、徳島さん来て、一緒に飲む。

徳島さん「群像編集部は、ほかの文芸雑誌より人数が少ないから大へん。ビタミン（?）だか赤マムシゲン（?）だかの栄養注射をして頑張っているけど、とても大へん」という。大岡さんも主人も、ほう、と同情したように聞いていたが、主人は原稿を、何も書いてないらしい。

十一時、大岡さんお帰りになる。ゴルフ場のロッジを予約しておいた徳島さんは、うちへ泊られることになったので、ロッジまで断わりに行く。うちの中で酔払っていて、一人で表に出ると、あまりの暗さにドキッとする。酔って夜遅くスピードをあげて山の中を運転する素晴らしさ。お巡りさんも白バイもいない。両手を放して運転してみる。徳島さんは二階に泊られる。片づけは一時まで。

ガソリン千八円、とり肉五百六十円、かんビール千九百二十円、ゲート回数券二千円。

大岡夫人はキクラゲの酢油漬が好き。

八月十八日　晴

眼がさめると、徳島さんと主人の声聞える。陽があたっている。秋晴れのように涼し。

朝　昨夜の残りのカナッペ、スープ、トマトなど。

十時ごろ、徳島さんを大岡さん宅へ送る。大岡さんの家で、主人と大岡さんと徳島さんが話しているうちに、三時半の河口湖発で徳島さんが帰るまで、口述筆記を家でしてみることとなる。又、家へ戻り、すぐ口述筆記はじまる。一時頃まで続け、一休み。またはじめる。一くぎり終ったところで、昼飯をおにぎりにして出す。また、はじめる。

二時四十分、車を出す。

今日は下の町はお祭りでしめ飾りをはっている。駅に徳島さんを送り、すぐひき返す。

夜　ごはん（かにとグリンピースのたきこみ御飯）、いくら、佃煮、野菜サラダ、すまし汁。

今日、主人と徳島さんが口述筆記で向い合っているとき、アカハラが何羽もきてしきりに水浴びしていた。

八月十九日　雨
台風が遠いところに発生しているとか。急にざーっと降ってから、西の空に晴れまが見えたと思うと、今度は霧が一帯にかかって曇となる。そして霧は、いつのまにか、しとしとと小雨に変る。秋のようだ。
朝　残りのかに御飯、いくらもまだ残っているので食べる。さつまいもの味噌汁、大根おろし、卵。
昼　そうめん、サラダ。
午前中、大岡さんが、新潮社の坂本さんとみえる。坂本さんにふぐの干物を頂く（この干物、とてもおいしかった。肉が厚くて、ひごひごしていて）。

二時ごろ、ビールを買いがてら、山中湖にきている花子の友人を訪ねる。

山中湖は道すれすれまで増水し、小波が一面にたちさわぎ、霧雨でまわりの山は煙っている。水は温かいらしく、舟着き場で、五、六人泳いでいた。マウント富士ホテルのフロントでは、Iさん一家は外出中という。折角来たのだから、パチンコでもして帰るか、と遊戯場で二十分ほど遊んでいると、Iさん一家が帰ってくる。花子とIさんが遊び終るのを待って五時半にひきあげた。待っている間I夫人と話をしていなければならず、私は丁寧な言葉をつかったり、心にもないことを言ったりして、ガス中毒したように疲れた。I夫人は「私どもが帰ってきましたら、フロントで『さきほどお客様がお見えになった。眼の大きな女の方がお子さんを連れて』といいました」と、私の顔を見ながら、おかしそうに言った。帰る車の中で花子は「フロントの人は眼が大きいといったのではなくて『眼玉《めんたま》の大きい人』と本当はいったらしいよ。Iさんが私にそういった」と言う。不愉快。

スタンドで、ワイパアを取り替え、ファンベルトのゆるみを直してもらう。ワイパア二本八百円。車がヒイヒイいうのが直る。

スタンドのおじさんは、アイスクリームを三個くれる。二人だから二個でいいというと「先生に持ってゆけ。ビールを飲む人にはこのクリームは、うんとええだぞ」と言う。いつものハチミツアイスクリームである。

湖もまわりの山も、道の両側の畠も、スタンドも、どこもかしこも秋がどっときてしまったようでさびしい。今日は御胎内も、ぴったりと戸を閉じてしまっている。門の前までくると、兎が門の脇からとび出て、道を横切って、向いの沢へ走りこんだ。

夜　おにぎり、野菜の煮たの。

洗顔クリーム六百円、ビール千三百八十円、花子と私パチンコ五百円。

村民税来る。

夜、虫の声、家のまわりをとりかこんでしているのに気がつく。

八月二十日（土）　晴
朝　ごはん、じゃがいも油炒め、ピーマン、漬物、豆腐味噌汁。
昼　かけうどん。
夜　ごはん、納豆、卵、のり、大根おろし。
十一時、「群像」あて原稿を出しに下る。徳島さんに電報を打つ。今日は河口湖の町は全店一斉休業。吉田に買出しに行く。月江寺の駐車場に車を入れ、野菜、うどん玉を買う。上肉をひいてもらおうと肉屋に寄ったが、ひき肉機械を掃除してないと断わられる。ボツリヌス菌がいそうな気もするので無理に頼まぬ。蛇の目ミシンにより、ミシンをみる。ミシンを買って夏の洋服は全部自分で縫うんだ。

風はあるが快晴。泳ぎに行かないのがソンみたいな一日。

スタンドに寄り、もう一度ファンベルトのきしみを直してもらう。スタンドの母屋のブドウ棚に青いブドウが沢山下っているのに気がついた。ノブさんは、昨日、石和の温泉に同級生みんなと行って、湯に入っては酒を飲み、また湯に入って過したそうである。御坂峠のトンネルの先の道がひどくわるいが、石和の湯は熱くていい。そんな話をファンベルトを直しながら、静かな低い声で、あんまり面白くもなさそうに私にしゃべった。

「さっき、大岡の奥さんが列車便のこと聞きにきたよ。大岡は腹が痛くて、おかゆを食べていて原稿が書けないんだって。百合子、ちょっと行って様子を見てきてくれ。列車便のこともくわしく教えてあげろ」。帰るとすぐ、主人が言う。買ってきたうどん玉、本当の手打ちうどんだから、お腹にいいかもしれないので、それを一つ持って行くと、グレープフルーツ二個下さった。トクした。大岡さんは薬のいれものを手に持ち、ガウンを着て、急に年寄りになったような、アンマさんのような歩き方をして玄関に出てこられた。原稿が上ったら大磯に帰って検便してもらう。ここの水に当ったのだ、と言われた。奥様は小さな声で「ノミスギですよ」と言われた。

夕方、管理所の電話で河口湖駅に原稿列車便の時間割を問合せ、ついでに大岡さんにお知らせしておく。午前二便、午後一便。

ねころんでいて、夜ごはんの支度のときに急に起き上ったら、クラクラめまいがしたので、またねころんで、今度は眼をつむったまま、ゆっくりそーっと起きる。追突の後遺症がやってきたらしい。頭の中に一杯オガ屑がつめこんであるみたいなのだ。ワラ人形みたいなのだ。

星が一杯出た。庭は秋草の花が咲いている。夜でも見える。

夜おそく地震二回あり。

野菜、果物、納豆、四百五十円。

速達と電報二百八十円。

八月二十一日（日）　終日降ったりやんだり
台風十四号と十五号が南方海上にある。今日は急に降ったり、急に陽が照ったりする。陽がカーっと射してくるので、洗濯物を出しパラソルをひろげているうちに、下の原っぱ一帯が霧にまかれてきて、またパラパラと降りだす。夜になってしとしとと降る雨にかわった。
朝食をとっていると、大岡夫人みえる。列車便を出しに行く途中とのこと。私も一緒に行こうとすると、二人行くことはない、と、出してきて頂くことになる。大岡さんは大磯に帰らず、処方箋を調剤してもらって、それを飲んで様子をみることになったそうで、その調剤にも下の町まで行かなくてはならないから、とおっしゃる。薬屋を教えて、列車便原稿と電報をおねがいする。

昼　主人は、ごはんをたべ、カナディアンベーコン、ピーマン、玉ねぎ。花子と私は牛乳。

午後から、主人と花子は高校野球をみている。私は昨日は、時々、頭のてっぺんから足先まで、さーっとしびれて気が遠くなるので、気味がわるかったが、昨夜、寝相に気をつけたせいか、今日は何でもなかった。でも、ギターをひいていると指が利かなくなり、首が重たくなる。

夜　ごはん、卵焼、大根おろし、なすのしぎ焼、清し汁。

雨が降ると、ポコはどうしているかなと思う。雨が降ると、どういうわけか、ポコは籐椅子に上ってねていた。

中央公論の近藤さんから速達。二十四日早朝、富士登山する。その支度についての指示。

雨がやんだら、大室山の東寄りに新月が出ている。九時半。

テレビで、ギター曲、ソレアをひいているのをみていたら、深沢さんに会いたいなと思う。

今日は一銭もお金を使わなかったぞ。

八月二十二日（月）　雨、ふき降り

台風十四号来る。

十時五十七分の列車便に間に合うように、一人で下る。濃霧で、五米先は見えない。スバルラインまで下ると視界がはっきりしてくる。列車便を入れに駅に行くと、登山にきた人たちが立往生して満員である。帰りがけに「群像」と「展望」に電報。「群像」は、ゲンコウを送った旨、「展望」は「ゲンコウアトスコシマテ　タケダ」とうつ。肉屋に寄り、ひき肉とヒレ肉とギョーザの皮を買う。ふき降りで、誰一人、表を歩いていない。スタンドに寄り、筑摩書房に電話をかける。岡山さんに、最終しめきり日の二十四日午前中の列車便（八時五十七分）で、原稿を入れる約束をする。

スタンドは、もう石油ストーブをたき、とうもろこしをむいて焼いている。一本御馳走になる。五本おみやげにくれる。

昨日はじめて、畑のもろこしをもいでみたら、おいしくなっていたから、これからは、ちょくちょく呉れてやる、とおじさんは言う。

がらんとしたスタンドの駐車場や、その向うの道路に、ぶちまけたように降りやまぬ豪雨をガラス越しに眺めながら、石油ストーブのそばで、とうもろこしを丁寧にかじっていると、今年の夏は終りだ、とつくづく思った。

御胎内までくると、手を振る人がいる。関井さんが四、五人の男と雨具をつけて道を直していた。管理所でキャベツと卵を買う。

高校野球をみる。台風は午後三時ごろ、静岡、愛知をぬけて日本海へ去った。夕方、少し晴れ間、夜また少し降る。

朝　ごはん、さんまかんづめ。

昼　ギョーザ、スープ。

夜　ごはん、ハンバーグステーキ、じゃがいも、サラダ（花子、私）、おかゆ、くさやの干物、かつぶしのかいたの、佃煮、梅干（主人）。

主人、歯が抜けそうになっているところがはれてきて、頭が重い、食欲もないという。

夜、背中を少しさすっていると、眠ってしまう。

午后七時頃、徳島さんより返信料つき電報。題がついていないが題名は何とつけるか、の問合せ。「ハナビヲミルマデニシテクダサイ」と、返信を配達人に頼む。おせんべの袋二つあげる。今夜はことに墨を溶かしたような真暗闇で、手さぐり足さぐりで庭を下りてきたらしい。

八月二十二日つづき

☆今日は朝から台風十四号の影響で雨が降り続いて、私は一歩も外へ出なかった。午後はずっと高校野球をみていた。準決勝だ。中京と松山が決勝に進むことになった。夜食はハンバーグステーキだった。昼は私の好きなギョーザだった。父は少食で心配だ。母が「大岡さんと同じ病気になった」といっていた。夜遅く、母が車からミシンを背負って降りた。雨の中を懐中電灯で道を照らしながら下りてきた。

―花記す―

八月二十三日　雨風つよし

午前十一時ごろ、雨の中を東京新聞の人、二人来る。「土曜訪問」のインタービュー。ビール、ベーコン、とり肉、いか、漬物を出す。

雨がやんだと思うと、また降りだすので写真がなかなか撮れない。三時ごろ、外に出て写真をとり、そのまま駅までお送りするつもりで車を出す。主人留守番。お二人とも、ナップサックを持ったりして、仕事のあとは風穴や氷穴をまわって一日遊ぶつもりだったらしいのに、あいにくの雨と風。あまり気の毒なので、スバルラインを下らず、右へ上って五合目まで行く。雨風は上るほどつよく、暴風雨の中を四合目の大沢崩れまで行き、引き返す。

車を運転しながら、「ここが二合目のあたり。本当はモミやツガの林が見えるのですけど、今日は見えない」「ここらへんが三合目。ここから青木ヶ原の樹海が一めんに見えるのですけど、今日は見えない」「この左の林の奥にマリヤ像があるのですけど、今日は行けない」という案内の仕方となる。お二人は、まるで見えない林や樹海の方を左右と見て、うなずいて下さるから、私は泣きべそをかいたような気分。駅にて別る。

河口湖の町で、富士登山の食糧買出し。食パン三十五円、ねぎ、バナナ、ぶどう、なし、厚揚げ、さつまいも、ポリコート二枚三百円、タバコ千円、水筒二個六百八十円、卵百八十円。

夜八時半頃、中公の近藤さん、勝手口の方からあらわれる。行けるかどうか、まだわからない登山の用意をする。十時ごろ、だんだん晴れてきて、星が二つ三つ見える。

近藤さんはテレビで天気予報をみる。そして、地図のようなものに線を入れて、うなずいている。その表情を私はみている。大丈夫らしい。台風十五号は朝鮮の方へ外れたらしい。明日は富士山へ登れる。

にぎりめし（梅干入りのりまき）九個、ふかし芋、月餅、ようかん、レモン三個、水筒三個。

衣類の支度（私の）。

（半袖のセーターを着る。長袖セーターとジャンパーを持ってゆく。薄い靴下をはき、その上に厚い靴下をはき、地下足袋をはく。絣のモンペをはく。タオルをかぶってから麦わら帽子をかぶり、そのタオルで頰かぶりをする。）

近藤さんは、食堂のソファーで眠る。

八月二十四日　晴
霧が晴れてくると、朝焼けとなった。前四時半。門の前の道にナップサックを背負って出る。主人は下痢で留守番の人。犬と一緒に見送りにくる。はじめ富士登山の話がでたときには、主人を富士山に登らせるのが本命で、私と花子はついでに一緒に登るはずだった。近藤さんがきてみたら、主人は下痢だから留守番するといいだしていたので、近藤さんは付録ばかり連れて登る羽目となった。近藤さんに申訳ないという気持を含めて、主人はお見送りに出ているのである。主人「いってらっしゃーい」と、歯の抜けた顔で可愛らしく手を振る。五時十分出発。富士は全く晴れて姿を見せた。濃い赤い富士。

五合目に車をとめる。食堂の建っている裏の隅っこの方で、近藤さんは、地図をみながら、一つずつ山を指したり、全体をなでるように指したりして「あれは何とか山」「あれ一帯は何とか連峰」と、ていねいに教えて下さったが、私は、その方向の山をみるにはみたが、近藤さんが次の山を指さすと、もうその前の山の名は忘れてしまい、ぼんやりと山の方を見ていただけ。花子は生れつき、そういうことがダメな人だから、ほかのまるでちがったものを見ていた。

六合目に行く間に山中湖と吉田町が全部見えた。

明後日の火祭りで山を閉じるので、八合目やそのほかの小屋から、夏の間の泊り客の貸ふとんを振り分けにして積んだ馬が、ゆっくりゆっくり下りてくる。真赤な木綿のふとん裏の色が眼に沁みる。荷物を積みに上ってゆくカラの馬も、ゆっくりゆっくり上って行く。遮るものの一つもない、黒い火山礫の蛇行の道だから、それらの馬が尻尾を大きくふり乍ら、うつむいてゆくのが、遠くに近くに、はっきり見える。

五合目を登りはじめたとき、にぎやかな声がして、男が五人、ふざけ乍ら駈け上り、追い越して行った。背広にネクタイ、革靴、ボストンバッグを手にして、キャバレーなんぞに遊びに出かけるような恰好の兄《あん》ちゃん風の人たち。「どっか面白れえところに遊びに行きてえと思ってよお。千葉からよお、真直ぐに車走らせてどんどんどんどんきたら、富士山の五合目に着いた。仕様がねえから頂上まで登ってみっぺ」という話だ。

七合目では、相模湾、箱根、三浦半島まで見える。さっき駈け上っていった兄《あん》ちゃん風のうち二人、足を投げだして気持わるそう。

八合五勺の御来迎館で、おしるこを食べる。一杯七十円。近藤さんが御馳走して下さった。ここに兄ちゃん風の仲間二人が着いていた。もう一人は高山病にやられたらしく、少し下の道ばたにねていた。みんなボストンバッグは持っているが、水筒などは入っていなくて、水が飲めない。小屋の水は高いので、それもしゃくにさわるらしく「もう一杯飲みたいけど、やめた」と言っている。一人のはいている茶と白のコンビの革靴は、先がとがっていて伊太利製だといっていた。「ここまで上ってきたら靴が傷んだ」としきりに靴ばかり気にして拭いていた。眼の下の道にねている仲間に「おーい、治ったかあ」と声をかけると、ねていた人は「ひでえとこだなあ、ここは。遊びにくるとこじゃねえなあ。死にそうに気持わりいや」と元気なく言って、顔をハンカチで、またかくした。上の二人も、やっとの思いで登ってきたので、またそこまで戻って助ける気にもならないらしく、ベンチに坐ったまま話を続けはじめた。一人は牛乳店につとめているらしく、その牛乳店がいかにケチであるかを力説していた。その店で売っているアイスクリームを、一回もくれたことがないのだそうだ。私たちが水筒から水を飲むと、自然に話が止んで、飲みたそうに見ていたが、私はやらなかった。近藤さんもやらなかった。

十二時半近く、頂上へ着いた。うららかな、のどかな頂上であった。トランジスタラジオの大きなのを提げて、高校野球を聞きながら、ずーっと登ってきたらしい男の人が、頂上に着くと、ことさらラジオの音を大きくした。丁度優勝が決定したところだった。あたりにいた人たちは、みんな寄ってきて、どっちが勝ったかを聞きたがった。

噴火口（?）のそばで食事をした。近藤さんは「奥さんたしか月餅が入っていましたね」と、よく覚えていて、私は「そうそう」とそれをナップサックから出して、みんなで食べた。私は近藤さんの見ていないときに、頂上の熔岩（人の顔より少し大きいほどの）をカラになったナップサックに入れて背負う。

お守札二枚四百円、打出の小槌二個二百円、おさじ二個四百円、バッジ二個二百六十円。

頂上にて。

下りは砂走りを一気に駈け下りて六合目まで。霧なのか雨なのか、体が濡れる。ガスが噴き上ってきて、大きな井戸の底へ向って下りて行くようだった。帰りは二時間五十分。五時過ぎ帰宅。頂上の熔岩を主人におみやげにやる。主人はそれを赤い熔岩の庭の、まんなかに転がした。風呂が間に合わないので、近藤さんは水を浴びて着替えをして、一同乾盃。一休みして大岡さんのところへみんなで行く。近藤さんは「中央公論」の原稿催促。

七時半家に戻り、八時半の電車に乗るため、車でお送りする。

近藤さんは丈夫だなあ。それから、トランジスタラジオで高校野球をききながら頂上にやってきた男の人が丈夫だ。

早くねるつもりが、却っていつもより遅くまで起きている。十二時半就寝。

八月二十五日　晴

両脚のふくらはぎが痛い。鼻だけ真赤に陽やけした。花子も同じ。朝起きて階下へおりるとき、膝が曲らないので横這いするようにおりる。真直ぐ平坦なところを歩くときもがに股である。

「展望」に電報を打ちに下る。

ヒドイゲリノタメゲンコウカケヌ　オワビシマス

ひき肉三百グラム、ベーコン、五百六十円。かんビール二打千九百二十円、りんご五個七十五円、ダイヤ焼酎一本、食パン三十五円、きゅうり二本、ハイライト一個、卵五個二百八十円。今日は暑い。スタンドでキャベツ二個もらう。登山のあと始末、洗濯をすませると夕方になる。関井さん鉄門の見積りに来る。

朝　さんまかばやき、納豆、ごはん。

昼　ごはん、オムレツ（主人）、ひき肉いり卵丼（私、花）。
夜　手製クッキー、玉ねぎスープ、サラダ、バナナ。
昨日の日記も一緒につけた。

八月二十六日　晴うすぐもり、夕方より雨
朝　ごはん、納豆、厚揚げ、のり、うに。
昼　トースト、スープ（トマト、玉ねぎ）、肉味噌漬（和田金の味噌漬の味噌をとって
　おいてヒレ肉をつけてみた）。
夜　ごはん、マグロのコロッケ、キャベツ、トマト。
御飯を食べているときにいつも見える、隣りとの境の背の高い松の木に、山ぶどうがてっぺんまで絡まって、その大きなハート形の葉が毎日毎日少しずつ紅くなってゆく。月見草は花が小さくなってゆく。萩の花が盛り、ききょうが盛りである。蜜蜂は萩にきている。虻が室内に入ってくる。大アリがぞろぞろ出はじめた。蠅はとべなくなって、食卓の上をずるずる歩いている。雨が降るたびに、どっと年をとるように秋となってゆく。今咲いているのは、おみなえし、たちふうろ、ききょう、萩、ほたるぶくろ、われもこう、月見草。すすきの穂は出揃って銀色になった。梅の木に肥料を入れることを忘れぬこと。

ひるま、洗濯干し終るころ、雨降りだす。

雷雨となり、そのまま降り続く。台風十六号が伊豆の方にきている。小型台風とのこと。

管理所で、石けん二箱二百円、トマト五個八十円、パン四十円。

吉田の火祭りに行くはずだったが、やめる。テレビで、雨の降っているなかで大たいまつが燃えている、淋しい火祭りをみている。

プロパンガスのボンベをつけかえた。

主人、何となく歯の具合わるいらしい。訊くと、いやがって返事をしない。ひまをみては眠っている。食欲もあまりなし。めずらしくぶどうなど手に持って、一人でつまんでいた。

八月二十七日　うすぐもり、時々晴

朝　ごはん、味噌汁、卵、コロッケ。

昼　トースト、牛乳、果物のかんづめ。

夜　チキンライス、サラダ、アスパラガス。

午前中、二階と風呂場掃除、シーツ洗濯。一時ごろ、新聞をとりに行った帰り、坂の上バス停の手前で三人の青年に手をあげられる。交通事故で下のA病院に入院している友人が退院するので迎えに行くのだが、もし下の村まで行くのだったら乗せて行ってくれないかと言う。テレビドラマでは、こういうのは乗せると、たいてい悪い奴で、私のことを襲ったり、殴ってお財布を奪ったりするのだから、少々怪しんで、もっとくわしく事情を訊く。〈R大学ハワイアンの合宿で管理所のそばの知合いの別荘を借りてきている。その一人が水曜日にゴルフ場の駐車場で無免許運転練習をして車を大破し、自分はハンドルに顔をぶつける怪我をしてA病院に運ばれた。大破した車はレンタカーで十六万円支払わねばならず、その金策と処理にもう一台きていた車は東京に行ってしまったので、足がない。管理所のトラックで今朝一度下ったが、とてもゆれるので退院直後の者は乗せられそうもない。退院者を乗せて帰るのにはタクシーを雇うが、往きだけでも、ついでがあったら乗せてくれないか〉という話である。どうせ買出しに下るつもりであったので、二人だけ乗せる。買出しをすませるまで少し待っていれば、帰りも乗せて行ってあげよう。タクシーは高いよ、というと、大へん嬉しそうにして、待っているから乗せてもらいたいという。A病院の入口まで送り、近くの食料品屋でビールその他を買い、道路まで出て待っていた三人を乗せる。鼻の上にガーゼを何枚もあて、絆創膏で貼りつけてある。頭の上に氷嚢をのせて、しばってある。スタンドに寄ると、とうもろこしとアイスクリームをくれる。車の中に三人いるのを、のぞいてから、三人にもくれる。

「さっき入口まで行って、はじめて中をみたけど、A病院て汚いねえ。徳川時代みたい。長く入っていると、わるくなっていくような感じ。早く退院してよかったねえ。東京に帰ったら、ほかの医者に診てもらいなさい」と、運転しながら注意すると、絆創膏を貼った男の子は「食いものもまずいでした」と、もがもがして答えた。ふらふらしているので、合宿の家まで送り届けてやると、中から四、五人出てきて「お茶を飲んで行って下さい」というが断わって帰る。皆、十八、九位の大学生である。

夜、洋服を縫っていると、かなりの人数の足音がして、昼間の青年たちのほかにも二人ほど、ぞろぞろと勝手口にくる。廿世紀を三個。「明日、先輩が御礼に上りますが、ぼくたちだけで先にきました」と言う。花子と廿世紀を一個半ずつ食べた。

ヒレ肉を味噌漬にする。

八月二十八日（日）　快晴

また夏が戻ってきたような快晴。洗濯ものを干していると、じんじんと暑くて気持がいい。うち中のふとんを干す。風呂場のスノコを干す。

朝　味噌汁、ごはん、卵焼、貝柱バター焼、漬物、わかめ酢のもの。

テラスに椅子を出し、主人の髪を刈る。

新聞をとりに行った帰り、花を採りに裏手の道を歩いていたら、外川さんに会った。道ばたの石に腰かけて少し話す。この奥の土地の石積工事が終ったところだそうだ。ワレモコウ、オミナエシ、キキョウ、ニッコウキスゲ、松虫草を採る。外川さんも採ってくれる。

昼　お好み焼（桜えび、ベーコン、ねぎ）、スープ。

ひる過ぎ、花子と西瓜を持って山中湖へ。克ちゃん、敬ちゃん〔甥〕が東大寮へきているので、克ちゃんに西瓜を渡す。東大のボートに乗せてもらったが、三時から試合なので気の毒だからすぐ降りる。ヨット桟橋のある東大専用の入江で、花子は三時過ぎまで一人で泳ぐ。敬ちゃんもきて、少し泳ぐ。増水している湖は、遠浅で凪いでいる。水もきれいだ。ここは東大関係者以外立入禁止区域とかで、ボート小屋もあり、時々学生が三人五人とやってきて、ボートを出したり、泳いだりして行く。東大生はボートに乗るときも眼がねをかけ、泳ぐときも眼がねをかけている。ボートには、アンネ、さゆりというような、いやったらしい名前がついている。

河口湖の肉屋で、とり手羽五枚、ぶたひき肉三百グラム、ギョーザ皮二袋、合計六百三十円。

トマト百十円、タバコ七十円。

スタンドに読み終えた週刊誌を届けると、とうもろこしの焼いたのを三本くれる。帰ると、留守の間に、花が籠にさしてあった。その日光キスゲが丁度花を開いたところだった。

夜　ギョーザ、スープ、野菜炒め。

后八時ごろ、電話をかけに管理所へ行くと閉まっている。八時ごろ宿泊先のマウント富士へ電話をかけることに、修〔弟〕と打合せしてあるので、そのままスタンドまで下って電話を借りる。マウント富士に明日十時に迎えに行くことにきまる。

スタンドでは、おじさんとノブさんと親類のおじさんが焼酎を飲んで、つまみに豆腐とカボチャを食べているところだった。「ひまになったら、松茸狩りに富士山へ行こう」と、親類のおじさんが私に言う。そのうち、外人の車がきて、親類のおじさんが出てガソリンを入れると、釣銭のことで揉める。ノブさんが出て行くと「このおじさん、酔払っててダメ」と、言われたそうである。そのあとで「無料進呈の地図を下さい」と言われて、地図をやっていた。看板の漢字まで読めたのである。

スタンドのおじさんの話
○四十二歳の厄年のとき、富士登山に行って、松茸を採っていると、天保小判（?）があった。拾って拭くとピカピカする。その下にもまた小判（?）があった。採っても採ってもある。うんと採ってきたが、厄年なので気味がわるいから、近所のあちこちにくれてやった。昔、富士講で登る人は信仰でお金をまいてきたそうだが、それが出てきたっちゅうわけ。以上。

「バカのことを天保銭というから、たいしたものでもないだろう」とおじさんが言うと「今なら一枚千円には売れるずら」とノブさんは言っていた。

テレビにて。今日は二十八度まで温度が上り、山小屋は閉まったが、富士登山の人は多かった、といっていた。山中湖畔の薄のそばに水着の人が一杯いるところが写り、アナウンサーは「逝く夏」としゃべった。

今日、東大寮の入江で、裏返しになったボートに腰かけ、水かさが増したので水の中になった背の高い薄を分けて、水着の小学生位の男の子が湖から上ってくるのをみていたとき、私も「逝く夏」と思ったのだ。

ここのところ、花子は宿題を片づけるのにたいへん。

テレビをつけると「宿題はやりましたか」と、アナウンサーは、あやすような、おどすような顔つきをして声をかけてくる。湖で泳いでいても、ときどき宿題のことが、ひらめいてくるらしい。富士登山のとき、五合目から頂上まで、私と花子は一と言ぐらい話しただけで、あとは黙って登りつづけた。私の方は口をきくと「くたびれたから、山登りはやめよう」といいそうなので口をきかなかったのだが、花子の方は黙々と頂上へつくまで、宿題がやってないことばかり考えていたそうだ。

八月二十九日（月）　快晴

九時下る。マウント富士へ修一家を迎えに。ロビーに修、奥さん、くみちゃんが支度をして出ている。三人を乗せてすぐ家へ。くみちゃんは登山用の小さいスゲガサをやるとすぐかぶる。キョトンとしている。

精養軒のマドレーヌ一箱を土産にくれる。

昼　とり手羽のフライ、パン、サラダ、いかときゅうり三杯酢。

一休みして二時ごろから本栖湖へ連れて行く。主人留守番。本栖はもう人も少なく、泳ぐ人もみえない。ボート場より少し先の入江へまわってみると、二、三人泳いでいる。そこに車をとめて花子は泳ぐ。くみちゃんに水着を着せると「くみちゃん、泳ぎます、はい」と緊張しきった返事をして、修と水の中に入って行った。オバQのビニールの風船を買ってやる。百二十円。それを持って、浅瀬で泳ぐ真似をしていたが、身ぶるいしだしたので上る。風穴の前の茶店に入って、ジュースを飲む。修は「ねえちゃん、そばとるか。俺がおごるよ」などと殊勝に言うが、断わると自分だけ、そばをとって食べていた。

帰りがけ、酒屋で買物をする。

ビール一箱千三百八十円、かんビール二打千九百二十円、さんま四本五十円、ぶどう一キログラム、さつまいも六十円、コンビーフ二かん四百円、なす十個、きゅうり三本、食パン三十五円、バナナ百八十円、ライポン九十円、豆腐一丁六十円、全部で合計四千八百五十円。ゲート料金三回六百円。

酒屋のおばさんは、皆にアイスクリームを一個ずつくれた。

河口湖駅に寄って、夕方の汽車を調べると、とても混んでいるようだ。「一晩泊ってってもいいよ」というと、夫婦は、しばらく向うの方へいって相談してから「とめて頂くことにする」といいにくる。そのまま管理所に行き、修は勤務先へ電話を入れる。夫婦は、また向うの方へいって相談して、管理所に売っている西瓜を買い、私のところへ持ってくる。「こいつが、これを買って、武田さんのところへお土産にしたいそうだ。さっきのお土産の菓子だけじゃ、少ねえもんな」と、修言う。五百円の西瓜をもらう。くみちゃんは管理所のピンポンの玉で花子と遊んでいるうちに熱中して、立ったまま、おしっこをしてしまう。ママ、オシッコ!! と床に流れだした自分のおしっこを指さして、びっくりして叫ぶ。全部、すっかりしてから「ごめんなさい」といった。会社は、明日の昼頃出社することにしたので、明日九時四十六分で帰ればいいことになり、一家は安心して家にまた戻って来た。

夜　ごはん、冷やっこ、精進揚げ、コンビーフ、サラダ、漬物。

そのあと、主人、修と酒を飲み、早く休む。

花子、宿題の判らないところを修にみてもらう。くみちゃんは、そのそばで、紙にエンピツで「目」を描きはじめる。犬の目、ゾウの目、ネコの目、オバケの目、目だけを書くのである。目に凝っているらしい。

二階の書斎で三人ねてもらう。一枚は床にマットレスを敷いて寝床を作り、くみちゃんのは座ぶとんと毛布で作る。くみちゃんがねてから、修にポーカーを教わり、私と花子、修夫婦でする。私は花子に六百三十円とられる。修は奥さんから百三十円（？）とった。

西瓜を切って半分食べて、十二時にねた。

八月三十日（火）　快晴
六時半起床、七時半食事。
朝　トースト、コンビーフ、スープ、サラダ。残りの西瓜を食べる。
くみちゃんに、西瓜の大きい一切れを大人と同じように皿に入れてやると、ゆっくりと食べていたが、早く食べてしまった修が「よこせ」というと、大へんな顔をして、ウワウワと泣き出してとまらない。いつもいつも、こういった仕打ちをされてきて、私は我慢をしてきたが、もう我慢は出来ない、といった感じの泣きかたであった。

八時半、修たちを乗せて下る。切符を買ってから、時間が余ったので湖に行き、貸馬に子供を乗せて十分ばかり遊ぶ。駅へ送ったあと、湖畔の土産物屋に行き、花子の土産物をみる。

甲州印伝の巾着二個千百円（寄宿舎の舎監の先生へ）、貴石の標本二箱六百円（一箱は花子のいとこへ）。

そのほか、花子は寄宿舎の友人へ、金色のスズなど、自分の小遣で買った。

役場へ行き、固定資産税四千九百七十円、村民税四百円（一ヵ年分）を納める。

管理所から東大山中寮へ電話、克ちゃんは丁度マラソンから帰ったところで電話口に出てくる。二時半か三時ごろ迎えに行くことにする。電話をかけていると、外川さんが入ってくる。車に乗って帰るとき、窓に寄ってきて「今度行くから、うまいもんこしらえといて下せえ」と、冗談を言う。うしろにいた関井さんから「いい気になるでねえ」と言われている。

昼　ごはん、さんま、いかときゅうり三杯酢、わかめのおひたし、大根おろし沢山。さんまを焼いていると、外川さんが下りてきて「すぐ来ただ」と笑う。ビールを出し、残りのかき揚げと味噌漬の豚肉を出す。これはおいしいから食べろ、と主人がすすめると「吉田で脳炎が発生したが、原因を調べた結果、大体のところ、豚肉からかかるそうだ」と言って、なかなか食べなかったが、しまいに、みんな食べた。

外川さんの話

○富士登山が本当にいいのは、九月十日過ぎである。晴れていると浅間の煙も、伊勢湾まで見える。自分は九月十一日に登ったことがあるが、噴火口に六尺ものつららが下って、とても寒かった。

○A氏の選挙について。この話のとき、私はよくきいていなくてわからなかった。克ちゃんを迎えにゆく時間になったので、私と花子は、話している外川さんと主人をおいて出かけた。

河口の肉屋で。ひき肉五百グラム、ギョーザ皮四袋、とり手羽四枚、合計六百三十円。
吉田のパン屋で。菓子二百七十円、パン四十円、まぐろかんづめ四十円。
葉茶屋で。ほうじ茶百六十円。
速達五十円（赤坂郵便局へ転送解除届）。
ゲートにて。回数券二千円。一回分二百円。

夜　ごはん、味噌汁、サラダ、ギョーザ（克ちゃん二十五個、花子十個、私十個、泰淳五個）。

夜遅く、洗濯ものを干す。月が丸く、こうこうと照って、山りんごの上の空にかかっていた。

八月三十一日（水）　晴、時々うすぐもり

朝　トースト、とり手羽フライ、サラダ、味噌汁、果物。

十時半、克ちゃんをいれて四人、五湖めぐりに下る。

本栖湖で昼食。克ちゃん、やきめし百七十円。花子百合子、ラーメン二杯百六十円。泰淳ビール一本二百円。ハイライト七十円。

ボート一時間二百円、二台分四百円。

克ちゃんと花子、私と主人、乗る。私はボートは漕げないから、主人得意となって漕ぐが、熔岩にぶつかってばかりいる。水上スキーのあおりをくって、ボートへ水がかかり、私は腰から下、びっしょり濡れて気持がわるくなる。寒い。二度目に水上スキーがまわってきたとき「バカヤロ、死ネ!!」とどなってやった。主人、私の顔をいやそうににらむ。にらんだってかまうか。もう一度やってきたら、もう一度どなってやるぞ、と思っていたが、そのまま遠くへ行ってしまった。克ちゃんと主人は草むらに入って並んで、おしっこをした。今日は風があって波が立っていて、漕ぎにくかったそうである。水はいつものように青々として手を入れると温かかったが、泳いでいる人は一人もいなかった。

どの湖も、ひっそりとして水の色が濃くなっていた。精進湖にはボートが沢山出ていたが、釣りをしている人のらしかった。西湖のバンガローはぴったりと、全部閉まって、管理人も帰ってしまったらしい。前の浜に、サイクリングでキャンプにきた若い人たちが、上半身裸で、ぼんやりと湖を見ていた。泳いだあとらしかったが、季節外れで、何となく具合わるそうにしていた。

朝霧高原の手前で、コロナの新車が溝に横転していた。座席にビニールがかぶせてある買いたての車だった。

白糸の滝と音止めの滝を、花子と克ちゃんが観に行く。私と主人は面倒臭いので行かない。花子はイヤそうにして案内にたったが、すぐ二人とも帰ってきた。下まで降りないで石段の中途から覗いて、ちょっと見えたから、それですぐ帰ってきたそうである。うちはみんな白糸の滝ギライなのである。

有料道路百三十円、帰りも百三十円。

土産もの。曽我漬二箱二百円、みかん漬二箱二百六十円、富士餅一本百三十円、みかん漬（大きい方）一箱二百円。

朝霧高原の牧場の前に車をとめ、仔牛が十頭ぐらいいるのを、花子と克ちゃんはみに行く。私は前に見ていて飽きているから行かぬ。眼のまわりに蠅がべったりとたかっていた、と花子、戻ってきて言う。

午後六時十五分吉田発、御殿場行のバスで克ちゃんは帰ることとなり、一人だけ早い夕飯を食べさせて河口湖駅まで送る。

帰り、スタンドに寄り、ガソリンを入れ、ガソリンのパイプが弱っているので、ニスを塗ってもらう。車の中も掃除してくれる。とうもろこしをもらう。ガソリン二十八リットル千四百円。

夜　チャーハン（花子、百合子）、中華がゆ（泰淳）。

明朝早く東京に帰る、と主人言う。「酒飲まない奴とずっと一緒にいると疲れるなあ」と言いながら、ぐったりした後姿で仕事部屋のふとんに入って、早く休む。

明日の荷造りと、あとしまつ。車の中で食べるおにぎりを焼く。

月と星が美しい。秋の夜の空になった。夏が終ると、一年が終ったような気がする。

九月七日　晴

東京を五時出る。御殿場まわり。

荷物。夏の間のふとんカバー、シーツ、テーブルクロースなどの洗いおえたもの。かんづめ、ごま油、黒パン、じゃがいも、ピーマン、玉ねぎ、さつまいも、ねぎ、まな鰹粕漬、鮭、みょうが、卵、ハム（「群像」からの頂きもの）、やきぶた。

山北あたりは東京への上りトラックの列が殆どきれなかったが、その後は車が少なくなる。小山へくると富士山がうっすらと紫色に見える。もう夏の富士ではない。

籠坂峠を上りつめたあたりから霧がある。山中湖への下りにかかり、スピードがついてくると、見通しのきかないカーブで、自衛隊のトラックが、センターラインを越え、まるっきり右側通行して上ってくるのに、出あいがしら正面衝突しそうになる。自衛隊と防衛庁の車の運転の拙劣さには、富士吉田や東京の麻布あたりで、つねづね思い知らされてはいるが、あまりの傍若無人さに腹が立って「何やってんだい。バカヤロ」とすれちがい越しに窓から首を出して言った。すると、どうだろう。主人はいやそうな目でちらりと私を見やって「人をバカと言うな。バカという奴がバカだ」と低い早口で叱るのだ。私はおどろいて「だってバカじゃないか。こっちはちゃんと左を下ってるんだ。見通しのきかないカーブで霧も出ているのに右を平気で上ってくるなんて、バカだ。キチガイだ。自衛隊はイイ気になってるんだ。あたしはバカだよ。バカだっていいんだ。バカだっていいから、バカな奴をバカと言いたいんだ。もっと言いたい。もっと言いたい。とまらないや」と、今度は主人に向って姿勢を正して口答えした。すると、どうだろう。主人はもっと大きな声をあげて「男に向ってバカとは何だ」とふるえて怒りだしたのだ。おどろいた。正面衝突されそうになった自衛隊に向ってバカと言ったのに、私の車の中の、隣りに坐っている人が自衛隊の味方をして私に怒りだすなんて。車の中にもう一人敵が乗っているなんて。「そんな眼をするな。とに角、男に向ってバカとは何だ」と重ねて言う。問答無用といった風に怒っている。私は阿呆くさいのと、口惜しいのとで、どんどんスピードが上ってしまい、山中湖畔をとばし、忍野村入口の赤松林の道をとばし、吉田の町へ入ってもスピードを出し放しで走る。

いいよ。言わないよ。これからは自分一人乗ってるときにいうことにしました。何だい。自分ばかりいい子ちゃんになって。えらい子ちゃんになって。電信柱にぶちあたったって、店の中にとびこんだって、車に衝突したって、かまうか。事故を起して警察につかまってやらあ。この人と死んでやるんだ。諸行無常なんだからな。万物流転なんだからな。平気だろ。何だってかんだって平気だろ。人間は平等なんだって？　ウソツキ。

頭の中が口惜しさで、くちゃくちゃになって、右は走るわ、急ブレーキをかけて曲るわ、信号が赤だって通りぬける。主人をちらりと眼のはしの方で見ると、車の衝撃実験のときの人形のように、真横向きの顔をみせて、しっかりと座席のふちにつかまっている。ところが朝早かったから、吉田の通りは店を閉めていて人も通らず車も見かけず、お巡りさんもいず、スタンドまできてしまった。一と言も口をきかず、急ブレーキをかけて、スタンドに乗り入れる。ガソリンは入れてあるから何も用なんかないが、とにかく、おじさんかノブさんにいいつけてやりたい。

おじさんとノブさんは表に椅子を出して腰かけていた。車を降りるなり、おじさんのところへ行って、これこれで、こういうことがあってと話し、「それだのに、こっちの車の中の人が向うについて、バカという奴がバカだと言った。男に向ってバカとは何だ、と私に怒った。そんなことってあるか。私は口惜しいから車のサーカスみたいな運転してやった。この人と死んだってかまうかと思ってね。この人スピードあげて走るの一番キライだから、キライなことやってやった。おじさんどう思う?」といいつけると、おじさんは「自衛隊がワルイだ。そりゃ、ただのところの右側通行でねえからな。運転してるもんの気持からすれば、怒るのは当りめえのことずら。しかし、先生の……」と、あと口の中で少しもごもごしてから「奥さんの勝ち」と言った。主人は、ずっと黙っていた。私は言ってしまったら胸が納まった。ノブさんは私の話が終ると「今、丁度、先生の話をしていたところに車が入ってきただなあ」と、ふだんの声で言った。そしてもっと小さな声で「先生はえらいなあ」などと言う。

大きな松茸をくれる。スバルラインの上の方まで行って採ったらしい。三本採って、一本は乗せて行ってくれた車の運転手にやり、一本は松茸めしにして皆で沢山食べたのだ、とおばさんは言う。松茸は裂いて食べるのがおいしい、とおじさんは言う。昨日東京で買った、おじさんへのお土産の焼き豚のかたまりを渡す。おばさんは「うちは肉が大好きだ」と言う。大松茸の大きさと、焼き豚の大きさと丁度同じ位で、色も同じようなので、交換した感じだった。

仕事部屋と土間だけ掃除して、すぐ松茸めしを炊く。

昼（朝食兼ねる）松茸めし（松茸半分を使う）、かき玉汁（みょうが入り）、まな鰹西京漬。

松茸は虫ひとつ喰っていなくて、硬くてしこしこしている。ただ、香りが少ない。それでも庖丁を入れたり、裂いたりすると香りがたってくる。おいしくて私は四膳食べる。四膳めの松茸めしを食べている私をつくづくと見て「牛魔大王、松茸めしを喰って嵐おさまる」と主人ふき出す。

片づけてから、ゆっくり昼寝をした。今日は暑かったのか、寝汗をびっしょりかいた。

夜　松茸フライ、黒パン、玉ねぎスープ、精進あげ（さつまいも、桜えび、ピーマン）。

テレビで。今日は東京は三十度を越したのでプロ野球の選手は苦しそうであった、といっていた。プロ野球の中継をみていたら、そういったのである。王は肋骨にヒビが入っているが、シーズンが済むまでは、休まずに出場するといって、ホームランを打っているそうである。ケガに強い選手と弱い選手とがいて、王は強いのだそうである。これも中継中にいっていたこと。私はプロ野球の選手の名前は長島と王しかしらないが、山にくると、NHKと教育テレビと山梨放送しかうつらないので、仕方なくプロ野球をぼんやり観ていることもあるのだ。

犬の足の傷あとに薬を塗ってやる。夕方から冷えこんできたので、セーターともんぺになる。

九月八日　くもり

台風十九号が九州の南方海上にきているそうである。午前中二階の掃除。管理所に行き夏の転送残りの郵便物を受けとる。毎日新聞の桑原さんが、八月末（九月一日?）、留守の間にこられて、管理所に海苔の罐を預けてゆかれたのも受けとる。転送料百六十五円。

一時半ごろ、関井さん、門を頼んだ鍛冶屋を連れてくる。赤いセーターと茶色のズボンのおかみさんらしい肥った女の人と、色の黒い、眼が小さいがぴかぴか光っている小男の鍛冶屋来る。小型トラックで作り上げた鉄門を運んできた。門のほかに、熔接の機具とガスボンベ二本を積んでいる。鍛冶屋さんは「水谷の自転車」と背中に書いた白いツナギを着て、水色の野球帽をかぶっている。帽子には白い字で「中村酸素」と書いてある。ツナギの背中の文字は洗い古して薄くなっているが、ツナギは真白である。鍛冶屋さんは、鉄門の支柱の上に火箸ほどの太さの鉄線を折り曲げて作った妙な飾りを「是非つけた方がいい」といって取り付けてくれた。俺らがデザインしたものをサービスするのだ、という。石垣が反り加減に積んであったので、門がぴったりとつかず、管理所からも二人きて、石垣を垂直に削り、水平器（これも鍛冶屋が持ってきた）をあてては、また削る。思ったより石を削るのに時間がかかり、六時ごろ、コンクリートを流して門をとりつける。鍛冶屋さんは、太い鉄線を熔接の火で真赤に焼いて先を丸く叩いて、門の錠鎖りの止め金を器用に作る。みているると食べたくなる。主人は、昭森社何十周年記念かに森谷〔均〕さんから私と二人に貰った、女の顔の青銅の文鎮を二つ、二枚の鉄門の上部にとりつけて貰えないか、といそいそとして持ってくる。鍛冶屋さんは文鎮を手にのせて、けげんな面持で見て、あまり気に入らない様子だったが、十二日までに黒ペンキを塗りにくるから、そのときにとりつけた方がいい、と意見を言った。今は銹止めを塗っただけの赤い門である。門は、ぴったりと閉めると、庭も、下の方に沈んだようにあるわが家も、その向うの高原も西の森も山も、すっかり見えなくなり、開くと、眺めがさっと展ける仕掛となっている。

今日は主人食欲なし。何となく、いい加減のものを、少しずつ食べる。私もそうする。

夜　ごはん、大根の味噌汁、かつおぶし、のり、梅干、さんまかんづめ、いり卵。

今日のおやつは、やきそばを作って、鍛冶屋さんたちと一緒に食べた。

鍛冶屋さんは「昨日は吉田のバーで夜中の二時まで飲んだ」と言った。バーで飲むのが好きだという。「しかし河口のバーには行かない。吉田に行く。何故なら、河口のバーなんどに、うっかり行けば、小学校の同級生だの、同級生の妹なんどがホステスさんで出てきたりする。どっかでみたような顔だと思えば、大体がつながって知ってる関係にある。親戚の法事か、青年会で飲んでる気分がして具合がわるい、ソンしているようだ」と言う。

そのほかの人たちがした話

○外川さんは石山の事故があってからタルミが出て、今日も休んでしまった。石山で働いている人たちも、事故があってからというものは、なかなか奥まで入って行くのを怖がるので能率が上らない。したがって外川氏は元気がない。奥まで入るというのは、大体三米奥まで入って石を切るのだそうである。此の間死んだ人は、おとなしい無駄口をきかない、いい人だったそうである。女衆に口で言い負かされても黙って働いている人だったそうである。此の間の事故は、石の亀裂が細かかったので急に落ちてきた。大きく亀裂が入っているときは、三日も前から石が泣くから判るが、細かいときは急に落ちてくるから怖いのだそうだ。

九月九日　雨、時々くもり、陽が射す
台風十九号が九州に近づく。

朝　主人、いもがゆと梅干。

今朝は四時ごろから雨が降りだした、と早くから起きていた主人言う。犬は雨の中でも外へ出てゆくので、帰ってくるたびに足の傷に薬を塗ってやる。

十一時半、下の事務所に電気代を支払いがてら買物に下る。主人「雨が降っていてつまらないから一緒に行く」というが、今日の買出しは、電気代を支払ったり、あちこちに行くから、車の中で待っている時間が多いよ、と念を押すと、行かないという。

ビール一打、かんビール一箱、さんま三本五十円、チーズ六個百五十円、豆腐半丁三十円、パン粉五十円、梨五個二百円、椎茸一袋百円、焼酎、醬油一本二百二十円、卵六個、砂糖、以上酒屋で、総計四千八百八十五円。

豚ひき肉四百グラム、ロース三百六十五グラム、ギョーザ皮二袋、とり手羽、以上肉屋で八百八十五円。

八百屋で茄子六個十五円。

事務所で。電気代、三月百六十五円、四月百六十五円、五月三百八十三円、六月千七百四十八円、七月二千四百九十九円、八月四千七百二十九円、合計九千六百八十九円。プロパンガス代四千五百円、洗面台修理費千五百円、総計一万五千六百八十九円。

事務所で領収書の出来るのを長く待たされていると、声をかけられた。外川さんが顔中にこにこして立っている。「どこか行くかね?」というので「行かない。支払をしている」というと「うちに寄ってくれ」という。「昨日はお休みしたの?」ときくと、沼津に用事があって出かけて、帰りは夜十一時になった、といった。「今日は雨も降るし、仕事も休みで、葬式があったので、今出かけてきたところだ」「うちに寄るかね」などと、実に嬉しそうに笑っていて、昨日の人たちの噂話とは、少々様子がちがう。上下揃いの霜降りの柄の背広が、少しキツいらしく、首や肩をゆすったりまわしたりしている。外川さんの背広姿は、東京へ帰るとき渋谷まで車に乗って行ったとき以来、二度目である。明治時代の布のようで、少しフチが茶色くやけているが、よく似合う。背広を着ると、よけい顔が丈夫そうに見える。そして大へん可愛らしく、眼を細くして笑うのである。葬式など、寄合いが好きなのかもしれない。それとも背広姿で会ったので嬉しかったのかもしれない。

スタンドに読んでしまった雑誌を置いてくる。今日は閑そうであった。

昼　じゃがいも茹でたの（主人）、バター、野菜炒め、トマトスープ。私はぬきにする。

三時ごろ、湯豆腐をして二人とも食べる。

時々、かっと陽が射すと暑い。セーターになったり、木綿のワンピースになったりする。

夜　ごはん、さんま塩焼、かき玉汁、大根おろし。

さんまが食べたいというので焼いたが、主人、ごはんを半分食べて残す。さんまも片身食べて残す。

〈頭のうしろの方が、もわーっとしている。時々ふるってみると、今度はしゅーっと縮んでいくような気がする。夕食は食べだしてみたら食欲がなくなって、すぐ一杯になって、あと貧血したようになる。口がききたくない。何かの音がするのもうるさい。犬の啼声もうるさい。そういう風になっている。したがって、百合子と口をあまりきかないのも怒っているのではない。だから体のことも心配して話しかけなくていい。早くねてしまおう。タバコの吸いすぎと、追突の後遺症がでてきたのかもしれない、俺にも〉。夕食のあと、以上をぽつぽつ、順繰りに話してから、主人は二階の寝室に上っていった。

八時ごろ、表へ出ると、北の空半分が美しい星空で、南半分が黒い空で、真黒い空の方の下だけ、雨が降っている。星ははっきりと出ているのに雨が降っているので、はじめ遠くの村や峠の灯りかと思ったくらい。妙な空模様だった。のち、本格的なふき降りとなり、風が止んで雨だけとなり、一晩中降りつづいた。

九月十日　朝のうち雨風。台風のよう。昼過ぎより弱まる

主人が気にしてみる朝の気象予報では「山梨はくもり、時々晴」といっていたが、大へんな嵐。雲がきれ目をみせそうになると、また、どっとふき降りの大雨となる。大風雨の高原を硝子越しに眺めながら「これが、くもり時々晴、なのかなあ」と主人笑う。ここは山梨とはいっても、気象予報の当てはまらない、区域外の山岳地方なのだろう。主人の頭の具合、早くねたら、よくなる。毎日新聞、桑原さんあての原稿を列車便にのせるため、十時半ころ、突然のように雨風が止み、ぱらぱらのふき降りになったすきをみて、庭を駈け上り、車に乗り、十時五十七分に間に合うよう、飛ぶようにして下る。

列車便百四十円。二時十四分新宿着になるという。河口湖駅は土曜日なので、台風気味でも登山客が屯している。西洋人も五、六人いる。スタンドに寄り、毎日新聞に電話をいれる。桑原さんはまだ出社していないので、列車便にした旨、代りの人に伝言頼む。

電話料（六分）百八円。スタンドはすいていて、おじいさんはテレビを見ていた。ガソリンのパイプを取り替える。パイプ代四十円。今度はビニールパイプなので、中が透けて

みえ、空気の入り具合もよくわかる。

ゲートにて、回数券二千円。

昼　ギョーザ、主人（八個）、私（十個）。スープ（うずら卵とねぎ）、果物かんづめ。

夜　パン、串カツ、味噌汁、キャベツ酢漬。

肉を多く買いすぎた。わるくなるといけないので全部料理してしまった。串カツととり肉のから揚げとギョーザとじゃがいものフライを箱に入れて、主人が寝てから、スタンドへ持って行く。ゲートは夜遅いので、タダにしてくれた。

スタンドの硝子張りの店の中に客はなく、しいんとしていて、おじさんとノブさんはダイヤ焼酎を飲んでいた。きゅうりのお新香が出ている。おじさんはとても喜んで、ノブさんに皿と箸を持ってこさせ「おかあも呼んでこい」といった。おばさんは眠っていたらしいが「夢のようだわさ」といい乍ら出てきて、自分用のブドー酒（一升びん）を茶わんについで、料理を食べだす。おじさんは、とりのから揚げが気に入ったらしく「まんなかの、この肉の料理をよばらっしゃい」としきりに、おばさんにもすすめた。そのうち、五合目で働いている若い衆が下ってきて、串カツ二本と焼酎をよばれて、お礼にバナナ三本置いて帰って行く。娘が二人、どこかから帰ってきて、また肉をよばれて、そのまま私が帰るまで店にいて話している。

十時半に帰る。からになった箱の中に、おばさんはキャベツ二個、にんじん、卵十個、かぼちゃ一個を入れてくれた。

九月十一日（日）　うすぐもり時々晴

富士山は雲がかかって見えない。

朝　ごはん、いり卵、豚ひき肉団子、味噌汁。

十一時、野鳥園へ行く。入場料大人二人二百円。またその中にある野鳥カゴ入場料大人二人百円。主人久しぶりに車に乗って下る。

野鳥は冬鳥の季節に近くなったそうである。アカハラは暖かいところへ渡ってゆくので、そろそろいなくなるそうである。ヤマバト（キジバト）が、木の間で卵をかかえていた。すぐそばにいって人がじっと見上げていても、人を見ないようにして、身じろぎもしない。可哀そうに思えた。気になって遠くからも何度もみる。可哀そうでならない。じいっと観念したような眼つきをしている。

フラワーセンターという方へ行ってみたが、たいして面白くもない。わざと作った水車小屋のところまでくると、突然水の音がして水車が動きだした。「こましゃくれたところだねえ」と主人に言いながら、持ってきたおにぎりをベンチで食べた。二時ごろ帰る。

ガソリン二十九リットル千四百十円。

待っている間、とうもろこしを二本頂く。スタンドに働いている人たちは、忙しくて忙しくて、顔が真赤になっている。おじさんも前へつんのめりそうになって歩いている。お金はどんどん入ってくるが、くたびれて、酔ったようになっているらしい。

夜　ごはん、精進揚げ（にんじん、桜えびかきあげ、さつまいも、茄子、かぼちゃ）、すまし汁。

主人、早くねる。

今日、午前中に鍛冶屋が来たのを書き忘れた。丁度、朝ごはんを食べ終って「鍛冶屋は今日来るかなあ。日曜だから休みかな」と話していたら、犬が吠え、鍛冶屋の顔が勝手の窓に見えたのだ。鍛冶屋は若い大男をつれてきた。出てみると、連れの大男は庭を下りてくる途中で、もうスドメ（ぼけの実）を三個採って手に握っている。そして、まだもっと採ろうとキョロキョロしているので、主人と私は代る代る「家の庭のは大切にならせてあるのだから、採りごろになっていても採ってはいけない」と言いきかせる。うなずいてはいるが、しかし、何となく二人とも採りたくてキョロキョロしている。庭を駈け下りてくる途中で採ってしまう、その素早さには呆れてしまう。

門にペンキを塗りにきたのだが、例の女の顔の文鎮を門にとりつけようとしたら、ボルトの長さが足りないので、もう一度、うちへ帰って文鎮を眺めて考えてくるという。折角山まで上ってきたのだから、ビールを出してハムを切る。大男は鍛冶屋のことを社長と呼んでいる。「仲がよくて、友だちのように気が合うが、その代り月給が少ねえだ」と言う。鍛冶屋の社長は澄ました顔で「何事もお話し合いで、チョクチョク月給はやらねえでおくだ」と言った。室内を見まわしているので、壁にかかっている農具や家具は、地元の人から千円位で買ったというと「おらも持ってきてもいい。千円均一だな」と念を押した。籠坂峠で自衛隊の車にぶつかりそうになった話をすると、大男は「サングラスをかけて、車なんど運転している女をみれば、そうだなあ。イイネエ、という気持だあなあ」と言う。そして、じっくりと思案してから「俺らの考えからいえば、自衛隊に入っている連中は、まず社会に通用しない人間。つまり常識からいえば、鍛冶屋とか、百姓とか、車の修理とか、パン屋とかになって金をとるら。戦争ごっこの練習なんどして月給もらうというのはなあ」と意見をのべた。大男はアンダーシャツが小さくて、背中のまんなかに布が少しあるだけで、あとは裸である。大男は運転して帰るのでビールは一杯しか飲まず、ハムにも手をつけない。社長ばかりが飲んでいた。

九月十二日　くもり、時々ふき降り

朝　ごはん、じゃがいもの味噌汁、卵、カボチャの煮たの、のり、キャベツ炒め。
昼　チャーハン（ハムと卵）、スープ。
夜　ごはん、鮭茶漬にする。
午後、大岡さんへ一寸寄る。お客様なので、門のところでおいとまする。
明日朝帰京の予定。夜、星空となる。門のところに佇つと、河口湖と鳴沢あたりの村の灯がキラキラ輝いている。
車のそばが、あまりにガソリン臭いので、洩れているのではないかと、試しにスバルラインに出て、三合目位まで上り下りしてみる。一台の車にもあわない。しいんとして、真冬の闇の中ではないかと思うほど。十時近くであった。

九月十九日（月）　雨降ったり止んだり
東京地方は風雨注意報が出て、出発を見合わせていたが、残りの食糧もあるだけ車につめこんでしまったので、行ってしまえと、豪雨の中を出かける。十二時半。途中から降ったり止んだり。
今日は、こんなものを積んだ。
万能鍋（天火、フライパン、蒸し器兼用）、肥料、野菜のこり、たらこ、粕漬、しらす、洗濯したもの、シーツ、カバーなど。

途中でワイパアが、スイッチを切っても動いてしまう。八王子の手前で車をとめ、主人が動きっ放しのワイパアを手で押えてとめたら、ヒューズがとんだらしく、今度はスイッチを入れても動かない。ガソリン計と熱度計も動かなくなった。「あれえ。全部動かなくなった。とうちゃんがこわしたな。とうちゃんが触ると、写真機でもライターでもすぐこわれるんだから。このまま走ってると車が爆発するかもしれないよ」と言うと、主人、しょんぼりして助手席にいる。ガソリンスタンドでヒューズは入れてくれたが、スイッチの方は直せないという。ヒューズ一箱詰め合せを買う。雨が降ってくるとヒューズを入れてワイパアを動かし、止むとヒューズを外してワイパアをとめる。降ったり止んだりだから、その繰り返しをしながら走る。

吉田の町は小室浅間神社のお祭りだ（坂の下の方のお宮様）。流鏑馬《やぶさめ》の馬が一頭、着飾って出かけるところとすれちがう。道の両側は露店でにぎわっている。白羽の矢を手にして歩いている人もある。

スバルラインは薄ばかりが目立って、あとの草は黄ばんだ。

夜は、パンにバターをつけて、スープをのむ。

九月二十日（火）　朝のうち快晴、時々曇
快晴。私は八時に起きた。ポコは、またびっこをひいている。いやだねえ。ちっとも治らない。

朝　ごはん。

昼　じゃがいもをふかし、バターをつける。さつまあげ。

三時、釜あげうどんを作る。大へんおいしかった。私の食べ方はバケネコのようだったと主人が言った。

夜　ごはん、まな鰹粕漬、煮豆、いんげんバター炒め、味噌汁、高野豆腐煮たの（高野豆腐の煮たのは私だけ。主人はキライ。無意味だという。キライだと、そういうのだ）。

十一時半、下る。二十日は下の町は一斉休業。酒屋だけあいている。スタンドでワイパアを直してもらう。判らないので電気屋をよぶ。電気屋は、道具箱一式と一緒に、立派なカメラ一式を持ってきて、三脚をたて、しきりにスバルラインの景色を撮っていた。自動シャッターをつけて、駈けていっては、富士山に自分をまぜて撮していた。

スタンドで、隣りの畑でとれたぶどうを御馳走になる。ぶどう酒の味がする。

ワイパアが直ってから吉田へ行き、うどん、肉など買う。S農場の畑で、トマト、いんげんなど買う。お百姓さんは秋になって淋しくなったらしく、すこぶるサービスがいい。

もうパセリの畑も耕しかえしてしまうから、いいだけ採って持っていっていいともいう。

夜になって寒い。家中の石油ストーブに灯油を満タンにしておき、一台をたく。

九月二十一日　晴のちくもり
午前中、「展望」の原稿口述筆記。三分の二ほどで中止。残りは明日送ることにして、出来ただけ列車便にするため下る。主人同乗。

河口湖駅で主人だけそばを食べる。

そば七十円、列車便百四十円。

大月発十八時三十八分、新宿着二十時三十九分にのせる。駅員に聞くたびに列車便の時間表がちがうので、そのつど確かめる。

秋になってから。

午前中二本。河口発一〇・五七、大月一一・五九、新宿着一三・二五。

河口発八・五四、大月一〇・〇八、新宿着一一・五四。

午後一本。河口発一七・一七、大月一八・三八、新宿着二〇・三九。

本栖へ行く途中、鳴沢局で「展望」に電報をうつ。電報代百五十円。

鳴沢局には、子供を連れた農婦が三組、貯金をおろしにきていた。私が頼信紙に字を書いていると、じいっと覗いていて、財布を出すと、その中も覗きこむ。だから私も覗いた。一人は二万円おろしていた。いつもは一人しかいない局員が、今日は三人いた。家族らしい。

朝霧高原まで行き、車を降りてぶらぶらする。陽がよく照っていて、牛が草原に放されている。牛のそばまで近づこうとすると、草原には鉄線が張りまわしてあって、道路からは入れないようになっている。あまり広く、あまりよく陽が照りわたっているので、その鉄線はよく見えない。

帰り、主人赤い熔岩十個ばかり拾う。スタンドに寄りペンチを返す。アイスクリーム（ハチミツ入り）を窓から入れてくれてしまう。

夕方、梅の苗に肥料をくれた。

朝　茄子、いんげん、さつまあげ煮つけ、ごはん、鮭と玉ねぎオイル漬。

三時ごろ昼食　チキンカツ、いんげんバター炒め、キャベツきゅうりもみ。

夜　ごはん、主人、朝の鮭オイル漬を気に入って、また食べる。私は食べない。塩にぎりを食べる。

九月二十二日（木）　くもり夜大雨

午前中、「展望」の原稿口述筆記。
大月一一・五九、新宿一三・二五にのせる。
駅で主人はそばを食べる。列車便百四十円。そば七十円。
河口湖をゆっくり一周する。秋になった。静かだ。大石あたりの稲田は金色だ。
スタンドで「展望」に電話をする。電話代五十四円。

おじさんは布地の行商の話をする。
○終戦直後は化繊を純毛といって売った者もあるが、今は純毛ゾッキである。小説や映画になった甲州商人とは、今はマハンタイのやり方をしている。洋服布地を売るのが多い。仕入れは愛知である。行商して家を建てるほどになる者もあるが、行商して田畑を売らなくちゃならないほどソンをする人もいる。口のうまい奴が儲けるというわけのものでもない。選挙に出るほど口の達者な者がさっぱり売れなくて、口の下手なのが案外お得意さんを持つこともある。今は車に乗って行商する。
　行商が売れるのは、品物を置いていって、一年二回位のとりたてで掛け売りをするからである。デパートのように掛け売りのときの証文など作らないで、自分の帳面につけておくだけ、買手も頭の中で覚えているだけのやり方だから、人気がある。掛け売りだから、品物もインチキのものは売れない。以上。

昼　ハンバーグステーキ、ピーマン、食パン、スープ、ココア。

夜　さつまいもを電気鍋で焼く。牛乳。

ゲートにて回数券二千円。

酒屋にて。みりん四合、二級酒四合、ピーマン六個、さつまいも一袋、牛乳。合計五百五十円。

早く風呂をたてて二人とも入ったあと洗濯。夜になって大雨。台風二十四号が近づいているらしい。

雨が降るたびに、庭は茶色くなってゆく。病気のようだ。富士桜紅葉しはじめる。

今まだ咲いている花。ききょう、松虫草、アザミ。

テレビで。

柏戸、玉の島に負ける。負けたって平気だ。私は相撲が嫌いだから。

山梨放送のニュースは、県の役人の汚職のことと、何かを調査したり検査したりしたらバイキンが出たり、目方が軽かったりした、というのばかりが多い。

テレビにて。

ふるさとの歌まつり（？）というNHKの番組は、今夜山梨の巻をやった。

ぶどう園のおばあさんが「ほうとう」の話をした。御胎内の茶店の硝子戸には「山家ほうとう」と書いてあるし、スタンドの連中も「ほうとう」を一度喰わせたい喰わせたいと言っている。スタンドのおじさんは、ギョーザの皮をどうやってたべるのかわからなかったので「ほうとう」の中につっこんで食べたらうまかった、とも言っていた。「ほうとう」というのは、煮込みうどんのようなものらしい。今夜のおばあさんは「あずきほうとう」の話をした。小豆を煮て砂糖を入れて、やわらかくなる間に粉をこねて、うどんを作って入れて食べるのだそうである。このほか「カボチャほうとう」というのもあるらしい。何にでもうどんを入れてしまう。

「ほうとう」の話のあと、縁故節というのを歌った。これは石屋の女衆たちがパーティのとき歌ったので知っている。「縁で添うとも、縁で添うとも……」という唄だ。護岸工事のときに歌う「粘土節」というのもやった。これは深沢さんの「甲州子守唄」にでてくる「粘土おたかやんは……」という唄だ。

九月二十三日　くもり時々雨

朝　ごはん、のり、納豆入り味噌汁、卵、錦松梅、キャベツの酢漬。

昼　ハンバーグステーキ、釜あげうどん。

ひる少し前、吉田に買出し。明日帰るのだから、買うこともないのだが、お彼岸のお中日なので、おだんごやおはぎが食べたくなったので。

吉田の町は店はあいているが、トラックの往来が少なく、ひっそりとしている。職工さんやBGなどが、休日なので三人五人と連れだって、よそ行き背広やスーツ姿で道を歩いている。菓子屋やパン屋は、みんな、おはぎを置いている。私の入った店は、台所で主人があんこのおはぎを握っているのが見えた。うどん屋では、少し足の不自由なおじいさんが手打ちの粉をこねていた。

古道具屋の前を通ったので寄る。欲しいものなし。アルミニュームの弁当箱の古いのや、ぺったんこのカチカチになった黒革のお財布の古いのまである。それから有名な狩野芳崖（?）の「悲母観音」の模造品の掛軸がかけてあったが、それは模造品、模写品というより、実に独創的なものだった。地獄、極楽物語や日光東照宮のような極彩色である。極彩色になっているものは、私は好きだからおどろかない。「威厳と慈悲のないまざった容姿の観音様がすっくりと佇ち、これから下界へ生れてゆく、しゃぼん玉のようなものの中に入った赤ん坊に、大切なお水のようなものをしたたらせて下さっている」という風に、この画のことを思っていたが、この店の掛軸の観音様は、どうでもいいといった統一のとれない顔の表情と姿勢をして、顔が体のわりにいやに小さく、下の方にいる赤ん坊は、そっぽを向いている観音様がどうでもいいや、と、おしっこのようにひっかけた水が運わるくひっかかって、冷たいからおどろいて泣き叫んでいる顔と姿態なのである。両手など五本の指をぱっとひろげてつっぱって、足も硬直して、顔は口を大きくあけて泣きわめいている。口の中は真赤に塗ってある。マンガ以上に、その顔は面白い。それがていねいに大真面目に描いてある。一生懸命模写していたら、ついつい、あんな顔になっていったのか、それとも、もとの絵もそういう状況の絵だと感じて描き写したのか。私は一人で笑いだしてとまらなくなった。名作悲母観音の絵は女学生のころから教育の時間などに何回となくみせられてきた。私はどうしてか、エロのようなグロのようなへんな気分がしていて、みんなも、そう思っているかどうか、誰かにそれをきいてみたかった。主人にもときどき、助平ったらしいワイセツの気分がする、と洩らして叱られたりしたが、しかし、この山梨版「悲母観音」にはワイセツとか、そこはかとないエログロの気分はふきとばされて、びっくり仰天した。この軸を誰かにみせたい。どんなに暗く憂鬱な人でも、これを見たら愉快になりそう。

スタンドにより、グリスアップをたのみ、ガソリンを入れる。とうもろこし二本くれる。コーラ一本くれる。昼どきで、おばさんは「ごはんあるだけんど、おかずは——のカキ買ってきて食べてくれやあ」と言っていた。カキとはカキフライのことだろうか。

夜　ツナ入りコロッケ、ごはんなし、スープ。

残っているものを全部入れたので少し作りすぎの気味だが東京へ持って帰ることにする。

夜、びしゃびしゃとした雨になる。台風二十四号と二十五号がきているとか。

今日午前中大岡家へ寄る。大岡さん御夫妻は大磯へ帰られて、おていちゃんが、ガウンを着て出てこられた。大岡さんにそっくり。

テラスに犬の籠を出し放しておいたので、ダンロに火をたいて、雨に濡れた籠を乾かす。ポコは雨や霧で毛がしとって、臭くなっている。

テレビで。

山梨のお寺はお彼岸ではあるが参詣人は少なくて、昇仙峡や石和のぶどう園は、大へんな人出であったそうである。

テレビで。

台風二十四号が秋雨前線を刺戟して、そのため、今夜から明日にかけ大雨となる地方がある。平地で一〇〇ミリ、山岳部で二〇〇ミリ、河川の氾濫にも注意報が出ている。二十五号は太平洋上を通って抜けてゆくところ。そのあと、二十六号と二十七号が続いてきている。

今日使ったお金。

吉田にて。

駐車料百円。金だるま（店の名前）で、おはぎ三個、大福三個、辛口団子五串、計百六十円。八百屋で、栗一袋三百八十円、うどん玉（六玉）六十円。フェザー替刃百円。タバコ千円。金タワシ二個六十円。

スタンドで。ガソリン代千百七十五円、グリスアップ二百円。

S農場で。ぶどう一キログラム百五十円、山いも一キログラム二百五十円、山いも一袋百五十円。

九月二十四日（土）
早朝帰京。夜から朝にかけ風雨強く、二十六号台風のため、船津は大雨。西湖の根場村、西湖村は土砂くずれと鉄砲水のため、大被害をこうむった。上九一色村も孤立した。
二十五日（日）　東京にて記す
新聞は足和田村（根場、西湖）の記事を一杯載せている。

二十六日　東京にて記す

管理所より電話あり。山荘の附近は、立木が折れたり、道が裂けてわるくなったりしたが、家には被害がないとのこと。根場からきている管理所の人が一人死んだとのことであった。

巻末エッセイ

山麓のお正月

武田泰淳

うちの家族三人が書いている、山小屋の日記には、富士山がとりわけいいという記事があまりない。

クリスマス、おおみそか、お正月を山麓の小屋ですごすのは、たしかに楽しい。ほんとうに親子三人が、よりそうようにして、助けあって暮すという感じがあって、わるい気持はしない。

山梨県南都留郡鳴沢村アザ富士山。こんな番地もない土地を、特に好きでえらんだわけではない。と言うことは、富士山にしろ日本アルプスにしろ、高山や名山に対するあこがれなどありもしなかったからだ。いつのまにか、ただそうなってしまっただけの話で。

共同日記の分量は、女房の書いたのがいちばん多い。そして、それも買物のはなしがいちばん多い。

たとえば、昭和三十九年、十二月三十日には、

「十一時半、河口湖へ下る。鳴沢へ通ずる林道の雪は、ほとんどとけている。鳴沢から河口湖へかけては、雪など降った様子もない。

河口湖にて。

黒豆ポリ袋一袋、六〇円。いんげんきんとん、五〇〇グラム、一五〇円。こぶまき一袋、六〇円。だてまき、かまぼこ、ちくわ二本。さつまあげ三枚。白菜漬、千枚漬。さばひらき一枚。さんま冷凍、三本。ねぎなど。

富士吉田にて。

長靴（百合子）、九八〇円。防寒ヘップサンダル、一八〇円。豚肉（ヒレもも）四〇〇グラム、三六〇円。ぶり六切、三六〇円。ます六切、一八〇円。ほかにパン、菓子、じゃがいも、みつば、ヘヤークリーム、メンソレータム。電気ストーブ、三、七〇〇円。懐中電灯一本など。

福引は全部六等である」

お正月ののんびりした気分も大好きであるが、いそがしい暮の街（それも小さな湖畔の町）の買い物、また他の家族たちの買い物ぶりを見物するのは、実におもしろい。デパートの大食堂や、歳末の店の前につどう日本人男女の表情や、そぶりには、しみじみとしたものがある。

同じ年の十二月三十一日、子供の日記には、

「待ちに待ったおおみそかが晴れたので本当に良かったと思います。町にみんな家々がしめかざりをして、自動車や、カジ屋さんの機械までが、しめかざりをしています。うちでもやろうとして買いに行ったら、ありませんでした。だから私のつくった変なのをかざってまにあわせました。ポコがびっこで右のうしろ足が動きません。キンカンやサロメチールをぬっても、きいたのかきかないのかわかりません。父は平気だと言いますが、とても心配です。今、父がはじめて風呂に入って出てきました。とても良い気持そうです。おおみそかの楽しみはテレビですが、残念ながら見れません。でも、ラジオが聞けます。お菓子がいっぱいあります。ポコの事さえなければ、もっと楽しいおおみそかをむかえられたでしょう。（花）」

さて四十年の一月一日は、女房の記すところによると、

「朝早く小雪、のち曇り、午後より晴。七時半、起床。うっすらと雪が降った。チェーンをまかないでも初詣ができそうだ。

ぶどう酒で祝盃。雑煮、一人三つずつの餅をいれ、二杯ずつたべる。

ポコ、まだびっこをひいている。

十時、山を下る。陽がさしはじめる。ふもとの炭やきも、石山も仕事をやめている。ス

タンドと薬屋はたいてい店をあけている。

富士吉田浅間神社に行く。

おさい銭三十円。おフダ、板のと熊手のと交通安全ので、一つ百円ずつ、三百円。大先達、何とか翁の像（富士山に百五十回登ったんだそうだ）が、お宮の脇に建っているのを発見。はじめ、おサルの像かと思ったが人物なので、あまりの下手さにびっくりした。

河口湖畔を富士ビューの方へ走って、西湖の入口から鳴沢へもどる。途中、キンカンを二箱買う。二百二十円也。

精進湖へまわると水が大へん減って、黒くなっていて趣がない。車から降りずに、そのまま本栖湖へ。

車のアンテナをスタンドの人に出してもらって、ラジオがきこえるようになった。三時頃帰宅。

夜食。ごはん、豚かつ、大根みそ汁。

夜は全く晴れて、星がぽたぽたたれてきそうだ。冷えこんでくる」

この「冷えこんでくる」感じは、そうとうなもので、石油ストーブ四つを巧みに使用しないと、顔面がひんまがりそうになる。水道のモト栓も、夜間はしめておかないと破裂する。

富士山の美をほめた記録はないかなと探すと、一月二日の子供の日記の方で見つかった。

「きょうは午後から西湖へ行った。風がずいぶんはげしく吹いていた。母は自動車のそうじ、父はかっ手に散歩。私は車内でラジオをきいていた。西湖の水はとてもすきとおっていて、白い石をなげると、どこにしずんだか、深さがどのくらいかわかる。紅葉台へ車で登った。すごい急でこわいくらいだ。カーブがはげしい。母はあとで『きもをひやした』といっていた。頂上までは車では行けず、途中まで乗っていった。途中から歩いてどんどんのぼった。他に人はあまりいなかった。母はカーシューズなので、すべってなかなかのぼれない。父は後からゆっくりのぼってくる。やっと頂上についた。

左に西湖、右に富士山。そして富士山ははじからはじまで不思議なくらいによく見える。西湖はとても細長い。父は『筆で書いたようだ』と言っていた。

富士山には右の方に三つのこぶがあり、あたまには大きな白い帽子、足は見えずペタンとすわった人のようだ。なんとなくそう考えるとかわいい感じがする。下の方に飛行場がある。すごく小さい。また紅葉台へ行きたい。こんどはきょう登ったとなりの山まで行きたい。

きょうは、とても楽しかった。夜食はスパゲティー、ミートボールとパン。

今、九時五十分きっかり。母はギター。父はねむっている。父の好きなボーボーいう石油ストーブがすごいいきおいでボーボーボコボコ音をたてている。（花）」

子供の日記は絵入りなので、女の子のような可愛い顔をした富士山が、両手を前に出して笑っている絵がかきこんである。

私はいまだに、富士山がかわいいなどと感じたことはない。そう感じられる人は、うらやましいけれども。

私が好きなのは、この山の無限の変化である。おもかわり、変貌、正体のわからぬ複雑さ、それが我らの共同日記で、どこまでとらえられるか、はなはだこころもとない。

（初出　昭和四十三年一月五日『朝日新聞　別集ＰＲ版』）

山の隣人

大岡昇平

私は三年以来、武田泰淳の夏の隣人である。富士山の西の斜面、山梨県鳴沢村に、武田さんが山小屋を建てたのは、さらにその二年ばかり前である。

私も大磯の家が東海道交通増加のためうるさくなっていたので、山小屋を建てる敷地を探していた。

鳴沢村なんてひなびた名前だが、富士観光開発株式会社の手にかかると「富士桜高原」となる。河口湖から、富士登山有料道路を六キロばかり上った西側一帯のカラマツ、アカマツ、ブナ、シラカバのまじった林の中である。ゴルフ場があり、別荘を建てれば、自動的に平日会員になれるという特権がある。

しかし武田さんはゴルフをする気配はない。電話も引かず百合子夫人と二人きりで、完全な隠棲生活を送っていた。いや、東京の住居は赤坂のマンションで、完全な都会生活なのだから、富士桜高原では、人々に会わず、電話にも出ず、という孤独の生活をするという、生活衛生法らしかった。

私のようなうるさい人間がそばへ来るのは、迷惑だったおもむきもないではなかった。しかし私の方としても、大磯の家からあまり遠くなく、軽井沢みたいにやかましくないところという要請があり、富士桜高原がぴったりだった。

一昨々年、伜に設計させた山小屋を、武田山荘から五〇〇メートルばかり離れたところに建てた。以来、今年で三年、私は武田さんの隣人である。二人とも大抵六月はじめから、十月末まで、山にいるから、一年の半分は隣人として、援けつ援けられつ、仲好くやっている。

富士桜高原は河口湖町から六キロ上るし、別荘も一〇〇ぐらいしか建っていない。センターハウスというものがあって、留守中の管理をしてくれるが、生活物資は、河口湖畔か吉田へ買いに行かねばならぬ。

車を運転する者がいなくては、成り立たない生活である。この点百合子夫人はずっと前から練達のドライバーである。私の女房も四、五年前に免許を取った。二人共、仲好く女房に運ばれている。私としては一日も早く運転を覚えて、この屈辱的な位置から脱出したいと思っているが、武田さんにはそんな気配はちっともない。なんか仏教的に悟りを開いているにちがいない。

今年、中央高速道路が開通して、富士桜高原は一層便利になった。ところが周知のように、これが中央分離帯のない変則高速道路で、開通以来一週間に一台くらいの割合で事故を起している。しかも高速道路だから、ケガではすまない、大抵死んでしまうのである。近く私は成城付近に移転する。中央高速と東名高速へも出やすい、という点を考えた選択である。中央高速を使えば一〇〇キロぐらいだが、東名高速で御殿場を廻ると一四〇キロで、時間にして三〇分はちがう。

しかし中央高速の現状が改まらない限り、不便でも東名を使うつもりである。しかし武田さんは平然として、中央を使っている。心構えにおいて私などの遠く及ばないところがあるのである。

（初出　昭和四十四年十一月『日本文学全集41』月報　河出書房新社）

（おおおか・しょうへい　作家）

『富士日記』について

初出

「富士日記——今年の夏」（昭和五十一年七月二十三日〜九月二十一日分）

『海』（中央公論社）一九七六年十二月号（武田泰淳追悼特集）

「不二小大居百花庵日記（富士日記）」（昭和三十九年七月四日〜四十三年三月二十九日分）

『海』一九七七年一月号〜十月号

上記以外は、左記の単行本に初めて収録された。

単行本

『富士日記』（上・下）中央公論社　一九七七年十月・十二月刊

中公文庫

『富士日記』（上・中・下）　一九八一年二月〜四月刊　一九九七年四月〜六月改版

全　集

『武田百合子全作品1〜3』中央公論社　一九九四年十月〜十二月刊

本書は中公文庫版『富士日記（上）』（十七刷　二〇一五年十月刊）を底本とした。
巻末エッセイは、『武田泰淳全集』第十六巻、『大岡昇平全集』第二十二巻（いずれも筑摩書房）に拠った。

本文中、今日の人権意識に照らして不適切な語句や表現が見られるが、著者が故人であること、執筆当時の時代背景や作品の文化的価値を考慮し、底本のままとした。

中公文庫

富士日記《ふじにっき》（上《じょう》）
——新版《しんぱん》

2019年5月25日　初版発行

著　者　武田百合子《たけだゆりこ》

発行者　松田　陽三

発行所　中央公論新社
〒100-8152　東京都千代田区大手町1-7-1
電話　販売 03-5299-1730　編集 03-5299-1890
URL http://www.chuko.co.jp/

ＤＴＰ　嵐下英治
印　刷　三晃印刷
製　本　小泉製本

Published by CHUOKORON-SHINSHA, INC.
Printed in Japan　ISBN978-4-12-206737-0 C1195

定価はカバーに表示してあります。落丁本・乱丁本はお手数ですが小社販売部宛お送り下さい。送料小社負担にてお取り替えいたします。

各書目の下段の数字はISBNコードです。978－4－12が省略してあります。

中公文庫既刊より

た-15-5
日日雑記
武田百合子
天性の無垢な芸術者が、身辺の出来事や日日の想いを、時には繊細な感性で、時には大胆な発想で、心の赴くままに綴ったエッセイ集。〈解説〉巖谷國士
202796-1

た-15-9
新版 犬が星見た ロシア旅行
武田百合子
夫・武田泰淳とその友人、竹内好との旅を、天真爛漫な目で綴った旅行記。読売文学賞受賞作。竹内好の随筆「交友四十年」を収録した新版。〈解説〉阿部公彦
206651-9

た-13-5
十三妹《シイサンメイ》
武田泰淳
強くて美貌でしっかり者。女賊として名を轟かせた十三妹は、良家の奥方に落ち着いたはずだったが……中国古典に取材した痛快新聞小説。〈解説〉田中芳樹
204020-5

た-13-6
ニセ札つかいの手記 武田泰淳異色短篇集
武田泰淳
表題作のほか「白昼の通り魔」「空間の犯罪」など、独特のユーモアと視覚に支えられた七作を収録。戦後文学の旗手、再発見につながる短篇集。
205683-1

た-13-7
淫女と豪傑 武田泰淳中国小説集
武田泰淳
中国古典への耽溺、大陸風景への深い愛着から生まれた、血と官能に満ちた淫女・豪傑の物語。評論一篇を含む九作を収録。〈解説〉高崎俊夫
205744-9

た-13-8
富士
武田泰淳
悠揚たる富士に見おろされる精神病院を舞台に、人間の狂気と正常の謎にいどみ、深い人間哲学をくりひろげる武田文学の最高傑作。〈解説〉堀江敏幸
206625-0

た-13-9
目まいのする散歩
武田泰淳
歩を進めれば、現在と過去の記憶が響きあい、新たな記憶が甦る……。野間文芸賞受賞作。巻末エッセイ「丈夫な女房はありがたい」などを収めた増補新版。
206637-3

た-13-10
新・東海道五十三次
武田泰淳
妻の運転でたどった五十三次の風景は――。自作解説「東海道五十三次クルマ哲学」、武田花の随筆「うちの車と私」を収録した増補新版。〈解説〉高瀬善夫
206659-5

た-80-1
犬の足あと 猫のひげ
武田花
天気のいい日は撮影旅行に。出かけた先ででくわした奇妙な出来事、好きな風景、そして思い出すことどもを自在に綴る撮影日記。写真二十余点も収録。
205285-7

う-37-1
怠惰の美徳
梅崎春生
荻原魚雷 編
戦後派を代表する作家が、怠け者のまま如何に生きてきたかを綴った随筆と短篇小説を収録。真面目で変でおもしろい、ユーモア溢れる文庫オリジナル作品集。
206540-6

お-2-10
ゴルフ 酒 旅
大岡昇平
獅子文六、石原慎太郎ら文士とのゴルフ、一年におよぶ米欧旅行の見聞……。多忙な作家の執筆の合間には、いつも「ゴルフ、酒、旅」があった。〈解説〉宮田毬栄
206224-5

お-2-11
ミンドロ島ふたたび
大岡昇平
自らの生と死との彷徨の跡。亡き戦友への追慕と鎮魂の情をこめて、詩情ゆたかに戦場の島を描く。『俘虜記』の舞台、ミンドロ、レイテへの旅。〈解説〉湯川豊
206272-6

お-2-12
大岡昇平 歴史小説集成
大岡昇平
「挙兵」「吉村虎太郎」など長篇『天誅組』に連なる作品群ほか、「高杉晋作」「竜馬殺し」「将門記」など戦争小説としての歴史小説全10編。〈解説〉川村湊
206352-5

お-2-13
レイテ戦記（一）
大岡昇平
太平洋戦争の天王山・レイテ島での死闘を再現した戦記文学の金字塔。巻末に講演「『レイテ戦記』の意図」を付す。毎日芸術賞受賞。〈解説〉大江健三郎
206576-5

お-2-14
レイテ戦記（二）
大岡昇平
リモン峠で戦った第一師団の歩兵は、日本の歴史自身と戦っていたのである――インタビュー「『レイテ戦記』を語る」を収録。〈解説〉加賀乙彦
206580-2

各書目の下段の数字はISBNコードです。978－4－12が省略してあります。

お-2-15
レイテ戦記（三）
大岡昇平
マッカーサー大将がレイテ戦終結を宣言後も、徹底抗戦を続ける日本軍。大西巨人との対談「戦争・文学・人間」を巻末に新収録。〈解説〉菅野昭正
206595-6

お-2-16
レイテ戦記（四）
大岡昇平
太平洋戦争最悪の戦場を鎮魂の祈りを込め描く著者渾身の巨篇。巻末に「連載後記」、エッセイ「『レイテ戦記』を直す」を新たに付す。〈解説〉加藤陽子
206610-6

お-2-17
小林秀雄
大岡昇平
親交五十五年、評論から追悼文まで「人生の教師」であった批評家の詩と真実を綴った全文集。巻末に小林との対談収録。文庫オリジナル。〈解説〉山城むつみ
206656-4

か-2-3
ピカソはほんまに天才か 文学・映画・絵画…
開高健
ポスター、映画、コマーシャル・フィルム、そして絵画。開高健が一つの時代の類いまれな眼であったことを痛感させるエッセイ42篇。〈解説〉谷沢永一
201813-6

か-2-6
開高健の文学論
開高健
抽象論に陥ることなく、徹頭徹尾、作家と作品だけを見つめた文学批評。内外の古典、同時代の作品、そして自作について、縦横に語る文学論。〈解説〉谷沢永一
205328-1

か-2-7
小説家のメニュー
開高健
ベトナムの戦場でネズミを食い、ブリュッセルの郊外の食堂でチョコレートに驚愕。味の魔力に取り憑かれた作家による世界美味紀行。〈解説〉大岡玲
204251-3

く-20-1
猫
クラフト・エヴィング商會
井伏鱒二／谷崎潤一郎他
猫と暮らし、猫を愛した作家たちが思い思いに綴った珠玉の短篇集が、半世紀ぶりに生まれかわる。ゆったり流れる時間のなかで、人と動物のふれあいが浮かび上がる、贅沢な一冊。
205228-4

た-30-6
鍵 棟方志功全板画収載
谷崎潤一郎
妻の肉体に死をすら打ち込む男と、死に至るまで誘惑することを貞節と考える妻。性の悦楽と恐怖を限界点まで追求した問題の長篇。〈解説〉綱淵謙錠
200053-7

た-30-7

台所太平記

谷崎潤一郎

若さ溢れる女性たちが惹き起す騒動で、千倉家のお台所はてんやわんや。愛情とユーモアに満ちた筆で描く抱腹絶倒の女中さん列伝。〈解説〉阿部　昭

200088-9

た-30-10

瘋癲《ふうてん》老人日記

谷崎潤一郎

七十七歳の卯木は美しく驕慢な嫁颯子に魅かれ、変形的間接的な方法で性的快楽を得ようとする。老いの身の性と死の対決を芸術の世界に昇華させた名作。

203818-9

た-30-11

人魚の嘆き・魔術師

谷崎潤一郎

愛親覚羅氏の王朝が六月の牡丹のように栄え耀いていた時分——南京の貴公子の人魚への讃嘆、また魔術師と半羊神の妖しい世界に遊ぶ。〈解説〉中井英夫

200519-8

た-30-13

細　雪（全）

谷崎潤一郎

大阪船場の旧家蒔岡家の美しい四姉妹を優雅な風俗・行事とともに描く。女性への永遠の願いを〝雪子〟に託す谷崎文学の代表作。〈解説〉田辺聖子

200991-2

た-30-18

春琴抄・吉野葛

谷崎潤一郎

美貌と才気に恵まれた盲目の地唄の師匠春琴。その弟子佐助は献身と愛ゆえに自らも盲目となる——代表作『春琴抄』と『吉野葛』を収録。〈解説〉河野多恵子

201290-5

た-30-24

盲目物語

谷崎潤一郎

長政・勝家二人の武将に嫁し、戦国の残酷な世を生きた小谷方と淀君ら三人の姫君の境涯を、盲いの法師が絶妙な語り口で物語る名作。〈解説〉佐伯彰一

202003-0

た-30-25

お艶殺し

谷崎潤一郎

駿河屋の一人娘お艶と奉公人新助は雪の夜駈落ちした。幸せを求めた道行きだった筈が……。芸術とは何かを探求した「金色の死」併載。〈解説〉佐伯彰一

202006-1

た-30-26

乱菊物語

谷崎潤一郎

戦乱の室町、播州の太守赤松家と執権浦上家の確執を史的背景に、谷崎が〝自由なる空想〟を繰り広げた伝奇ロマン（前篇のみで中断）。〈解説〉佐伯彰一

202335-2

各書目の下段の数字はISBNコードです。978-4-12が省略してあります。

た-30-27
陰翳礼讃
谷崎潤一郎
日本の伝統美の本質を、かげや隈の内に見出す「陰翳礼讃」「厠のいろいろ」を始め、「恋愛及び色情」「客ぎらい」など随想六篇を収む。〈解説〉吉行淳之介
202413-7

た-30-28
文章読本
谷崎潤一郎
正しく文学作品を鑑賞し、美しい文章を書こうと願うすべての人の必読書。文章入門としてだけでなく文豪の豊かな経験談でもある。〈解説〉吉行淳之介
202535-6

た-30-46
武州公秘話
谷崎潤一郎
敵の首級を洗い清める美女の様子にみせられた少年――戦国時代に題材をとり、奔放な着想をもりこんで描かれた伝奇ロマン。木村荘八挿画収載。〈解説〉佐伯彰一
204518-7

た-30-50
少将滋幹《しげもと》の母
谷崎潤一郎
母を恋い慕う幼い滋幹は、宮中奥深く権力者に囲われた母の元に通う。平安文学に材をとった谷崎文学の傑作。小倉遊亀による挿画完全収載。〈解説〉千葉俊二
204664-1

た-30-52
痴人の愛
谷崎潤一郎
美少女ナオミの若々しい肢体にひかれ、やがて成熟したその奔放な魅力のとりことなった譲治。女の魔性に跪く男の惑乱と陶酔を描く。〈解説〉河野多恵子
204767-9

た-30-53
卍（まんじ）
谷崎潤一郎
光子という美の奴隷となった柿内夫妻は、卍のように絡みあいながら破滅に向かう。官能的な愛のなかに心理的マゾヒズムを描いた傑作。〈解説〉千葉俊二
204766-2

た-30-54
夢の浮橋
谷崎潤一郎
夭折した母によく似た継母。主人公は継母への憧れと生母への思慕から二人を意識の中で混同させてゆく。谷崎文学における母恋物語の白眉。〈解説〉千葉俊二
204913-0

た-30-55
猫と庄造と二人のをんな
谷崎潤一郎
猫に嫉妬する妻と元妻、そして女より猫がかわいくてたまらない男が繰り広げる軽妙な心理コメディの傑作。安井曾太郎の挿画収載。〈解説〉千葉俊二
205815-6